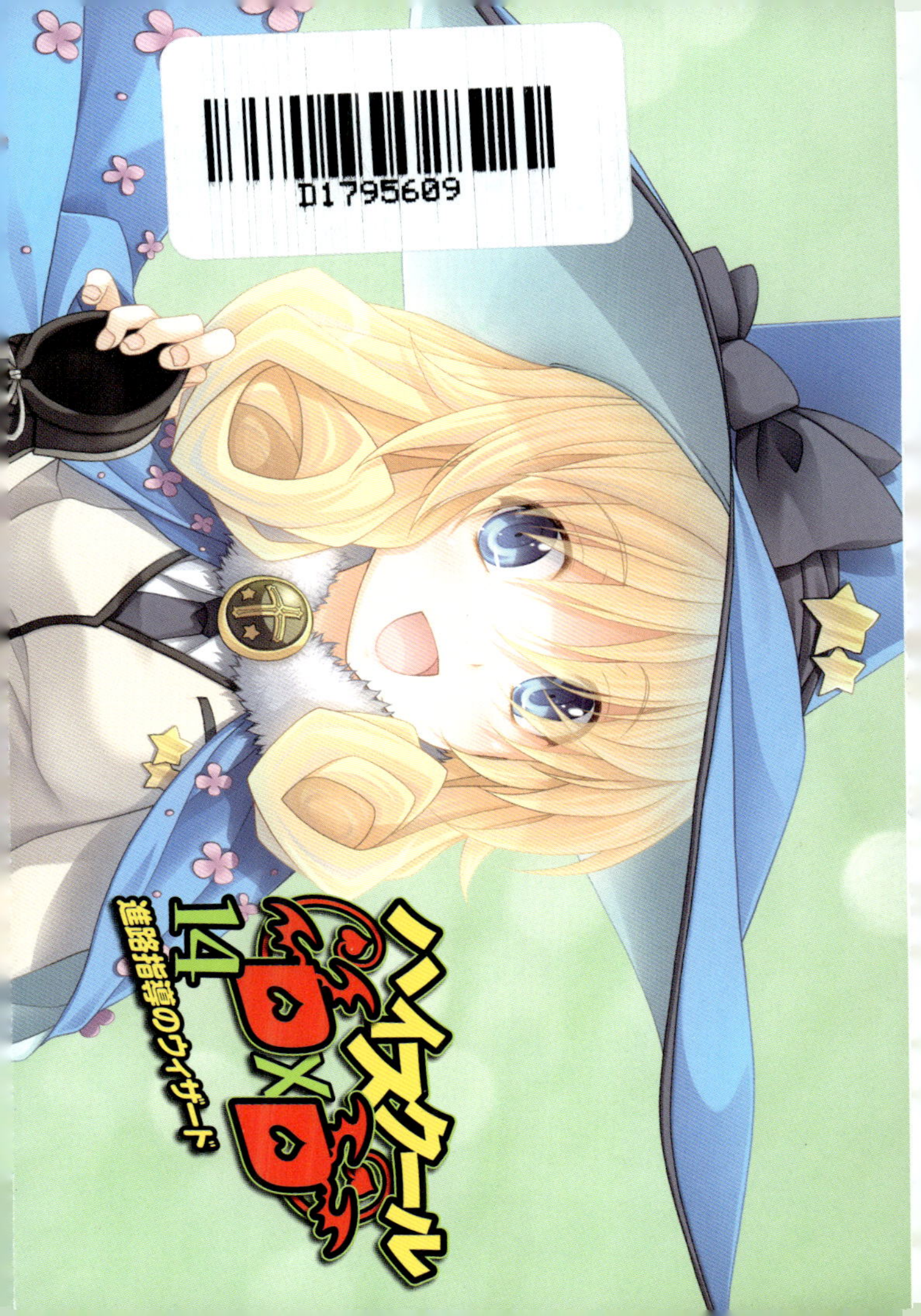
ハイスクールD×D
14
進路指導のウィザード

ハイスクールD×D 14
進路指導のウィザード

石踏一榮

ファンタジア文庫

1979

口絵・本文イラスト　みやま零

目次

では、若手悪魔《あくま》の力を見せましょうか。
そう、駒《く》王学園《おうがくえん》の悪魔を敵に回したことを後悔《こうかい》させてあげましょう。

Life.0

冥界《めいかい》での魔獣騒動《まじゅうそうどう》からそこそこ経《た》った日の早朝――。

「…………ここ、俺の自室だよな?」

そんな自問をするほど、いまの俺は不可解なことに身を置いていた。

「……すーすー」

「……イッセーさん」

ベッドから聞こえてくるリアスの寝息《ねいき》とアーシアの寝言。いつもの変わらぬ風景だ。俺はリアスとアーシアといつも一緒《いっしょ》に寝ているからね。

問題はここからだ。

「……イッセーくん……もっと強く……」

官能的な寝言の朱乃《あけの》さんに、

「……ぐーぐー……」

豪快《ごうかい》にお腹を出して寝ているゼノヴィア、

「……うふふ、天界のおまんじゅうおいしい……」

そのゼノヴィアを抱《だ》き枕《まくら》にしてよだれを垂らしているイリナ。さらに——、

「……にゃん……」

猫《ねこ》のように丸まって寝ている小猫《こねこ》ちゃんと、

「…………」

死人のように胸の上で手を組み横になっているオーフィス。

というフルメンバーに等しい状態が俺のベッドの上で展開していた。

……ええ、いくら大きなベッドだろうと、さすがにこれだけの人数まともに寝られるはずもなく……。ベッドの上は女子てんこもりという凄《すさ》まじい光景だった。

俺はすでにベッドの外にいた。つーか、起きたのは床《ゆか》の上だったし。おそらく、ゼノヴィアに寝返りで蹴飛《けと》ばされたのだろう。だって、ゼノヴィアの格好が右足だけ突《つ》き出している状態だしな！

俺のベッドに女の子がたくさん！　ってのはうれしい状況《じょうきょう》のはずだが……俺の入れる余地がないと途端《とたん》に寂《さび》しく、もの悲しい気分になってしまう。……どう見てもこのベッドの上は入り込む隙間《すきま》がない！

椅子《いす》に座りながら俺は息を吐《は》く。

あの魔獣騒動が終わってから、だいたい毎朝こんな状態だ。気づくとベッドがすごい女子占有率《せんゆう》になっている。俺、リアス、アーシアが寝ているうちに他《ほか》の部屋の女子たちが潜《もぐ》り込んできているようだ。

どうにも俺の生き死にの一件があったからか、眷属《けんぞく》女子の行動がいっそう大胆《だいたん》になったというか……。俺との触《ふ》れあいを強く求めるようになったんだ。それは性的なものというよりも生活面のちょっとしたことから始まる。たとえば、朝の登下校、俺の横というポジションを女子の皆《みんな》で取り合いをし始めたり……。

「イッセーの隣《となり》は私のポジションなの、朱乃。これは終生変わらないことだわ」

「そうはいかないわ、リアス！　うふふ、隣って右側と左側がありますものね。リアスが右側なら私は左側ですわ」

ソッコーで俺の両サイドを押さえてくるお姉さま方！

「はぅぅ！　イッセーさんの両腕《りょううで》がもういっぱいですよ、ゼノヴィアさん！」

「アーシア、一瞬《いっしゅん》の隙が命取りとなるんだ。こうなったら、背中というポジションだな。どう思う、イリナ？」

「肩車《かたぐるま》というのも最終手段だと思うわ！」

アーシア、ゼノヴィア、イリナのトリオはリアスと朱乃さんのお姉さまコンビに毎回先んじられて研究までし出した。両サイド押さえられた上におんぶに肩車だなんて！　そんな状態で登下校できるわけねぇだろ！

部活動の時間帯でもひと波乱がある。俺のひざ上に座る小猫ちゃんを見ていて、レイヴェルがついに行動に出たんだ。

「私も座りますわ！　いつも小猫さんばかりずるい！」

レイヴェルまで俺のひざ上に座ってきた！　やわらかい尻肉《しり》の感触《かんしょく》がひざに伝わってそれは素晴《すば》らしいものだったが――。

「――っ！……レイヴェル。ここは私だけのポジション……！」

「わ、私だって、座りたいですわ。いつもいつもイッセーさまのひざ上に座る小猫さんの姿がうらやましくて仕方がなかったんですもの！」

俺のひざ上で後輩《こうはい》女子二人がポジションを争う！　さらには――。

「ぼ、僕もイッセー先輩《せんぱい》のひざ上座りたいかもですぅ……」

「我も座りたい」

ギャー助や、魔方陣《まほうじん》を介《かい》してたびたび部室に遊びに来るオーフィスまで俺のひざ上に興味津々《きょうみしんしん》のご様子だった！

俺ともっと仲良くしたいっていう女の子たちの行動がめっちゃうれしい！　けど、ちょいと大変かも。俺の身はひとつなのですべてに対応しきれないんだよね。

このことをアザゼル先生やロスヴァイセさんに相談したところ――。

先生からは、

「ま、おまえの生死不明というあいつらにとって絶望的な一件があったせいか、その反動でおまえをいつも以上に求めているんだろう。一時的なものだと思うから落ち着くまで相手をしてやれ。甲斐性《かいしょう》はここで鍛《きた》えておくんだな」

と。ロスヴァイセさんからは、

「イッセーくんの男子力が試《ため》されている時期なのだと思います。というよりもハーレム王を目指すのでしたら、いい機会ですから複数の女性を相手にする状況に慣れたほうがいいのでは？　バランスよくおつきあいしないとかわいそうな目を見る女子が出てしまいますからね。――っと、私は何を真面目《まじめ》にこんないやらしいことを答えているのでしょうか。イッセーくんや他の女子の影響《えいきょう》なのかしら……。でもあれです。あえて教師としての面から言わせてもらうと、教育上よろしくない事柄《ことがら》です。あなたのファンであるお子さまなどには見せられない『おっぱいドラゴン』のプライベートですね」

と、長々と語ってくれた。……『おっぱいドラゴン』って名称《めいしょう》のものが流行《はや》っている時

点で冥界の教育、育成システムに俺は疑問を感じます……！

……しかしまあ、ハーレム王への険しい課題が見えてしまう。女子同士の競《きそ》い合いに巻き込まれると途端にテンパるからね、俺って。

学校で複数の一般《いっぱん》女子生徒の競い合いに巻き込まれがちな親友──木場《きば》にもこのことを相談したら、

「慣れ……かな。すごく参考にならない意見だけれど、目の前で数人の女性が私も私もってなるとやっぱり困惑《こんわく》するよね。けれど、それを何度も見てくると解消の仕方が少しずつ見えてくると思うよ？　僕は、できることは応じるけれど、できそうにないことは断るようにしたんだ。曖昧《あいまい》な返事よりもきちんと言ってあげたほうが自分のためにもその子のためにもいいと思ったからね」

なんて助言をしてくれた！　イケメンすぎる！　心までイケメンすぎる！　何度も女子に告白されてきて、丁重《ていちょう》に断ってきた男は言うことが違《ちが》う！

俺もできないことは断りたいが……オカ研女子メンバーの憂《うれ》いのある表情を見てしまうと……断り切れない！　なんとかしてやろうと思っちゃう！

でも、そのあと、木場のやつはこうも言ってきた。

「ところでイッセーくん。僕とお昼を一緒にどうかな……？　お弁当のおかずになりそう

なものをいくつか作ってみたんだ。ぜひキミに食べてほしいな……」

――って！　野郎《やろう》が女子を断って俺にまとわりつくなぁぁぁっ！　女子より俺を選ぶな！　マジでやめて！　最近、俺の周囲の雄度《おす》が高まりすぎて怖《こわ》いんだからさ！

ていうか、右の子が困っていたら応じて、左の子が困っていても応じてしまいたいんです！　身が保《も》たなくてもね！　ただ、それを解消できない甲斐性なわけでして！　女子のパワーが強すぎるってのもあるんだけどさ！

ロスヴァイセさんの言うバランスが崩壊《ほうかい》してしまっても俺は……っ！

時には断り切れる勇気！　そういうのもハーレム王には必要なのか⁉

椅子でベッドの女子軍団を見ながら頭を抱《かか》える俺！　課題は多すぎる！

でも、ベッドが女の子だらけって、この場面はおいしいよな……。朱乃さんとかゼノヴィアなんて寝巻きが着崩《きくず》れておっぱいが半分以上お目見えしちゃっているし、太ももなんてじっくり見ろと言わんばかりに露出《ろしゅつ》してる！

というよりもリアスと朱乃さんは透《す》け透けネグリジェだからさ！　先端《せんたん》の部分が透けて見えちゃっているわけでして！　ありがとうございます！

普段《ふだん》、朱乃さんって寝るときに浴衣《ゆかた》を着ているから、透け透けネグリジェ姿がまぶしく思えてしまう！　似合ってます！　やっぱ乳の豊満な女性がネグリジェだととんでもない

破壊力《はかい》を発揮するよね！

つーか、ゼノヴィアって上がシャツで下は……パンツ一丁かよ！　ゼノヴィアのおパンツ！　朝から良いものを見させていただいております。

イリナは普通のパジャマ。これはアーシアと一緒だな。やっぱり、教会関係者ってのは基本パジャマなんだろうな。これはこれで大変かわいらしい。

小猫ちゃんも今日はパジャマ！　猫マークの入った愛くるしい格好だ。

最後にオーフィス。こいつも黒いパジャマだけど……。ここに来て寝てるのは、皆の真似《まね》をしているってのもあると思う。

オーフィスはここに住むようになってから、俺や皆のうしろをちょこちょこついて回って、やることなすこと真似をするようになった。

まるで頭のなかがまっさらな幼児。やっぱ純粋《じゅんすい》なんだろう。それゆえに騙《だま》されやすかったわけだ。ヴァーリが保護しようとしたのもうなずける。

強くて純粋で騙されやすい。こいつが騙されてテロリストに利用されたら世界の均衡《きんこう》が崩れてしまってもおかしくないよな。

だから、俺のベッドで皆と同様に寝ているのも、皆が俺のベッドで寝ているからやってみたんだろう。まあ、俺になついているってのもあるんだけど……。

コンコン。ふいにドアがノックされる。

「おはようございます、イッセーさま、リアスさま、アーシアさま。——皆《みな》さん起きてますか？」

声の主はレイヴェルだ。そういえば、このベッドの上にレイヴェルはいないな。

「ああ、どうぞ」

俺が応じるとドアを開けてレイヴェルが入ってくる。ベッドの状況《じょうきょう》を見て、目を丸くしていた。

「……す、すごいことになってますわ。昨夜はこのような状態になるなんて皆さん露《つゆ》ほども気配を感じさせなかったのに……。私も参加したかったですわ……」

驚《おどろ》きと共に若干《じゃっかん》の後悔《こうかい》をしているようだった。いや、もうベッドの上は定員をオーバーしておりまして！　俺、どこで寝《ね》ればいいのよ!?　床ですか!?　ベッドの上に女子がてんこもりで部屋の主《あるじ》たる俺が床で寝ながらそれを眺《なが》めるって生殺しというよりも新しい世界すぎて反応に困っちゃうよ！　実際、いま困っているんだけどさ！

「……ふぁぁぁぁああ……」

レイヴェルの登場にリアスが起きたようだった。寝ぼけ眼《まなこ》で俺とレイヴェル——そしてベッドの状況に視線を配っていた。

「……すごいことになっているわね、ベッド」

ベッド上で寝ている眷属女子たちを見て彼女は苦笑いしている。部屋のなかを進み、ベッドの小猫ちゃんを揺《ゆ》り動かして起こそうとするレイヴェルは思い出したように言った。

「そういえばリアスさま。そろそろ魔法使いの方々の契約《けいやく》や例の吸血鬼《きゅうけつき》の方がいらっしゃるとおっしゃってませんでしたか？」

ああ、そうだ。リアスは少し前に「そろそろ魔法使いとの契約について話し合う時期なの。それと、ヴァンパイアの来客があるわ」って言ってた。魔法使いの件はともかく、ヴァンパイアの来客！……ギャスパーのところのヴラディ家？

怪訝《けげん》な面持《おもも》ちで首をかしげる俺の横でリアスが言う。

「レイヴェル、魔法使いに関してイッセーのフォローをお願いね。マネージャー、頼《たよ》りにしているわ」

リアスの一言にレイヴェルは胸を張ってうなずいていた。

「お任せください！　赤龍帝《せきりゅうてい》のマネージャーたるこのレイヴェル・フェニックスが、イッセーさまにふさわしい魔法使いを選び抜《ぬ》いてみせますわ！」

おおっ、小柄《こがら》な後輩が俺のために踏《ふ》ん張ると宣言してくれるとうれしいものがあるね！

まだ悪魔歴の浅い俺にとって、マネージャーはありがたい。実際、中級悪魔昇格試験《しょうかくしけん》の勉

強ではレイヴェルのサポートがとても良く作用した。

しかし、胸を張るレイヴェルの……おっぱい。小さな体格の割にきちんと主張していて、これは素晴らしい！

後輩の乳に見惚《みと》れている俺など置いて、リアスが言う。

「まずは皆《みんな》を起こして朝食ね」

こうして、一日が始まる。――と思ったら、レイヴェルの後方から思いもよらない人物が姿を現す。着物を着た黒髪《くろかみ》の美女。

「ちゃお♪　お邪魔《じゃま》してるにゃん」

――ッ！　猫又《ねこまた》お姉さんの――っ！

「く、黒歌《くろか》!?　ど、どうしてここに!?」

さすがのリアスも黒歌の登場に驚いていた。背後を取られていたレイヴェルも「い、いつの間に！」とビックリしていた。

「あ、どうも。私もお邪魔しております」

黒歌のうしろから現れたのはとんがり帽子《ぼうし》の魔法使い――ルフェイだった。おいおい、ヴァーリチームの女性陣《じん》が俺の家に来てるよ！　じゃ、じゃあ、ヴァーリたちも……？

「ヴァーリたちは来てないにゃん」

俺の心中を読んだように黒歌はそう口にした。あ、奴《やつ》らは来てないのね。朝からライバルの顔なんて見たくないよ。あいつ、ただでさえ俺を求めだしてんのにさ！　木場といい、サイラオーグさんといい、曹操《そうそう》といい、ヴァーリといい、なんで俺はそんなに野郎にモテなきゃいけないんだ!?　雄度はいらない！　女子だけくれぇえっ！

「……ね、姉さま。どうしてここに？」

黒歌の声に反応して起きたのか、小猫ちゃんが目をさすりながらベッドから這《は》い出る。

「どうしてって、白音《しろね》が私から術を習いたいって言ってたから来てあげたのよ。ありがたく思ってほしいにゃ。あ、それと空いてる部屋、占拠《せんきょ》させてもらってるから。よろしく～♪」

よろしく～、じゃないだろっ！　空いてる部屋を占拠!?　い、いや、確かに地上六階なんで空いてる部屋はまだまだあるけどさ！　兵藤《ひょうどう》家に勝手に住むな！

頭を抱える俺。ルフェイがおそるおそる手をあげる。

「そ、それとですね。魔法使いの方々と交渉《こうしょう》するかもとのことなので、僭越《せんえつ》ながら私もアドバイザーとして滞在《たいざい》させていただこうかなーっと。……ご迷惑《めいわく》でしょうか？」

そ、それはありがたいけど……。

リアスが嘆息《たんそく》しながら言う。

「ご迷惑も何もどうして白龍皇《はくりゅうこう》側のあなたたちが私たちの家にいるの？　敵地に等しいのよ？」

黒歌はつかつか部屋に入ってきてリアスの頭をなでる。

「スイッちゃんは難しいこと考えすぎにゃー。そんなだから、脳みそにいくエネルギーがお乳から飛び出すようになるのよ？」

リアスの乳をぽよんぽよん手で弾《はず》ませながら黒歌がそんなことを言った。リアスが黒歌の手を払《はら》う。

「大きなお世話よ……。というよりも、スイッちゃんって何よ……！……はっ！　まさか、以前この家に来たときに転移魔方陣のマーキングをしたのね!?」

「ピンポーン♪　おかげさまで一瞬《いっしゅん》で来られるようになったにゃ。いつでもここのおっきなお風呂《ふろ》使えるってわけね」

うちに来たときに黒歌はそんなことをしていったのか。こ、これはグレモリー家に匿《かくま》われたときも同様のことをしでかしてそうで怖いな……。ま、最悪のことだけはしないと信じたいところだ。

当惑《とうわく》する俺たちにルフェイが一枚の手紙を出してくる。

「あ、あの、これ、アザゼル元総督《そうとく》よりのお手紙です」

先生からの？　俺が受け取り、封《ふう》を切って中身を確認《かくにん》する。

『ヴァーリんところの黒歌とルフェイが度々《たびたび》そこにお邪魔するかもしれねぇがよろしくな♪　ま、ひどいことしないだろうから、仲良くしてやってくれや。おまえらが尊敬するアザゼルより』

「んもう！　また勝手にこんなことを！」

俺は手紙を床《ゆか》に放《ほう》り出してため息を吐《つ》くしかなかった。先生ってヴァーリチームに甘いところあるからな……。いちおう、俺たちライバルなんだぜ？

「たまにしか来ないから、気にしないで。ね、スイッちゃん？　白音のこと、ちゃーんと鍛《きた》えるから♪」

手を合わせてウインクしながら頼《たの》み込む黒歌。

リアスは額に手を当てながら言う。

「……勝手になさい。その代わり、小猫のこと、頼むわよ？　それと必要なときは力を貸しなさい。悪魔らしくギブアンドテイクよ」

たまにこの二人も訪問してくることになるのか……。

どうやら、兵藤家はいっそう賑《にぎ》やかになりそうだ。

Life.1　今日も悪魔《あくま》やってます。

ここ最近、どうにも俺は学校生活が楽しく感じてしまう。

強敵が襲来《しゅうらい》することが多いからだろうか。それに肉体が滅《ほろ》ぶなんて人生でもそうないであろうことが起きたのも拍車《はくしゃ》をかけたと思うんだ。

ただの授業ですら、平和を感じるからな。転生前までは、英語や数学の授業を受けるだけで「早く終わんないかなー」って切実に思ったほどだ。

いや、本当、平和が一番ですよ。昼間、普通に学校生活送って、深夜、悪魔稼業《かぎょう》に精を出して何事もなく一日を終えたい。

……まあ、悪魔生活ってのも去年の俺に比べたら異常なことではあるんだが……それ以上の出来事が俺を襲《おそ》うわけで……。

なんだよ、悪神とか旧魔王の血族とか神滅具《ロンギヌス》とかさ！　カンベンして！　俺はリアスやアーシアたちとキャッキャウフフと楽しく、時々エッチな日々を送れたら、それだけで十分なんです！　戦闘《せんとう》はレーティングゲームだけでいいって！

……いや、でも中級悪魔にこんなにも早く昇格《しょうかく》できたのも敵の襲来があってこそなんだけどね……。

……このままいけば、上級悪魔も夢じゃない、か。

アザゼル先生にもすでに「上級悪魔になるための心がけと、昇格したあとの進路」を考えるよう言われている。

休み時間のなか、俺は窓から空を眺めた。

……進路って。でも、そうだよな。俺、高校二年生だし、もう冬だ。親含《ふく》めての進路相談の話もあるし、進路希望調査のプリントにも希望を書いた。

人間としての進路は——駒王学園《くおうがくえん》の大学部への進学だ。これは俺がよほどのヘマをしなければ問題ない。あとは悪魔としての進路か……。

ハーレム王！　それは当然なんだが、具体的な生き方を決めなきゃダメなのかな。

まずはリアスの夢を叶《かな》えるため、それに邁進《まいしん》する！　リアスはレーティングゲームの王者になりたい。俺はそれを支えるため、リアスがゲームに本格参戦したら全力で戦う。

それはリアスの眷属《けんぞく》としての生き方だ。そしてもうひとつ。俺が上級悪魔になったら、どうするか——。

悪魔の駒《イーヴィル・ピース》を得て、独り立ちする。それが主な内容だが……そこを詳《くわ》しく決めておらず、

おぼろげなイメージしかないからな……。

アザゼル先生に、独り立ちするときは軍資金を用意しておけと言われた。自分の眷属を持ち、自分の縄張《なわば》りを持つのなら、自分の下僕《げぼく》を養うだけの用意がなければ意味がないと突《つ》きつけられた。

お金か。ないわけじゃない。グレモリー家が「おっぱいドラゴン」で稼《かせ》いでいるお金の一部――著作権の利潤《りじゅん》が俺の口座に入ってきているんだ。

悪魔用の口座。俺が悪魔になったとき、リアスが用意してくれた。これは眷属の皆が持っている。悪魔稼業での働き分がここに入ってくるんだ。俺の場合、それにプラスされて「おっぱいドラゴン」の著作権料が振《ふ》り込まれる。

その金額たるやえらい数字でして……。高校生が使うには早いと、いまはまだグレイフィアさんに管理されていた。俺もあれだけのお金は金銭感覚が狂《くる》うと感じていたから、グレイフィアさんの管理はとてもありがたかった。

独り立ちするとき、それを軍資金にする！　それでも足りるかわからないけど、いまのうちに一円でも稼げるだけ稼いでおくべきだな！

でも、木場《きば》の師匠《ししょう》――沖田《おきた》さんに転生悪魔のあり方みたいなものを教わった。

人間から転生した悪魔は生き急ぐきらいがあるんだって。

永い時を生きるから、早い段階に目標達成を目指して突き進んでしまうと残りの時間が余りすぎて困ってしまうらしいんだ。燃え尽《つ》き症候群《しょうこうぐん》みたいなものが生じて、感情の起伏《きふく》が乏《とぼ》しくなってしまいかねないんだそうだ。ゆっくりとじっくりと、悪魔としての生き方を楽しみながら動いたほうが転生悪魔としてうまく生きられるんだって。

早期にハーレム王になったら、俺も燃え尽きてしまう……？　それはまだわからないけど、仮に一万年生きるとして、もし百年、千年ぐらいでハーレム王になったら……。

……そうだな、残りの人生が相当長く感じてしまうかもしれない。そうならないためにも目標、夢はたくさん見つけておいて損なしってことだ。レーティングゲームにも参加したいし、タイトルだって獲《と》ってみたい！

でも、まずは上級悪魔にならないとしょうもない。いまは目先のやりたいことを叶えないと次の夢も野望も抱《いだ》いていけないように思える。生きていりゃ、他《ほか》にもやりたいことが見つかるはずだ！　いや、見つかる！

うん！　なんとなく、いまやれる目標がわかってきたぞ！

リアスの眷属として生きる！　かつ将来の夢のため、一円でも多く稼ぐ！

これでいいじゃないか！　よっしゃ！　わかったところで学校生活を平穏《へいおん》に過ごそうじ

ゃないか！

一人でガッツポーズをしていると、俺の頭を思いっきり叩《たた》く奴がいた！

「いってぇ！　誰《だれ》だ⁉」

振り返ると――そこには松田《まつだ》と元浜《もとはま》の姿が！　なぜか怒《いか》りに震《ふる》えていた。

松田が詰《つ》め寄ってくる。

「おまえ！　一年のレイヴェル・フェニックスさんとも親しいらしいな！」

レイヴェル？

「ん？　ああ、まあ、この学校に転校する前から知ってるしな。家族のヒトにもよろしく言われてるから、面倒《めんどう》見てるんだ」

冥界《めいかい》に行くたび、レイヴェルと出会っていたし、フェニックスのお母さんからもよろしく頼まれた。後輩《こうはい》だしさ、面倒見なきゃダメだろ。って、いまの俺は逆にマネージャーのレイヴェルにお世話になっているぐらいか。

俺の言葉を聞いて、元浜がふるふると全身を震わせていた。

「お、親公認かよ……どうなっているんだ……。アーシアちゃん、リアス先輩《せんぱい》、姫島《ひめじま》先輩、塔城小猫《とうじょうこねこ》さんにゼノヴィアちゃんにイリナさんまで……全員、この学校のマドンナだぞアイドルだぞ……っ！　そ、それに加えてレイヴェル・フェニックスさんまで……っ！」

「あんたら、その反応、もういい加減やめたら？　端《はた》から見ていても飽《あ》きるわよ」

そんなことを言いながら登場したのはエロメガネこと桐生《きりゅう》だった。半眼になって桐生は続ける。

「こんなこと言ってはあれだけれど、美人のヒトってほら、変わった男性を好きになりやすいっていうから、きっと兵藤《ひょうどう》のアレっぷりに惹《ひ》かれるところがあったのよ」

アレっぷりってなんだよ……っ！　ま、まあ、俺が関与《かんよ》する事件は頭のおかしいことがよく起こるけどさ！

「「あー、なるほど」」

手をポンと叩いて納得《なっとく》するバカ二人！　クソッ！　なんだ、その妙《みょう》な納得具合は!?

しかし、松田は頭を抱《かか》えてしまう。

「いや、やっぱり、理不尽《りふじん》だって！　だったら、同じエロバカな俺や元浜にだって、御利益《ごりやく》があるはずじゃねぇか！」

「その通りだ！　俺や松田のもとには一切《いっさい》美女とのフラグが立たないぞ!?　どういうことだ！　どういうことなんだぁぁぁっ!?」

元浜も涙《なみだ》を流しながら訴《うった》える。

「まあまあ、きっとそういうフラグが全部兵藤に立ってしまったのよ。つまり、あいつの

ほうがあんたたちよりもずーっとエロでバカだったってことで諦《あきら》めるの。ね？」

桐生が松田と元浜の頭をなでて慰《なぐさ》めていた。

桐生の奴《やつ》め！　そんな慰めの仕方があるか！　俺はそんなにエロでバカだってのか⁉

……………ひ、否定はできんかもしれないけど！　そのおかげでリアスたちと仲良くなったのなら光栄だ！

「松田と元浜にも主の慈愛《じあい》があればいいのだが……」

ゼノヴィアが悲哀《ひあい》の眼差《まなざ》しをしていた。

「今度、ミカエルさまにお願いしてみようかしら」

それでいいのか、イリナ！　こいつらのためにミカエルさんのありがたいご慈悲《じひ》を与《あた》えていいものか⁉

「松田さん、元浜さん、今度ミサに参加しませんか？　悲しいことがあっても皆《みんな》と一緒《いっしょ》の時を過ごせば少しでも気持ちが楽になれると思うんです」

アーシアァァァッ！　無自覚の布教が始まってるからね！

教会トリオの文化の違《ちが》いを垣間見《かいまみ》ていると、その横で桐生の目が俺を捉《とら》えてきた。メガネがキラリと光る。

「ところで兵藤。噂《うわさ》は本当なの？」

「な、なんだよ、噂って？」

「リアス先輩のことを『リアス』って呼び捨てで呼んでるって」

桐生のその一言は教室中にいるクラスメイトの注目を一身に集めてしまった！

皆が、好奇《こうき》の視線で「そういえば、そんな噂流れてたな」「私も訊《き》きたかったことをよく訊いたわ！」などと口にし始めてる！
マ、マジか！　学園中にそんな噂が流れてんのか⁉　あ、無警戒《むけいかい》にリアスのことを学園内で「リアス」って呼んだかも！　それを誰かが見ていた……？　油断も隙《すき》も無い！
一般《いっぱん》生徒の目が届きそうな学校生活では呼び名を「部長」にして公私を分けるとリアスと話し合ったのに、俺のほうがヘマをした⁉

ど、どう答えようか苦慮《くりょ》していると――、

「イッセーくん、アーシアさん、ゼノヴィア、イリナさん、放課後のことについて話し合いたいんだけど――」

木場が教室の入り口に現れた！　ナイスタイミングだ！

「お、おう！　木場！　いまいく！　ほら、皆も行くぞ！」

俺はアーシアたちの背中を押して、さっさと教室をあとにする！

「ちょっと、兵藤！　結局、どうなの？」

桐生よ、それを答えるわけにはいかん！　言いたいけど、言ったら俺は学校中から敵と判断される！　静かにお付き合いさせてくれぇぇぇっ！

―○●○―

その日の放課後――。

俺たちオカルト研究部の面々は部室に集合していた。職員会議を終えてきたロスヴァイセさんが少し遅《おく》れて合流する。

ソファに座る俺たちを確認《かくにん》して、リアスが立ち上がり、見渡《みわた》すように話し始める。

「さて、皆、今日集まってもらったのは他でもないの。――今日から例の件、『魔法使《まほうつか》い』との契約期間《けいやく》に入っていくわ」

――魔法使いとの契約。

俺は生唾《なまつば》を飲み込んで思い出す。悪魔と魔法使いの関係は古くより、太く濃《こ》い。人間が悪魔に願い、契約する形態とは違う代物《しろもの》だ。

魔法使いという人種は、基本的に自分の魔法研究を生涯《しょうがい》に渡《わた》って磨《みが》き続ける魔の探求者だというんだ。

黒、白、召喚《しょうかん》、精霊《せいれい》、ルーン文字式、地域ごとの術式、その他にも多くの魔法があり、

彼らはそのなかから自分なりのテーマを決めて、一生をそこに注ぐ。研究を自分だけの秘匿《ひとく》としたり、その探究の仕方も人それぞれ。

さて、その魔法使いと悪魔の関係とは——。

リアスが改めて言う。

「魔法使いが悪魔と契約する理由は大きく三つ。ひとつは用心棒として。いざというとき、バックボーンに強力な悪魔がいれば、いざこざに巻き込まれたときに相手先と折り合いがつけられるからよ」

「ヤクザみたいですね」

俺がそう言うと、リアスも苦笑いしながら「そうね」と答える。

リアスが指を二本立てた。

「ふたつめ、悪魔の技術、知識を得たいがため。もっと言えば冥界《めいかい》の技術形態ね。魔法使いが研究に使うためにそれらが効力を発揮するの」

それだけだったら、直《じか》に冥界に行ってほしいものを直接手に入れたり、他の陣営《じんえい》経由でも入手はできるはずだ。

だが、それらは高リスクなんだそうだ。前者は、冥界に行くための手段が相当限られているため。俺なんかが手軽に冥界に行けたりするが、それは「上級悪魔グレモリー」の眷《けん》

属《ぞく》だからだ。悪魔でもない魔法使いが気軽に行けるほど、冥界までの道のりは楽ではない。悪魔の眷属だから人間界と冥界を行き来できるってのは、『はぐれ悪魔』など場合によっちゃ問題でもあるんだけどね。

俺が夏休みに冥界へ初めて行ったときも列車のなかで登録されたが、ただの魔法使いでは、それ以上のハイリスクなものを要求されるという。魔術師《まじゅつし》の歴史に名を残すぐらいのヒトなら冥界へのパスも手に入れられるというが、それに関しても相当な限定条件だ。

つまり、悪魔や堕天使《だてんし》でもない者がそう簡単に冥界に行くことなんてできない。……ヴァーリとかが冥界にひょっこり姿を現すのはあいつらが異常に強いせいだ。

そういう意味では、己《おのれ》の強力な転移魔法のみで冥界に侵入《しんにゅう》する魔法使いもなかにはいるようだが……。その手の輩《やから》は魔法使いの協会からも悪魔からも危険視されている異端《いたん》者だ。ヴァーリも同様だし、不正で入国しちゃうのはやっぱりまずいだろう。

そして、後者の「他の陣営からほしいものを手に入れたらどうなのか」ということだが、そっちはそっちで仲介料《ちゅうかいりょう》をとられてしまうため、値段がバカみたいに跳《は》ね上がるという。ほしいものしだいでは下手をすれば生涯の研究で得た富——全財産でも足りないぐらいの値段をつけられてしまう。

たとえばフェニックスの涙。冥界でも高級アイテムだが、一般の魔法使いからしてみれ

ば超《ちょう》が十個でも少ないとされるほどにレアなんだってさ。

そのため、悪魔と契約して、直に等価交換《こうかん》したほうが安上がりになる。それでもだいぶ高値の取り引きとなるようだ。

リアスが指を三本立てた。

「最後に。簡単なことよ。己のステータスにするため、悪魔と契約するの。強力な悪魔と契約すればそれだけで大きな財産となるわ。私のお父さまやお母さまだって、魔法使いと契約しているのよ？　何かあったときは、相談事を受けるために召喚に応じるってわけね。上級悪魔及《およ》び、その眷属ならばそれが義務のひとつなの」

そう、上級悪魔グレモリーの娘《むすめ》たるリアスが適正の年齢《ねんれい》に達したため、リアスはじめグレモリー眷属は魔法使いとの契約期間に突入《とつにゅう》することになった。それが今回の集まった理由となるわけだ。

ゼノヴィアが複雑そうに首をかしげる。

「まさか、私が魔法使いに呼び出される側になるとは、人生とはおもしろいものだ」

そうだな。俺もそう思うよ。こっちが「ふっふっふ、俺を呼び出した魔法使いはおまえか？」なんて言う側になるとは露《つゆ》ほどにも思わなかった。

リアスが苦笑《くしょう》する。

「そうね。異能に携《たずさ》わる人間なら、普通《ふつう》は呼び寄せる側だわ。呼ばれる側なんて、悪魔や魔物ですものね。だからこそ、皆には契約を大切にしてもらいたいの。一度交《か》わした契約は簡単に反故《ほご》できるものではないわ。契約したら、きちんとお仕事するの。けれど、程度の低そうな相手と契約したら、こちらの品位が疑われるわ。最高の取り引き相手を選びなさい。魔法使いにとっては異能研究の延長線上でしょうけれど、私たち悪魔にとってこれはビジネスだもの。普通の人間との契約、魔法使いとの契約、両立してこそ悪魔よ」

『はい！』

主《あるじ》の言葉に俺たちは大きくうなずいた。そう、こなして当たり前。これは仕事なんだ。悪魔としてこれをこなさないで上級悪魔を目指そうなんて、あり得ないってことだ。

魔法使いとの契約――。

最高のパートナーを見つけてやる！

……でも、できるだけ美人の魔女さまがいいな！

『悪魔ちゃん、私のお願いきいてく・れ・る？』

『もちろんですよ。ただし、いつも通り契約の代価としておっぱいをもませていただきます』

『いやーん、悪魔ちゃんったら、エッチ♪』

……………いい。いいじゃないか、そういうビジネスパートナー……ッ！

「……いやらしいことを考えていましたね？」

ひざ上の小猫ちゃんに足をつねられてしまった！　小猫さまは手厳しい！

そんなやり取りをしているうちに、リアスが部室の時計を確認していた。

「そろそろ時間ね。皆《みんな》、魔法使いの協会のトップが魔方陣《まほうじん》で連絡《れんらく》をくださるの。きちんとしていてね」

おおっ、これは気をつけねば。ひざ上の小猫ちゃんもひざから降りて、俺の隣《となり》の席に座り直した。キチッとソファに勢揃《せいぞろ》いしたところで、部室の床《ゆか》に大きな魔方陣が出現する。

淡《あわ》い光が円形を描《えが》いていく。

「……メフィスト・フェレスの紋様《もんよう》」

木場がぼそりとそう口にしていた。……メフィスト・フェレス？　それって、番外の悪魔《エキストラ・デーモン》に属する伝説の悪魔で、あの英雄《えいゆう》派の霧《きり》使いゲオルクの先祖が契約したっていう……。

そんなことを思い返しているうちに部室に現れた魔方陣は、立体映像を映し出す。

椅子《いす》に優雅《ゆうが》に座った中年男性の立体映像が目の前に現れる。……赤色と青色の毛が入り乱れた頭髪《とうはつ》はぴっちりと固めて、切れ長の両眼《りょうめ》は右が赤で左が青というオッドアイ。アジュカ・ベルゼブブさまに似た怪《あや》しい雰囲気《ふんいき》を漂《ただよ》わせる男性だった。ちょっとだけ、強面《こわもて》だ

な。その怖々《こわごわ》とした顔が、ニッコリと破顔する。

『これはリアスちゃん。久しいねぇ』

なんとも軽い声音《こわね》だった。……もっと恐々《きょうきょう》としたものかと思ったが、一気に緊張《きんちょう》が解けてしまったよ。

リアスがあいさつに応じる。

「お久しぶりです、メフィスト・フェレスさま」

『いやー、お母さんに似て美しくなるねぇ。キミのお祖母《ばあ》さまもひいお祖母さまもそれはお美しい方ばかりだったよ』

「ありがとうございます」

リアスが俺たちにその方を改めて紹介《しょうかい》してくれる。

「皆、こちらの方が番外の悪魔《エキストラ・デーモン》にして、魔法使いの協会の理事でもあらせられるメフィスト・フェレスさまよ」

『や、これはどうも。メフィスト・フェレスです。詳《くわ》しくは関連書物でご確認ください。僕を取り扱《あつか》った本は世界中に溢《あふ》れているしねぇ』

……いきなり、メタ的なことを言われたよ。

しかし、なるほどね。この方が魔法使いの長《おさ》。まさか、悪魔がトップだったなんてね。

俺の脇《わき》に座っていたレイヴェルがこっそりと口を開く。

(……初代ゲオルク・ファウストと契約したあと、初代が亡《な》くなられたあとも人間界にとどまり、そのまま協会のトップに位置したそうですわ)

へー、人間界が気にいったのかね？

「個人なんですよね。家とかじゃなくて」

つい気になって質問してしまった。フェレス家とか聞かないから、個人なのかなって気になったんだ。

リアスが説明をくれる。

「メフィスト・フェレスさまは悪魔のなかでも最古参のお一人で、活動のほとんどを人間界で過ごされているの。それと、タンニーンさまの『王《キング》』でもあらせられるわ」

──っ！　リアスの言葉を聞いて、ビックリする！

おおっ、このヒトが、謎《なぞ》だったタンニーンのおっさんの『王《キング》』か！

『タンニーンくんには僕の「女王《クィーン》」の駒《こま》をあげたんだ。滅《ほろ》びそうなドラゴン種族をできる限り救済したいと言ってきてね。やー、龍王《りゅうおう》の鑑《かがみ》だよ、彼は。ま、僕ってゲームに参加しないし、冥界の騒動《そうどう》にも首を突《つ》っ込まないから、基本的に自由にさせてるけどねぇ』

タンニーンのおっさん、『女王《クィーン》』だったんか！　だから、能力の総合的なバランスが良

かったのね。いやー、意外なところで知りたかったことがわかるもんだな。おっさんなのに『女王《クイーン》』ってのも、なんだか途端《とたん》にかわいらしく思えてきてしまった。

レイヴェルがさらに補足説明をくれる。

（メフィスト・フェレスさまは旧四大魔王さまと同世代だそうですわ。仲が悪かったようですけど。だから、旧政府とは仲違《なかたが》いをして、人間界にお隠《かく》れになったそうですわ）

そんな理由があったのか。ていうか、旧四大魔王と同期⁉　何年生きてんだ⁉　見た目はおっさんなのにそんな生きてるのか！

いや、悪魔は見た目変えられるし、同じぐらい生きてそうなアザゼル先生やミカエルさんも外見は若い。見た目は青年中年、中身はジジイが多すぎる！

耳打ちを聞かれたのか、メフィスト・フェレスさんが大きくうなずいていた。

『そうそう、その通り。僕は彼らがだいっ嫌《きら》いだったからねぇ。だから、いまのサーゼクスくんやセラフォルーちゃんのことは大好きさ。何せ、僕のやっていることの大半は容認してくれているからね。前魔王の連中ときたら、あれをしろ、これをしろって要求ばかりで嫌《いや》になってしまったよ。ま、現魔王のなかでアジュカくんとだけは思想の違《ちが》いで意見が対立しているけど、それにしたって嫌いってほどじゃない』

つまり、現政府とは良好というわけね。

『年寄りの話を聞いてくれるリアスちゃんは本当にいい子だねぇ。グレモリーはキミのお祖父《じい》さんもひいお祖父さんもひいひいお祖父さんも話のわかる方ばかりだからねぇ。お祖父さんたちは元気かな？　隠居《いんきょ》して久しいよね』

「は、はい。グレモリー領の辺境でひっそりと過ごされてますわ」

そう答えるリアスだけど……。そっか、リアスにもおじいちゃんいるんだな。当たり前か。家督《かとく》の引き継《つ》ぎの際、現当主は次の家主にすべてを託《たく》すと隠居生活に入るって以前リアスに聞いたな。

リアスはすでに隠居後のことも視野に入れていて、日本に住むって口にしていた。まだ当主にもなっていないのに大分先のことまで考えているようだった。もちろん、当主になり、夢を全部叶《かな》えたあとのことだろうけどさ。ていうか、何百、何千年後のことになるやら……。その頃《ころ》の日本ってどうなってんだろう？　想像もつかない。

そこからリアスとメフィスト・フェレスさんの昔話、世間話、昨今の魔術師業界についてとお話が続いていった。

「では、メフィスト・フェレスさま、ソーナとはすでにお話を？」

『ううん、残念だけどね、あとになってしまったよ、リアスちゃん。なんでも新しい眷属を迎《むか》えてから僕とお話をしたいというから、キミたちが先になったんだ。ちなみにサイラ

オーグ・バアルくんとシーグヴァイラ・アガレスちゃんとはすでに話は済んだよ』

「そうですか。ソーナの新しい眷属《けんぞく》。話には聞き及《およ》んでおりますわ」

——っ。

俺は二人の会話を聞いて、驚《おどろ》いた。会長の眷属、増えるのか！　アテがあるとは聞いてたけど、ついにか！　こりゃ楽しみだ！

話では『戦車《ルーク》』と『騎士《ナイト》』が追加メンバーで入るんだよな。同じ学園の者だろうか？　ここって、異能業界出の生徒も在学中だから、そうなのかなって。

『いやー、キミたち「若手四王《ルーキーズ・フォー》」はうちの業界でも、他《ほか》の業界でも大人気だからね。早く話をつけろと下に突っつかれて仕方なかったんだ』

（な、なんだ、ルーキーズ・フォーって？）

俺は初めて聞く単語をついレイヴェルに訊《き》いてしまった。

（最近、つけられたサイラオーグ・バアルさま、シーグヴァイラ・アガレスさま、リアスさま、ソーナさまの若手悪魔四人を称した名称《めいしょう》です。近年を顧《かえり》みても破格のルーキーが集まった豊作の世代と言われてます。リアスさまやイッセーさまの世代は冥界の歴史から見ても成熟前のルーキーとしては逸脱《いつだつ》しすぎた世代なんですよ？）

そ、そうなのか……。俺たち、そんなにすごい世代だったんだ……。だよな、木場とか

サイラオーグさんとか、強さがめちゃくちゃだもんな。

——と、そこに部室に入ってくる者がいた。アザゼル先生だった。

「わりぃわりぃ、俺だけ会議が長引いてな。お、メフィストじゃねぇか！」

魔方陣に映し出される立体映像を見かけると、すぐさま笑顔《えがお》で対応していた。相手も先生を見るや和《なご》やかに手をあげていた。

『やーやー、アザゼル。この間ぶりだねぇ。先にリアスちゃんと話をさせてもらっていたよ』

「ああ、魔術師の協会も大変なもんだな。それより、今度、こっちで飲まないか？　いい酒を手に入れてな」

なんだか、旧知の仲って印象を受けるけども。

「お知り合いですか？」

俺が先生に訊く。

「まあな。長い付き合いだ。メフィストが悪魔側の旧政府と距離《きょり》を置いている時期にな、グリゴリは独自の接触《せっしょく》をさせてもらっていたのさ」

へー、そりゃ抜《ぬ》け目のない元総督《そうとく》さまなことで。ていうか、このヒト、いろんなところにパイプ持ってるよね。

『グリゴリの情報網《じょうほうもう》は大変役に立ったよ、アザゼル。いまでも世話になっているしねぇ』

「お互《たが》いさまさ、メフィスト。ま、グリゴリ的に魔法使いの協会と裏でパイプを持っていて損はなかったわけだ。それも三大勢力の和平で秘密裏《り》にする必要もなくなったが」

そこからは俺たちを置いて、二人だけであーだこーだ業界トークが始まってしまった。

「なぬ！　マジか！　同盟拒否《きょひ》ってたあそこの神話体系が交渉《こうしょう》を？」

『というよりも、例のドラゴンの件を掘《ほ》り返している輩《やから》がいるようでねぇ。そこだけについて話し合いがあったってぐらいかな。同盟には期待しないほうがいい。基本、我々とは交流を拒絶しているからねぇ。おかげで鎖国《さこく》してる神話のまともなデータが入手できずじまいだけどさ』

「……その件か。ま、古参の神話体系は他の勢力に対して完全に黙殺《もくさつ》だからな。たとえ、自分のところの反乱分子がこちらに牙《きば》を向けても知らぬ存ぜぬを貫《つらぬ》くだろうよ」

『それだけ信仰《しんこう》者を奪《うば》われたことに対して心を閉《と》ざしているのさ。特に僕ら聖書に記され し天使、堕天使《だてんし》、悪魔は他勢力に酷《ひど》く嫌われているからねぇ。どれだけの神話を潰《つぶ》して、信仰と伝説を広めたやら。いままで和平に応じてくれたところだって、腹の中じゃどう思っているかな。各神話の主神さまの指導っぷりに期待するしかないねぇ。基本、僕らは本来の魔王と神を失っているから、神話体系の真実としては酷いぐらいに弱者だ。いまの僕

らが歩いている歴史は偽《いつわ》りとされていてもなんらおかしくはない』

「……それでも生きなきゃどうしようもねぇだろうが。神や魔王がいなくても俺らは生きてんだからよ」

『ま、僕もいまの魔王たちが好きだから、文句はないよ』

……お二人のお話は高次元すぎて、いまの俺には理解不能だ！

それを察したのか、先生とメフィスト・フェレスさんは会話をやめて、本題に入ることに。

『長くなってしまって悪かったね、リアスちゃん。それでは、キミたちと契約《けいやく》したいと言っている魔法使いの詳細《しょうさい》データを魔方陣《まほうじん》経由で送るよ』

そう言いながら映像のメフィスト・フェレスさんが指をくるくると回して、こちらに向ける。新たな魔方陣が部室の宙に展開して、そこから書類がドバドバッと降ってきた！

それを朱乃《あけの》さんや木場が回収していく。俺や他の皆《みんな》も書類の山を動かすことに！

魔方陣から落ちてくる書類は後を絶たず、ドンドンドンドン送られてくる！　チラッと確認《かくにん》すると、そこには履歴書《りれきしょ》みたいな書面が目に飛び込んできた。

……顔写真、または肖像画《しょうぞうが》で魔法使いの顔らしきものが認識できる。あとは……悪魔文字だったり、知らない魔術文字だったりで項目《こうもく》が書かれていた。

……これ、アピール文だ！　あと経歴や家柄《いえがら》なども記されていた。マジで履歴書じゃねえか！　付属の資料もたくさんだ！

書面に目を落としていた俺に木場が言う。

「むかしはともかく、いまの悪魔に対する魔法使いの契約っていうのは、まず書類選考だよ。そのあとの選考、決定の仕様は僕たちに委《ゆだ》ねられるけどね」

書類選考！　うおっ！　マジかよ。……人間社会の就職活動みたいだ。

「就職活動ならぬ、契約活動ですね。いまはこれが主流なんですよ。抜け駆《が》けを目指す契約合戦をして、血に塗《まみ》れた時代もあったそうですから」

ロスヴァイセさんが山盛りの書類を抱《かか》えて、そう言う。悪魔との契約を巡《めぐ》って魔法使い同士で戦《いくさ》って、そんなことまでしていたなんて……っ！　それだけ力ある悪魔との契約はステータスなんだな……。彼らにとってみれば生涯《しょうがい》の経歴として大きな意味合いを持つってことだ。

そんなこんなを思っているうちに送られてきた書類の山を、ご指名された者ごとに仕分けていく。

一番書類が多かったのは——リアスだった！　すんごい書類の山、山、山！

先生はその結果に至極《しごく》当たり前といった面持《おもも》ちだった。

「ま、当然だろう。リアスはグレモリー眷属の『王《キング》』だ。リアスと契約しておけば、眷属のおまえたちも動かせるかもしれないと踏《ふ》むだろうからな。グレモリー家とも懇意《こんい》にできる可能性も含《ふく》まれるため、『グレモリー眷属』というカテゴリーでは、リアスが一番人気になるのは当たり前だ」

先生の言う通りだな。リアスと契約を結べば、いろいろとお得だ。

先生は付け加える。

「それゆえ、リアスが選ぶ相手は慎重《しんちょう》かつ、強力な魔法使いでなければならない」

「わかっているわ。じっくり選ばせてもらうつもりよ」

リアスが選ぶ魔法使いなら、きっと名のある相手になるだろうな。

──と、次に多いのは、ロスヴァイセさん！　おおっ！　魔法の使い手だからかな？

「なるほど、魔法を研究する上で私の北欧《ほくおう》で得た知識──世界樹ユグドラシルに関するものを欲《ほっ》したのでしょうね」

ロスヴァイセさんは自分の評価を冷静にそう分析《ぶんせき》していた。

北欧神話の真実、知識を得たい魔法使いが多いってことなのかな。北欧は魔法のメッカのひとつと聞くからね。半神であるロスヴァイセさんの存在は大きいのかもしれない。

「悪魔でヴァルキリーなんてレアなんてもんじゃないしな」

先生もそう補足してくれた。確かに、それはそうかも。

さてさて、次に多かったのは――アーシアだった！　これは意外というか……。いや、考えてみりゃ誰《だれ》でも治療《ちりょう》できる神器《セイクリッド・ギア》があるんだ、これはオファーが多くて当然か。

「……こ、こんなにたくさんの書類をいただけるなんて……私で本当にいいのでしょうか？」

恐縮《きょうしゅく》しているアーシア。自分がこんなにも多く求められているとは露《つゆ》ほどにも思っていなかったんだろう。

メフィスト・フェレスさんが言う。

『回復という能力はメリットが大きい。どこの時代、どこの誰でも癒《い》やしの力とは究極のテーマのひとつだよ。キミと契約を結び、回復の恩恵《おんけい》を受ける。それを使って、富を得ることも容易に可能だろうからねぇ』

そうだな。癒やしの力を求めるヒトは世界中にいるだろう。それを考えれば、アーシアとの契約は大きい。儲《もう》け話にもできるし、いかなる取り引きにも使えるだろう。

「アーシア！　相手は慎重に選べよ！　あくどそうな奴《やつ》だけには引っかかるな！　いや、俺も一緒《いっしょ》に選ぶ！」

庇護欲《ひごよく》まんまんに俺はアーシアを心配してしまった。だって、怖《こわ》いじゃん！　アーシア

が悪い魔法使いに騙《だま》されて、邪悪《じゃあく》な取り引きに使われるなんてさ！

『まあ、僕たち協会が人選した者たちだから、そこまで非道な輩はいないさ』

メフィスト・フェレスさんがそう言ってくれるが……。アーシアが悪い目に遭《あ》うのは嫌《いや》ですよ……。

「安心なさい。私や朱乃もアーシアの相談に乗るのだから、下手な交渉はしないわ」

リアスが苦笑いしていた。我らが『王《キング》』と『女王《クイーン》』がついてくれるなら、心配事もなくなる。どうか、良い契約が結べますように。……できればアーシアの相手は女性の魔法使いがいいな。野郎《やろう》じゃ心配になっちゃう！

アーシアの次に並んだのが、俺↓木場↓朱乃さん↓ゼノヴィア↓小猫ちゃん↓ギャスパーという結果だった。ギャスパーが一番少ないのか。

俺たちのオファー具合を見て先生が言う。

「まあ、『王《キング》』たるリアスが一番ってのは予想できた。リアスと契約できれば一気におまえらも引き出せると思う魔法使いが大勢だ。魔法の使い手ロスヴァイセ、聖母の微笑《トワイライト・ヒーリング》を持つアーシア、赤龍帝《せきりゅうてい》のイッセー、聖魔剣《せいまけん》の木場、バラキエルの娘《むすめ》である朱乃、聖剣使いのゼノヴィア、ここまでは指名率が高いだろう。いまだ己《おのれ》の力を発揮しきれていない小猫とギャスパーは少なめだが、量よりも質で勝《すぐ》れることもある。だいたい、リアスたちを指名

した連中の大半が雑兵《ぞうひょう》もいいところだろう。この書類の山で光る魔法使いなんて数えるほどしかいないだろうな」

言うなー、先生ったら。そりゃ、この書類の全部がすげえ魔法使いだなんて思っちゃいませんけどねぇ。ギャスパーを選ぶヒトが少なかったのは、まだこいつの真の力とやらを見ていないからかな？　ま、それについては俺もいまだに確認していないんだけどさ。

協会の理事たるメフィスト・フェレスさんも先生の言葉を受けて、

『ハハハ、ま、大半が雑兵さ』

なんて言っちゃってるし！　理事が言っていいんですか、そういうこと⁉

『その割には冥界《めいかい》で人気者であり、殊勲《しゅくん》をあげる赤龍帝くんへの指名率が思ったほど伸《の》びなかったねぇ。それでも十分すぎるほどに多いけど。案外こちらの若い子たちはミーハーってわけでもないようだよ』

「魔法使いの連中はステータスも重視するが、それ以上に業界内の体裁《ていさい》を気にするからな。特にエレガントではないものに関しては少々手厳しい。イッセーの人気が俗《ぞく》すぎると判断したのかもな。本人もエロ技《わざ》ばかりだしな。ま、そこは文化と価値観の違《ちが》いだ」

などとメフィスト・フェレスさんと先生が言うが……。いや、言わせてください。『おっぱいドラゴン』が流行《はや》る冥界のほうが変だと思うんです！

メフィスト・フェレスさんはコホンと咳払《せきばら》いすると告げてくる。

『そのようなわけで、今回の書類は全部送らせてもらったよ。めぼしい子がいたら、連絡《れんらく》をいただけるとありがたいねぇ』

……今回？　俺はメフィスト・フェレスさんの言葉を訝《いぶか》しげに思ってしまった。

「今回って、またあるんですか？」

俺が問うと、リアスが答えてくれる。

「ええ、それはそうよ。今回で決まるとは限らないし、仮に契約を結んだとしてもその魔法使いが悪魔のように長生き――永遠に等しい時間を生き続けられるはずもないわ。今回いい相手がいなかったら、また新たに書類をいただけばいいだけよ。契約を結んだとしてもその相手が寿命《じゅみょう》や事故で亡《な》くなれば、フリーになるのだから、新規契約となるわ」

あー、なるほど。そういうことなのか。今回、無理に決めなくてもいいんだ。それに決めたとしても相手が亡くなった場合は、新しい相手を見つけていいのね。

木場が追加情報をくれる。

「それに契約したとしても、期間限定の場合もあるからね。たとえば、相手の都合により、一年だけの契約だったり、契約の代価を支払《しはら》えなくなって解約という形もあり得るよ」

期間を設けての契約、不利益による解約。……マジでビジネスなんだな。これも悪魔の

お仕事のひとつなんだ。

……悪魔と魔法使いの契約って、俺が思うにすんごいファンタジーでダークな印象を抱《いだ》いていた。こう薄暗《うすぐら》い研究室で、不気味な儀式《ぎしき》をおこない、魔方陣から悪魔を呼び、邪悪な契約を結ぶ——的なね。現実はとっても商業的でした。

この山盛りの書類を持ち運べるはずもないため、転移魔方陣で家に送ることとなった。

そんななか、メフィスト・フェレスさんが皆の手伝いをしていたレイヴェルに話しかける。

『そこの女人はフェニックス家の者かな?』

「は、はい。レイヴェル・フェニックスと申します」

丁寧《ていねい》にあいさつをするレイヴェル。うん、良家のお嬢《じょう》さまらしい振《ふ》る舞《ま》いだった。

メフィスト・フェレスさんはあごを手でさすりながら言い始める。

『うん……これはうちの協会だけに届いている極秘《ごくひ》の情報なのだけれどね。どうにも「はぐれ魔術師」の一団が「禍の団《カオス・ブリゲード》」の魔法使いの残党と手を組んでフェニックスの関係者に接触《せっしょく》する事例が相次いでいるんだよ』

——っ。……なんとも不気味な情報のようだ。リアスが問い返す。

「……それはどういうことなのでしょうか?」

『フェニックスの涙《なみだ》が裏でテロリストに流通していたのは知っているね？』

レイヴェルがうなずいた。

「はい。一部の卸業者《おろしぎようしや》が裏取引をしていたと耳にしましたわ。ですが、それはもう粛清《しゆくせい》されて、流通は元に戻《もど》ったと――」

『いや、闇《やみ》のマーケットで「フェニックス家」産ではない涙が、新たに売買されているようだよ』

『――ッ!?』

その情報に皆《みんな》が驚《おどろ》いた！　マジかよ！　製造がフェニックス家ではない涙が流通してんのか!?

リアスが眉根《まゆね》を寄せる。

「純正ではないのでしたら、偽物《にせもの》――効果のないものだと思いますが……。――ッ！　まさか……」

何かに気づいたリアスにメフィスト・フェレスさんが首を縦に振る。

『そうだよ、リアスちゃん。純正に等しい効果を示す涙が裏で流れているんだ。ほら、これだ』

メフィスト・フェレスさんの手に小瓶《こびん》が現れる。……これが偽物の涙？

『どうやっているかは知らないけれど、フェニックス産ではないフェニックスの涙が流通し、それに呼応するかのようにはぐれの術者たちがフェニックス関係者に接触している。ま、繋《つな》がっているだろうね。そこでそこのお嬢さんが狙《ねら》われるかもしれないから、気をつけてほしいと思ったのだよ』

「…………」

メフィスト・フェレスさんの言葉にレイヴェルも表情を少しだけ陰《かげ》らせていた。

「俺のほうもグリゴリでどうなっているかあたらせる。なーに、心配すんな。レイヴェルには強い王子さまがついてんだ。問題ないさ。それに三大勢力の同盟関係にあるこの周辺は強力な結界やらが張ってある。そうそう侵入《しんにゅう》はされないだろう。レイヴェルもここにいて、王子さまもそばにいれば安心だ」

俺の頭をぽんぽん叩《たた》く先生。強い王子さまって俺か？　ま、まあ、いざとなったらレイヴェルは絶対に守り切りますよ。そんなの当然じゃないですか。

先生がふいに不安な情報を口にし出す。

「というよりもな。どうにも『禍の団《カオス・ブリゲード》』の旧魔王《まおう》派、英雄《えいゆう》派の残党、陰に隠《かく》れた魔法使いどもをまとめようとしている輩《やから》がいるようでな。そいつが実質的な現トップだって話だ。詳《くわ》しい情報はこれからだが……嫌な予感ばかりがする。奴らの戦力は確実に破滅《はめつ》の一途《いっと》な

んだけどな。戦力減少の歯止めが利《き》かない状態で何をするつもりなんだか」

やめてくださいよ……。だいたい嫌な予感って当たるんですから……。

つーか、瓦解《がかい》したあいつらをまとめようとしている奴って誰だ？　奪《うば》われたオーフィスの力も気になるし……。あー、また巻き込まれんのかな……。やだやだ。

メフィスト・フェレスさんが改まる。

『話がそれて申し訳なかったね。ということで、うちの魔法使いをよろしく頼《たの》むよ。良い契約《けいやく》が叶《かな》うことを願わせてもらうからねー』

こうして、魔法使いの協会理事――メフィスト・フェレスさんとのお話は終わることとなる。

フェニックスの件も気になるが、まずは俺のもとに送られてきた書類に目を通さないとダメだろうな。

今夜は長くなりそうだ……。

「うー、頭がくらくらする……」

―○●○―

そのようなわけで数日後の深夜のこと。その日の悪魔のお仕事を終えた俺は、兵藤家上

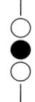

階にある空き部屋で山盛りの書類に目を通していた。

「イッセーさま、この魔術文字の解読が済みましたわ。読んでくださいましね」

横につくのは敏腕《びんわん》マネージャーのレイヴェルちゃん。深夜、俺とレイヴェルは床《ゆか》に書類を並べて、ひとつひとつ確認《かくにん》作業をしていたんだ。

他《ほか》の部屋では、皆がそれぞれの見方で魔法使い式の履歴書《りれきしょ》を見ている。アーシア、小猫ちゃん、ゼノヴィア、ギャスパーなんかはリアスや朱乃さんの意見を取り入れながら書類に目を通しているという。

俺も時折リアスと朱乃さんに相談しに下に降りていくが、基本的にはレイヴェルと話し合いながら書類を見ている。

うん、『王《キング》』のリアスにすべてお任せするよりも、いい経験なのでマネージャーのレイヴェルの助言を受けながら、自分で選んでみようかなって思ったわけです。

もちろん、最終的な確認はリアスに取ってもらうけど、そこに至るまでは俺とレイヴェルでやってみようと思った。そう伝えたときのレイヴェルの喜びようったらなかったな。

「お任せください！　私がイッセーさまにふさわしい相手を選び抜《ぬ》いてみせます！」

やる気十分だったよ。いまも書類ひとつひとつに視線を落として、辞書や資料を片手にあれやこれやとチェックしている。一生懸命《いっしょうけんめい》な姿に俺も気合いが入っちまうさ。

レイヴェルは書類審査《しんさ》に一定の基準（主にグレモリーにとって、あるいは赤龍帝にとって有益かどうか）を設け、それに満たない者をバッサリと切り捨ててしまい、残った者をつぶさに調べていた。もちろん、バッサリ切ったヒトたちについても基本的な調査を終えていた。がんばりすぎだよ、レイヴェル！

で、でも、スタイル抜群《ばつぐん》で美人の魔女もレイヴェルの規定に満たなかった者は落とされてしまったから、ちょっともったいないというか……。

「この魔法使いの男性は錬金術《れんきんじゅつ》において、希少なレアアース、レアメタルの魔術的利用方法を研究されてますわ。こっちの女性は――」

俺にもわかりやすくかみ砕《くだ》いて情報を教えてくれる。契約したときの有用性なんてのも考慮《こうりょ》して、俺に伝えてくれた。小猫ちゃんの話では、休み時間にも人目に隠れて調べてくれていたようで……。俺、この娘《こ》に足向けて寝《ね》られないわ。

それと、先日のフェニックスの者が狙われるって情報は改めてフェニックス家からも届いたそうだ。ライザーがえらく心配してたんだってさ。

ふと俺は漏《も》らす。

「レイヴェルは俺より遥《はる》かに詳しいよな」

レイヴェルはえへんと胸を張った。

「当然ですわ。これでも悪魔歴はイッセーさまより長いです」

「ゲームなんかもライザーの隣《となり》で見ていたんだろう?」

兄貴の眷属《けんぞく》として動いていたんだもんな。いくつものゲームを体験していて当然だ。俺たちよりもゲーム経験は豊富と言える。

「もちろんです。……直接の戦闘《せんとう》参加は兄に避《さ》けられてしまいましたが、直《じか》に本場の風を肌《はだ》に感じてますわ」

「そのレイヴェルから見て俺たちグレモリー眷属はどうだ?」

俺の問いにレイヴェルは手に持っていた資料を置いて、正座して改まる。

「一言で称するのでしたら、超高火力重視《ちょうこうかりょく》のチームですわね。下手な指示がいらないぐらいに圧倒的《あっとうてき》ですわ」

うん、それは俺も感じてた。

「でも、弱点も多いんだよな。テクニックタイプとかにハメられたら返り討《う》ちにあいそうだし」

そう、弱点も多いんだ。ハメられたら、一気に崩《くず》されるタイプ。先生にも指摘《してき》されたし、実際、シトリー戦ではやられてしまった。曹操《そうそう》にも手痛い目に遭《あ》わされている。

けど、レイヴェルは懐疑的《かいぎ》な反応を示した。

「そうはおっしゃいますが、私から言わせていただければ、そんなことはどのチームだって恐《おそ》れて当たり前なんです。卓越《たくえつ》した技術派が敵にいれば、誰《だれ》だって怖《こわ》がります。逆に言えばですね、超高火力のグレモリーチームを相手にするほうも大層な恐怖《きょうふ》だと思います」

――ッ。

……これは、新鮮《しんせん》な意見だ。レイヴェルは続ける。

「それにグレモリー眷属は、イッセーさまも含《ふく》めて、皆《みな》さんご自分の弱点を補おうと切磋《せっさ》琢磨《たくま》していますわ。正直、いまのプロプレイヤー陣《じん》は己《おのれ》の実力、戦術に誇《ほこ》りを持ちすぎて、自身を鍛《きた》えることなんてしません。上級悪魔そのものが努力や修行《しゅぎょう》といった類を好まず、家の特色と血に流れる才能を重んじて、行動しています。眷属の力が足りないと感じれば、トレードで済ませようとしてますもの。もちろん、自分が選んだ眷属に誇りを感じる上級悪魔のプレイヤーも多いです。けれど、トレードはプレイヤー間でよくおこなわれております」

ほうほう、プロのプレイヤーは力が足りないとトレードをするのか。だから、ゲームに対しての修行という概念《がいねん》が根付かないのね。使えないと感じた眷属はトレードで流してしまうと。それはそれで割り切りすぎだ。眷属に愛がないというか。

まあ、情愛が深いグレモリーにいるからそう思ってしまうのかな。悪魔って基本合理的

だしね。そういや、ディオドラの野郎《やろう》は安易にトレードを持ちかけてきたな。

レイヴェルの話を興味深く聞く俺に彼女はさらに弁舌を振るう。

「そのなかでリアスさまのご眷属は主《あるじ》をはじめ、皆さん自主的に修行されてますわ。それに関してシトリーやバアルも同じですけれど、それでもその行為《こうい》は悪魔の歴史から見ても異例のことです。そしてそれは結果を出しています」

そうだね。俺やシトリー、バアル眷属はテロリスト相手に成果を出していた。若手を戦いに送りたくないサーゼクスさまの意思とは裏腹に俺たちの力は冥界《めいかい》の役に立ってしまっている。

レイヴェルは目をキラリと光らせて断じた。

「私が思うグレモリー眷属のあり方とは、下手に戦術で動くよりも、個々を鍛えて総合チームバランスを底上げしていくだけで十分だと思うんです。戦術が足りないとそのことを重視して、本来の能力発揮の妨《さまた》げになるぐらいなら、いままでのスタンスをまとめあげるだけで良いのではないでしょうか。パワー重視でもけっこうです。弱点を突破《とっぱ》できるぐらい鍛えれば、長所は短所を補うと思います」

――っ。

先生ともリアスとも違《ちが》う考え方だ。うん、俺はこれもアリだと思う。いや、メンバーに

よってはそのほうが成長しやすいだろう。

……こんなに小柄《こがら》な体なのに俺よりずっと考えてるわ。いやー、大した後輩《こうはい》だよ。

「…………」

レイヴェルの言い分に呆気《あっけ》にとられていた俺。レイヴェルがハッ！　と気づき、おろおろし始めた。

「……す、すみません。私としたことが出過ぎた物言いで……」

「い、いや、感心していたんだ。すっげえな、レイヴェルって。俺やゼノヴィアなんかよりもずーっと物事考えてるよ。軍師向きかもね」

絶対に頭使うタイプの悪魔だよ。脳みそまで筋肉の俺やゼノヴィアの反対側を生きる子だ！

俺の賛辞を聞いて、レイヴェルは顔を真っ赤にする。

「ぐ、軍師は言い過ぎですけれど、これでも日々勉強しています！　いろいろ考えていますわ！」

そうだね。その通りだ。逆に言えば俺はまだまだ勉強が足りないってことだ……。

「俺ももっとがんばらないとな。でも、あれだな。こんなにがんばってるレイヴェルにお礼のひとつもできないなんて申し訳ないな」

俺は心の底からそう感じてならなかった。せっかく、俺のマネージャーとして一生懸命動いてくれているこの子に何もしてあげられない。

すると、レイヴェルはさらに顔を紅潮させて、言葉少なにこう漏らす。

「……で、では、あ、頭をなでてください……」

……こ、これは思ってもいないリクエストでした。

「い、いいのか、頭をなでる程度で……？　他に欲《ほ》しいものとかないの？　俺、マジで感謝してるんだよ？」

けど、レイヴェルは首を横に振《ふ》る。真っ正面から言ってきた。

「イッセーさまのマネージャーをするだけで光栄なんです。だから、頭をなでていただけるだけで、私はどんなことでもがんばっていけます」

――っ。

……ああ。あああああああああっ！　サーゼクスさまぁぁぁっ！

この娘、めっちゃいい子ですわ！　俺につけてくださいまして、本当にありがとうございますぅぅっ！

俺は抱《だ》きしめたくなる気持ちを抑《おさ》えて、レイヴェルの頭をなでてあげた。

「……えへへ」

満面の笑《え》みで応じてくれるレイヴェル。

うん、俺、このマネージャーと共に今後もがんばっていこうと思う。

途端《とたん》にレイヴェルは思いだしたかのように懐《ふところ》のスケジュール帳を取り出した。

「あ、そうです。このあと、『おっぱいドラゴン』のお仕事についてもスケジュール調整しますわ。魔獣騒動《まじゅうそうどう》でショックを受けた子供たちのために設けたチャリティーイベントに顔を出してほしいと冥界の各地より打診《だしん》をいただいておりまして、えーと、現時点ですでに十数件——」

……敏腕すぎて、俺を休ませてはくれないけどね！

MaveRick wizard.

「協会のランク分け、確認《かくにん》したか？　メフィストのクソオヤジのところじゃ、今期若手悪魔のランクが発表された途端に話題騒然《そうぜん》になったたってよ」

「ああ、今回の若手悪魔はここ何十年の比じゃないぐらいに突出《とっしゅつ》した連中なんだってな」

「もう、連なるところから別格だわ。魔王の妹が二人、大王次期当主と獅子《しし》王、大公次期当主、グリゴリ新副総督《ふくそうとく》の娘、天龍《てんりゅう》の赤龍帝《せきりゅうてい》、聖魔《せいま》剣《けん》、デュランダル使い、龍王《りゅうおう》ヴリトラの宿主、あげただけでも怖くなっちゃう。他《ほか》の眷属も化け物よ、こいつら」

「そりゃ、協会の奴《やつ》らがこぞって契約《けいやく》の書面を提出するわけだ」

「……『禍の団《カオス・ブリゲード》』の術者たちが言ってたぜ。そいつらにちょっかいだした幹部連中がやられまくって組織は崩壊《ほうかい》寸前まで陥《おちい》ったたって。——でも、やるんだよな？」

「ああ、その『禍の団《カオス・ブリゲード》』から依頼《いらい》が入ってんだから、そのついでだ。あっちの術者どももやる気まんまんだってよ。フェニックスだけじゃつまらないからな」

「どのぐらい強いか。紫炎《しえん》の姐《あね》さんが感想を期待してるしな」

Life.2　深夜の支配者たち

頭を使うのもいいが、体も鍛えなくてはいけないのがグレモリー眷属の厳しい現実。

魔法使いの書類選考と悪魔のお仕事の傍《かたわ》ら、俺たちグレモリーチーム+イリナはジャージに着替《きが》えて、グレモリー領の地下にある例のバトルフィールドでトレーニングを続けていた。

広大なフィールドで二組に分かれて修行している。この場には戦士タイプの俺、木場《きば》、ゼノヴィア、イリナがいた。

今日の俺の模擬《もぎ》戦は木場との一戦を終えたところだった。グラムをはじめ、各種魔剣を入手した木場は、龍殺《ドラゴン・スレイヤー》しの聖魔剣も相まって、通常の禁手《バランス・ブレイカー》スケイルメイルじゃ、厳しすぎる相手と化していた。こっちも紅《くれない》の鎧《よろい》をまとえればいいんだけどね。

……ドライグが曹操《そうそう》との戦い以降、眠《ねむ》る時間が多くなってしまった。一日ずっと反応を示さない日もある。それにトリアイナや真『女王《クィーン》』へのプロモーションも現時点でできなくなってしまっている。

アザゼル先生曰《いわ》く、

「おまえの蘇生《そせい》に力を使いすぎたんだろうな。グレートレッドの体にオーフィスの力も加わった状態での受肉だ、どれだけの労力を割《さ》いたか計り知れない。魂《たましい》がすり減ったわけでもなく、力を失ったわけでもないが、疲弊《ひへい》具合が酷《ひど》いんだろう。しばらくは眠る時間が多くなるだろうから、できるだけ刺激《しげき》せずに寝《ね》かせておけ」

とのこと。

……俺を復活させるために力を使いすぎた相棒の天龍《てんりゅう》。ドライグは肉体もなく、魂だけの存在になっている状態だ。それでも俺のために……。感謝の念に堪《た》えない。眠るだけでいつものドライグに戻《もど》れるなら、いまはただ休んでいてほしい。

ただ、強敵が出てくるまでには帰ってこいよな。トリアイナと真『女王《クイーン》』が必要な相手が出てくるかもしれない。俺のもとに襲来《しゅうらい》する敵はどんどんグレードが上がりすぎてるから戦力面が充実《じゅうじつ》してないと心配で心配で……。

一戦を終えて、スポーツ飲料を呷《あお》っていると、視界に木場が入り込む。

グラムをじっと眺《なが》めていた。奴は息を吐《は》くと一言漏《も》らす。

「……やはり、グラムは使いどころが難しいかな」

「おまえでも使うのが困難なレベルなのか？」

俺が訊《き》くと、木場は目を細める。

「技術的なものもあるけどね。とにかく、消耗《しょうもう》が激しいんだ。これを思いっきり振るうだけで僕の体力、魔力、いろんなものが大量にすり減ってしまう。一回の戦闘《せんとう》に連続で使えば、命すら削《けず》るだろうね。まさに魔剣の帝王《ていおう》と呼ばれるだけはある代物《しろもの》だよ」

そんなにか。グラムを使う木場は、確かに使いどころを模索《もさく》しているように思えた。

龍殺《ドラゴン・スレイヤー》したるグラムのプレッシャーは半端《はんぱ》なかったけどね！　振るってすらいないのに対峙《たいじ》しただけで寒気が凄《すさ》まじかったよ。こうして、構えてすらいないグラムを目にするだけで嫌《いや》な汗《あせ》が出てくるほどだ。

それだけあの魔剣が有している龍殺《ドラゴン・スレイヤー》しの特性が俺にとって、猛毒《もうどく》なんだろう。剣《けん》から俺への殺意を感じてならないもの。木場の意思じゃない。剣の意思みたいなものを肌《はだ》に感じてしまう。

俺に近づけるだけで影響《えいきょう》が出るとのことで、先生も木場に普段《ふだん》は亜《あ》空間にしまうよう指示していた。

木場が右手の先の空間を歪《ゆが》めて、そこにグラムをしまいこむ。ゼノヴィアがデュランダルを亜空間に格納しているのと同じ原理だ。木場はそこにジークフリートから得た各種魔剣を収納しているとのこと。

「ジークフリートの野郎《やろう》はよくそんなのを使えたな」

俺が言うと木場は答える。

「いや、だからこそ、彼も容易に本気のグラムを使えなかったんじゃないかな。神器《セイクリッド・ギア》がドラゴン属性だから使えなかったってだけではなかったと思う。これを使うには覚悟《かくご》がいるんだよ。ゼノヴィアではないけど、使うなら一発で決めるときだね」

「他の魔剣は？」

「いい魔剣だよ。ただ、魔のアイテムだけあって、リスクはあるけど。どれも持ち主が呪《のろ》いを受けるか、使うたびに持ち主の何かを削る。ジークフリートは……長生きするつもりはなかったんだろうね。もしくは戦士育成機関で生まれつき命をいじってあったか」

命を削ってまで使う魔剣使いか。フリードの野郎も施設《しせつ》で無茶な育成を受けてきたのだろうか。そのせいで性格が歪んだ？　いや、そんなことを思い返しても今更《いまさら》か。

木場はスポーツ飲料を呷ったあとに言う。

「どちらにしたって、僕が直接持つよりも、龍騎士《りゅうきし》たちに持たせて運用させたほうがデメリットは少ないだろうね」

そういや、そんな戦い方でゼノヴィアとの模擬戦をしていたな。

「……魔剣を持った龍騎士に阻《はば》まれて木場に触《ふ》れることすらできなかったぞ。ふふふ、所《しょ》

詮《せん》パワーバカの私はアウトレンジの攻撃《こうげき》に弱いんだ」

体育座りしていじけているのはゼノヴィアだった。

木場にテクニックのトレーニングを受けているゼノヴィアは、木場の厳しい洗礼を受けていた。デュランダル砲《ほう》と破壊《はかい》力重視をできるだけ使わずに、他のエクスカリバー特性を使って木場と模擬戦をしているのだが……。

技術を取り入れようとすればするだけ、木場との格差をゼノヴィアは実感してしまった。

木場が言う。

「パワーを解禁したキミなら、魔剣を持った龍騎士も軽く屠《ほふ》れるさ。それに僕もキミの攻撃が当たれば一巻の終わりだ。けど、エクスカリバーの七つの特性を覚えないのはもったいない。完全に使えるようになれば、僕以上の剣士になれるだろうからね」

エクスカリバーの七つの能力は驚異《きょうい》的だ。ゼノヴィアはデストラクションの破壊力を主体にしか使えてないが、最低でも擬態《ぎたい》するミミックや透明《とうめい》になるトランスペアレンシーはマスターして損はない。つーか、フリードでも扱《あつか》えてたことだ。ゼノヴィアにだって、それぐらいはできて当然だと思うんだけどね。

実際、それらは覚えてきてはいるが……木場との間に溝《みぞ》が開けられているのは事実だ。

レイヴェルの言うように長所を高めて短所を埋《う》めるのもいい。でも、ゼノヴィアに関して

はエクスカリバーの能力をいくつか覚えたほうが絶対に強くなれると思うんだよね。本人もそう感じているからこそ、木場相手にトレーニングを申し込んだわけだし。

修行《しゅぎょう》相手に任命されて、木場はうれしそうだった。

「……やっとゼノヴィアがテクニックタイプのトレーニングをしてくれる……！」

感動で打ち震《ふる》えていたよ。よほど、ゼノヴィアに思うことがあったのだろう。

トレーニングに付き添《そ》っているイリナがゼノヴィアからエクス・デュランダルを借りて、振るってみせる。刀身がうねうねと変化して、サイズの大きい日本刀の形となった。

「ほら、ミミックはこうするのよ。イメージ力が必要よね。使いこなせればいろんなものに変化させられるんだから」

さすが元ミミックの持ち主だ。擬態のやり方については現持ち主たるゼノヴィアよりも一日《いちじつ》の長がある。バアル戦のロスヴァイセさんも一時的な使用とはいえ、大した技量だった。

七つに分かれたエクスカリバー。それぞれに独自の特殊《とくしゅ》能力を有していた。それは統合し、デュランダルと合体したあとも消えずに残っている。

破壊の聖剣《エクスカリバー・デストラクション》——文字通り、攻撃特化の能力だ。破壊力が凄まじく、ゼノヴィアは元々その聖剣の主《あるじ》だった。そのため、一番使いこなせている。パワーを追求しているゼノ

ヴィアとは最高の相性《あいしょう》だ。

次に擬態の聖剣《エクスカリバー・ミミック》。これはイリナが持っていた聖剣だ。いかような姿にも形を変えられる特性を持っている。イリナは平常時に紐《ひも》状にして、戦うときは日本刀にしていた。これも使用者によって、多様な姿を見せるそうだ。

三番目は天閃の聖剣《エクスカリバー・ラピッドリイ》。フリードの野郎が一番最初に使っていた聖剣だ。所有者のスピードを底上げし、振《ふ》られた剣速も高速と化す。

透明の聖剣《エクスカリバー・トランスペアレンシー》――刀身だけではなく、持ち主をも透明にすることが可能だ。

夢幻の聖剣《エクスカリバー・ナイトメア》の力は、主に幻術《げんじゅつ》や夢を司《つかさど》るそうだ。これは魔法《まほう》などが得意な者のほうが相性がいいらしく、そちら方面に疎《うと》いゼノヴィアは習得に難航していた。使えれば、幻術で敵を惑《まど》わし、あるいは相手が眠っているうちに夢を支配して、いろいろできるそうなんだが……。

祝福の聖剣《エクスカリバー・ブレッシング》は、信仰《しんこう》が関与《かんよ》するようで主に聖なる儀式《ぎしき》などで使うと効果を発揮するという。たとえばエクソシスト中に相手の悪魔や吸血鬼《きゅうけつき》を弱らせたり、祓《はら》い師の力をアップできたり、またはミサに参加している者たちに幸運を授けたり。能力は特異な部類に入る。これも使いこなすのには独特の才能が必要で、ゼノヴィアはあまり得意としていない。

最後に支配の聖剣《エクスカリバー・ルーラー》――。ヴァーリチームのアーサーが所有していたものだ。いかなる存

在をも意のままに操《あやつ》れるようになる特性を持っていると言うのだが……。

「私はアーサーのように伝説の魔物を支配できるような才能は発揮できないだろうな。……うまく発動すらしない」

ゼノヴィアの言うように支配の聖剣《エクスカリバー・ルーラー》の習得に苦慮《くりよ》しているようだった。

支配の力の習得は一番最後になるだろうと、ゼノヴィアだけでなく、リアスも予想している。元エクスカリバーの一本を使っていたイリナもサポートに入ってくれているので、最低でも擬態の特性は完全に習得できるだろうな。

ちなみにイリナも俺たちのトレーニングに付き合って、修行を開始している。天使用に量産された聖魔剣《せいまけん》の使い方を木場に聞きながら、独自の戦闘スタイルを確立させようとしていた。イリナは天使だけど、悪魔で分類するなら、テクニックタイプのウィザード寄りだと思う。ロスヴァイセさんから魔法を訊いて覚えてきているというし。

「このままじゃ、自称《じしよう》剣士になってしまうわよ、ゼノヴィア」

イリナにそう言われて、相当ショックを受けた様子のゼノヴィア。大口を開けて、「ガーン！」って感じだった。そのゼノヴィアは涙目《なみだめ》になりながらも言い返す。

「……自称天使め」

それはイリナにとって、タブーに近く、途端《とたん》に頰《ほお》を膨《ふく》らませて怒《おこ》ってしまった。

「私、天使だもん！　ね、イッセーくん？　幼なじみのイッセーくんなら、私が本当の天使だってわかってくれるよね？」

俺に振ってきた！……まいったな。この二人、口げんかを始めると俺でも低レベルと思えるほどの酷い舌戦を繰《く》り広げるんだ。というか、そうだな。俺とイリナって幼なじみだったか。

「いやー、そういや、俺とイリナって幼なじみだったな。たまに忘れちまうわ」

俺がそう言うやいなや、ゼノヴィアがせせら笑う。

「なるほど、イリナは自称幼なじみなのか。そうかそうか」

あ、ゼノヴィアがイリナをいじる新たなワードを得てしまった！　これは我ながらミスったな！　とうのイリナも頰をいっそう膨らませて目を潤《うる》ませていた。

「天使だもん！　幼なじみだもん！　酷いもん！」

「やーい、自称幼なじみぃ」

「何よ、自称剣士！　脳みそまで筋肉ぅっ！」

……あー、こいつら、バカでかわいいなって思っちまう。

皆《みな》さん、信じられますか？　こいつら、出会った当初はそれはそれは危ない雰囲気《ふんいき》を漂《ただよ》わせる教会の剣士だったんですよ？

ゼノヴィアなんてクールで、触れるだけでこちらが切られそうな空気をまとう聖剣使いだった。イリナは明るいけど、仕事や信仰には一切妥協《いっさいだきょう》しない天の代行者だった。いまじゃ、パワーバカと自称天使だ。本当、ヒトの印象ってどうなるかわかったもんじゃないよね。ていうか、こっちが本来の年相応な姿なんだろう。それを見せてくれているってことは、それだけ俺たちと打ち解けた証拠《しょうこ》だ。

てなわけで、戦士タイプたる俺、木場、ゼノヴィア、イリナはこのフィールドの一角でよく集まって練習しているのです。

少し離《はな》れたところでは、リアスや朱乃《あけの》さん、アーシアをはじめとしたウィザードタイプが独自の練習をしている。

「やっぱり、実戦が一番だと思うぞ。また『はぐれ悪魔』の捕縛《ほばく》任務が出ないだろうか」

ぼやくゼノヴィア。

そう、英雄《えいゆう》派の事件以来、理不尽《りふじん》な取り引きで上級悪魔の下僕《げぼく》にされていた神器《セイクリッド・ギア》所有者が、力に目覚めて『はぐれ』になる事例が頻発《ひんぱつ》していた。

曹操たちが禁手《バランス・ブレイカー》の使い方を彼らにリークしたからだ。おかげで、彼らの捕縛、または討伐《とうばつ》する任務が大公アガレス家からよく言い渡《わた》される。

辛《つら》い思いをして逃《に》げ出してきた者は、話し合いに応じて捕縛という形になるが、力を得

て暴走、酔《よ》ってしまった者は……厳しいが討伐することもあるんだ。

しかも禁手《バランス・ブレイカー》になっているケースもあり、任務は結構シビアである。テクニックタイプの特異な能力の場合、気をつけないと動きを搦《から》め捕《と》られて大きな深手となってしまう。

人間界の日本に逃げてきた者に関しては、俺たちグレモリーが受け持つことになっていた。

冥界《めいかい》では、サイラオーグさんも討伐にかり出されて活躍《かつやく》しているそうだ。

……本当の平和ってのは案外難しいものだ。巨大《きょだい》な魔獣《まじゅう》によって、破壊《はかい》された冥界の各町村も復興し始めたというけど、心の平穏《へいおん》はそう簡単に戻《もど》らないと思うし……。

……二度とあんなことが起こらないよう俺たちは鍛《きた》えるしかない。

「さて、そろそろ一旦《いったん》切り上げて、あっちに行ってみるか？」

俺が皆《みんな》に訊《き》くと、木場たちがうなずく。

そのようなわけでリアスたちがトレーニングしている場所へ歩き出した。

フィールドを移動中——リアスたちのもとに向かうなか、俺は考え事をしていた。
中級悪魔になったからか、いろいろなものを勉強していた。現存している七十二柱の上級悪魔——各御家《おいえ》の事情についてだとか、各領の特色、特産だとか、以前以上に細かいこ

とに目を向けるようになっていた。

理由は、夢であった上級悪魔への昇格《しょうかく》が、決して手の届かないものではなくなってきたからだ。いや、もちろん上級悪魔への道のりは険しく遠い。けど、それは無謀《むぼう》とか無理というゴールの見えないものではなくなったんだ。

勉強をしているもののひとつにレーティングゲームもある。

もう何戦もしているはずなのに、まったく知らなかった基本的なことは多い。たとえば、試合内容の情報についてだ。

「俺はゲーム当日にゲームのルールが告げられるものだと思っていたよ」

歩きながらそう口にする俺。木場が答える。

「実はそっちのほうが珍《めずら》しいんだ。普通《ふつう》は事前にルールをプレイヤー双方《そうほう》に伝えるものなんだよ。戦術の練りようがないからね。ま、ぶっつけでどこまで若手がタクティクスを練れるか、それも見ていたのかもしれないけど。結果、それを十分に発揮できた若手はシトリーだけだと思う」

「私たちは『ザ・脳みそ筋肉チーム』だからな。考えるより、その場で動いて戦いを決めるほうが性に合っている」

歩きながらおにぎりをもりもり食べるゼノヴィアだけど……。そのたとえを一番体現し

ているのはキミだからね？　俺もヒトのこと言えないけど……。

「でもよ、木場。俺たちはなんでぶっつけ本番ばかりなんだ？」

「上がそう決めたそうだよ、イッセーくん。若手――特になぜか僕たちが参加するゲームは直前報告ばかりだった。サイラオーグ・バアル対グラシャラボラス戦やシトリー対アガレス戦は、開催日《かいさい》の少し前にルールの内容がプレイヤーに伝えられていたようだし」

知らんかった！　サイラオーグさんや匙《さじ》たちは事前情報のあるゲームをしてたんか！

「なんで俺たちばっか、心臓に悪い状況《じょうきょう》を与《あた》えられてんだ!?　理不尽だし、平等じゃないだろう！」

「最初の僕たちとシトリー戦は、直前にルールを報告ってことになっていたようだけど、それ以降は上が故意にそうさせたんじゃないかって噂《うわさ》だね」

「なんだ、そりゃ。俺たち、図られてる？」

「上役がイレギュラーな場面をわざと与えているんじゃないかって話だよ。それによって、僕たちと、僕たちと戦う相手プレイヤー陣《じん》、双方に普通とは違《ちが》う成長を促《うなが》そうとしていたってね。――そして、それは本当に起きた」

――っ。

……木場の言う通りだ。俺たちはゲームによって、何かを得ている。ゲームの最中に、

またはゲーム後にも。

それは俺の新たな力の覚醒《かくせい》だったり、メンバーの成長に繋《つな》がったり、または匙、サイラオーグさんに変化、進化をも促しているように思える。ううん、グレモリー、シトリー、バアルの眷属《けんぞく》全員それぞれがゲームのなかで何かしらを得たんじゃないか？

「……ぶっつけ本番が俺たちを成長させたってのか……？」

俺の疑問に木場は眉根《まゆね》を寄せる。

「イエスとも言えるし、偶然《ぐうぜん》とも言える。結果論だけど、僕たちは若手交流戦でいろいろなものを勉強させられたね」

……それはそうなんだが……。誰《だれ》かの手のひらで都合よく動かされたようで、ちょっと気持ち悪い。って、若手で何も知らない俺たちがそんなことを言える権利もないんだけどさ。……いい気持ちではないよね。夢をかけて戦ったのは本当なんだし。

いったい、どの上役がそんなことを……。サーゼクスさまではないだろう。あの方がそんなことをするように思えない。

――っ。

ふと一人だけ、脳裏《のうり》に過《よ》ぎるヒトがいた。

アジュカ・ベルゼブブさま。

……レーティングゲームの基礎《きそ》理論を組み立てて、その派閥《はばつ》には技術系の研究者が数多く属していると聞いた。……あの方なら、あるいは……ってことがあるんじゃないのか？

そんなことを思慮《しりょ》しているうちに、俺たちはウィザードタイプの仲間たちがトレーニングしている区画にたどり着く。

本当、広いバトルフィールドだ。歩いても歩いても何もない空間が続くんだもの。あるのは頭上高くに輝《かがや》く明かりだけだぞ。この地下は東京ドーム何個分なんだろうか。

輝く魔方陣《まほうじん》の上に立って話し込むロスヴァイセさんとルフェイ。

座禅《ざぜん》を組み精神統一しているのは小猫《こねこ》ちゃんとギャスパー。小猫ちゃんのほうは静かに闘気《とうき》を身にまとっていた。そばでは黒歌《くろか》がそれを見守っている。

ルフェイも黒歌も俺たちのトレーニングに協力してくれていた。

遠くで紅《あか》い魔力と稲光《いなびかり》が激しく渦巻《うずま》く。あっちでリアスと朱乃さんが魔力やら魔法やらの研究をしているのだろう。

アーシアはオーフィスとラッセーと話し込んでいるようだ。

レイヴェルがここにいないのは兵藤《ひょうどう》家に一人残り、俺の相手となる魔法使いの書類選考を進めてくれているからだ。

「イッセーさまはトレーニングをしてきてください。あとは私がいつも通り下調べしてお

きますので」

――と、毎度トレーニングに送り出される。本当、ありがたいと思う半面、申し訳ない気持ちも抱《いだ》いてしまう。ふがいない俺でごめん。でも、頼《たよ》らせてもらうよ。

アーシアがこちら――俺、木場、ゼノヴィア、イリナの戦士組の到着《とうちゃく》に気づき、駆《か》け寄ってくる。

「イッセーさん、皆《みな》さん！　そちらの練習はひと段落ついたのですか？」

「ああ、今日は切り上げてきた。アーシアは何をしていたんだ？」

俺が問うと、オーフィスが頭にラッセーを乗せて近づいてくる。

「我、アーシアにドラゴンとの付き合い方、教えてた」

ドラゴンとの付き合い方？　怪訝《けげん》に思う俺にアーシアが詳《くわ》しく説明してくれる。

「以前、アザゼル先生に魔物との契約《けいやく》、もしくは召喚魔法《しょうかんまほう》に向いているのではないかと指《し》摘《てき》されましたので、オーフィスさんにドラゴンとのお付き合いを教えていただいたんです」

イリナがオーフィスの頭に乗るラッセーの背中をさすりながら口を開く。

「従僕となる『使い魔』としての契約か、それとも対価を支払《しはら》うギブアンドテイクとしての契約か、魔物を使役《しえき》するって言っても方法はいろいろよね」

あー、それは俺も使い魔の契約で後に聞かせてもらったな。

術者の魔物を使役するスキル、または魔物に好かれやすい体質か否《いな》かで契約するときの難易度が違うって。

スキルが高かったり、魔物に好かれやすいヒトは様々な魔物と契約しやすい。

強力な魔物ほど、従僕となる契約よりもギブアンドテイクの関係を望む。

相性《あいしょう》もあるけどね。先日、俺が使い魔にした空飛ぶ魔法の船――スキーズブラズニルとは問題なく主従の契約を結ばせてもらった。特に対価を必要とされなかったよ。

この使い魔って要素、実戦はともかく、案外ゲームでは厄介《やっかい》なものだったりする。

アーシアが言う。

「そういえば、イッセーさんとゲームのことを勉強していて、驚《おどろ》きました。――使い魔についてですが」

俺がうなずいて続ける。

「強い使い魔と契約してゲームでバンバン使えば楽じゃね？　って思ったけど、そうはいかないんだな。ある程度、制限があると。特に強力すぎる魔物はゲーム中に制限付きだ」

俺の言葉に木場がうなずいた。

「使い魔の使用に制限を設けないと、ゲームでお互《たが》いが召喚合戦になってしまうからね。自分たちは前線に立たず、使い魔ばかりに戦わせてしまうゲーム内容……それでは、眷属

同士が戦うゲームではなくて、ただの使い魔バトルだ」

その通りなんだよな。使い魔の使用が無制限なら、安全な位置から召喚して命令して攻《こう》撃《げき》すりゃいい。

木場が続ける。

「だから、基本、プレイヤーの手助け程度の使い魔しか、ゲーム中は使用できない。もちろん、それがすべてというわけじゃないよ。ルールによっては強力な使い魔も使えないこともない。ただし、使用条件が限られていて、言い切ってしまえば、眷属にして使ったほうがきちんと扱《あつか》える。駒《こま》の力で能力の底上げもできるしね。ゲームや悪魔の駒《イーヴィル・ピース》が誕生してから、急速に魔物の需要《じゅよう》が高まったのも事実さ。それにより、使い魔トレーナーというインストラクター業も職業として成り立ったしね」

魔物を使い魔にせず、眷属にしている悪魔はそちらのほうが有益だと判断したんだろう。強力な魔物を単に使用するよりも眷属として強化、使役したいと。

使い魔として扱ったほうが気楽でお得と考えるヒトもいるだろう。

レアで強力な魔物は眷属として終生の誓《ちか》いをさせたほうがより確実なのかな。ギブアンドテイクの関係って、魔物にとって益のない契約だと判断された場合、破棄《はき》されることもありえるってことだもんな。その辺りはヒトそれぞれ、思想の違いもあるだろう。魔物自

身が己《おのれ》の能力を底上げしたくて眷属にしてくれと言い寄ってくる場合もあるらしい。

俺も強力な魔物を得る場合、眷属とするか、使い魔とするかで迷いそう。

そのようなわけでアーシアはたくさんの魔物と契約をして、召喚の力を高めてみたいと、自らの方向性を模索《もさく》していた。

ゼノヴィアが言う。

「召喚魔力、あるいは召喚魔法。これらは上を目指すと途端《とたん》に他《ほか》の魔法や戦闘技術以上に才能の世界だから、卓越《たくえつ》した使い手は少ない。でも――」

「そうなんだよな。アザゼル先生が言うには、アーシアには才能がありそうなんだよな」

俺はそう言いながらラッセーと――オーフィスに視線を配らせた。アーシアは契約が難しいとされる蒼雷龍《スプライト・ドラゴン》と（小ドラゴンとはいえ）従僕《じゅうぼく》としての関係を築いた。

いや、アーシア的には友達としての契約だったかもしれないけど、少なくともギブアンドテイクの関係じゃなく、絆《きずな》を得ての契約だ。これには使い魔マスターのザトゥージさんも驚いていた。

「……いちおう、召喚魔法の勉強もロスヴァイセさんに聞いてはいますけれど……まだこれといった結果は出していなくて……」

アーシアは申し訳なさそうにしていた。

「いやいや、これからこれから。って、ロスヴァイセさんも召喚魔法使えるのか？」

俺が口にすると、ルフェイとの魔方陣での話し合いが終わったのか、ロスヴァイセさんが近づいてくる。

「あまり得意ではないですが、基本論理だけでもと教えています」

あ、そうなのですか。さすが北欧《ほくおう》出身の才女！　アーシアにはロスヴァイセさんやオーフィスがついていれば問題なさそうと思うんだが……。

——と、視線を周囲に配らせていたら、少し離《はな》れた位置で小猫ちゃんとギャスパーに座禅を組ませていた黒歌が、こちらを手招きしているのが確認《かくにん》できる。

……俺か？　自身に指をさすと黒歌が首を縦に振《ふ》る。

他の皆《みんな》に「ちょっと行ってくる」と会話の席を外して、黒歌のもとへ。

「なんだよ？」

精神統一の場に歩み寄る俺は黒歌に問う。

黒歌はにんまり笑《え》んでいた。

「にゃはは、いまさー、白音《しろね》とギャーくんに心のなかを空っぽにしてもらってんの」

小猫ちゃんだけではなく、ギャスパーまでそうしているのは、内に巣くう力を探《さぐ》るためだ。俺が神器《セイクリッド・ギア》の深奥《しんおう》に潜《もぐ》った要領に近い。成果は出ていないようだが……。

小猫ちゃんは心を無にすることで、仙術《せんじゅつ》の基本である自然との一体化を促すためだ。

てか、この悪猫《わるねこ》もギャスパーをギャーくんって呼んでるのか。ま、俺もギャー助って呼んでるけどさ。

「協力してよ、赤龍帝《せきりゅうてい》ちん」

そうは言ってもな。何をすればいいんだ？

黒歌の言葉に首をひねっていると、彼女は俺の手を取り——。

むにゅん！

着物の隙間《すきま》からお目見えしていたおっぱいの谷間に俺の手を埋没《まいぼつ》させていくぅぅぅっ!?

極上《ごくじょう》のやわらかさ、質感、ボリューミーな肉の存在感に手が、手が喜んでいるぅぅっ！

こ、この、リアスと朱乃さんの乳の良いところを集めたような弾《はず》む、もっちり、すべすべな胸の感触《かんしょく》は……ありがたいっ！　年上お姉さんの素晴《すば》らしさを体感できる！

この光景を感じ取ったのか、小猫ちゃんの目が見開き、非難の表情を浮《う》かべた。

「ね、姉さま！　イッセー先輩《せんぱい》から離れてください！　私の体がおっきくなる前に先輩が姉さまの肌触《はだざわ》りを覚えてしまったら……っ！」

訴《うった》える小猫ちゃんの頭をハリセンでペチンと叩《たた》く姉猫。

「はい、失格にゃ。この程度で気を乱して修行《しゅぎょう》を解くようではまだまだ半人前もいいとこ

ろね、白音？」

「………は、はい」

黒歌にそう注意され、小猫ちゃんは言葉もなかったようだ。悔《くや》しげな様子だったが、頭を振って気を取り直し、再び座禅を組み始めた。

とうのギャスパーは一連の出来事があっても座禅を崩《くず》さずにいた。おおっ、こいつ、妙《みょう》なところで意外な面を見せてくれるんだよな。

今日の精神統一に関しては小猫ちゃんよりもギャー助のほうに軍配が上がったようだ。

しかし、黒歌のおっぱいは……いいね！

さらに三十分経《た》つと、皆がその日のトレーニングを終えて、集合し始めた。

いまだにこの場にいないのはリアスと朱乃さんだ。離れた位置で魔力と魔法のトレーニングをしているようだが……。

「ごめんなさい、今日は思いのほか朱乃と入り込んでしまって」

「うふふ、部長ったら、いつにも増して激しかったですわ」

少しして、二人もようやく姿を現す。かなりの練習をしていたのか、ジャージは双方《そうほう》と

もにボロボロで肌も露出《ろしゅつ》していた。

うん！　リアスと朱乃さんの下乳最高です！

――と、俺はリアスと朱乃さんと共に移動してきた物体を見て生唾《なまつば》を飲み込んだ。

……リアスの頭上に浮かぶ巨大《きょだい》な球体。球体の内側を紅《べに》色と真っ黒なオーラがたぎるように暴れ回っていた。

……俺でもわかるぞ。とんでもない質量の魔力を圧縮させている代物《しろもの》だ。

球体を指さしながら二人に訊《き》く。

「……さっきから異様なプレッシャーを放ってるあれは……」

「部長の新必殺技《わざ》ですわ。……やっぱり、わかります？」

朱乃さんの言葉にゼノヴィアが頬《ほお》に汗《あせ》を伝わせながらうなずく。

「ああ。相当やばいものだろ？　絶対に食らいたくない類の魔力だ」

うん。破壊《はかい》力一点に費《つい》やしたものだって、わかるもん。滅《ほろ》びの魔力を高めたものだよね？

いや、リアスのことだから、それだけではないだろう。ただ、放つだけじゃあんなに大きな魔力、避《よ》けられてしまうだろうし。単に威力《いりょく》重視というわけでもなさそうだ。

リアスが言う。

「……この大きな紅色の球体は完全にゲームでは禁止技ね。私がいままで甘かったのよ。

ゲーム前提で攻撃を考えていたところがあったものだから……。でも、テロリストの襲撃《しゅうげき》を受け、イッセーを一度失い、考えを改めたわ。──実戦に必要なのは、相手を確実に滅ぼす威力よ」

「それって、つまり……」

俺の言葉に木場が続く。

「レーティングゲームのリタイヤシステムですら回避《かいひ》できない一撃を有しているってことだろうね」

謎《なぞ》めくリアスの新必殺技に皆おそろしげな表情を浮かべていた。

リアスはウィザードタイプだけど、パワーよりだ。お兄さんのサーゼクスさまもウィザードタイプだけど、テクニックよりのため、兄妹でありながら、滅びの魔力の質に差違《さい》がある。残念なことにリアスはサーゼクスさまレベルのテクニカル方面の才覚はないのだそうだ。けど、滅びのパワーだけを追求するなら、話は別だという。

……そっか、だったら、大規模な破壊力を伸《の》ばすってことね。あの球体から感じる力強さはそれを物語っている。

リアスと朱乃さんは自身の破れたジャージを魔力で元に戻《もど》して、笑みを浮かべた。

「さ、今日は皆帰りましょうか」

こうして、今日の全員でのトレーニングは終了《しゅうりょう》となる。

……皆でもっともっと強くならなきゃ。

何が起きても、皆で生き残れるように――。


―○●○―


「あー、幸せ」

トレーニングを終えて、ひとっ風呂《ふろ》を浴び、リビングのソファでまったりとアイスの『ギャリギャリくん』を食う。

これがいいんですよ。これが癒《い》やされるんだ……。

「……先輩、チョコミント食べますか？」

ひざ上に座る小猫ちゃんが自分のアイスをくれる。

「じゃあ、一口」

それを「あーん」でいただく！

いやー、これもまた最高だ！　後輩《こうはい》からの「あーん」！

小猫ちゃんのスプーンで間接キスみたいな状態。打ち解ける前の小猫ちゃんならそんなことしてくれなかったのに、いまはごく当たり前に間接キスでＯＫだなんて！

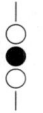

幸せを感じていると、レイヴェルが前に立つ。

「……こ、小猫さん、いつも思ってましたけれど、人前でイッセーさまのおひざに座るなんてお行儀《ぎょうぎ》が良くないですわ！」

おおっ、もの申されてしまった。しかし、小猫ちゃんは平然と座り続ける。

「……ここは私だけの特等席だから」

「と、特等席⁉　イッセーさまからも言ってあげてください！」

「い、いや、レイヴェル。別に困っているわけでもないからさ。小猫ちゃん、軽いし」

実際、とても軽い。小柄《こがら》だってのもあるし。それにこの格好もなれたよ。生活の一部になってしまった。

小猫ちゃんは俺に抱《だ》っこという格好になる。

「……私は将来先輩のもとにお嫁《よめ》に行くから、ここをキープする」

「…………っっ！」

それを聞いてレイヴェルは――心底悔しそうな表情を浮かべていた。そんなことを言うレイヴェルだが、二人きりのときに俺のひざ上に彼女も座りたいと言ってきて座らせることもある。それを見かけた小猫ちゃんは不機嫌《ふきげん》そうに頬を膨《ふく》らませていた。

最近はいの一番に小猫ちゃんが占拠《せんきょ》するようになっていた。「ここはずっと私の席です」

と主張するがごとく。……猫《ねこ》の妖怪《ようかい》だから、縄張《なわば》りには執着《しゅうちゃく》があるって、誰《だれ》かに指摘《してき》されたな。つまり、俺のひざ上は小猫ちゃんのテリトリーなわけだ。

レイヴェルは徐々《じょじょ》にじんわりと目元を潤《うる》ませて、抗議《こうぎ》を始める！

「ず、ずるい！　ずるいずるいずるいずるいずるいっ！」

――っ。あのできる子なレイヴェルが……子供のように地団駄《じだんだ》を踏《ふ》んだ！

「小猫さんばっかりずるいですわっ！　えいっ！」

レイヴェルは小猫ちゃんを突《つ》き飛ばしてしまう！

「私だって、ここに座ります！　いいえ、占拠です！」

空いた俺のひざ上に……レイヴェルが鎮座《ちんざ》してしまう！

突き飛ばされた小猫ちゃんは眉《まゆ》をつり上げ、口を三角にして、

「えいっ！」

「きゃっ！」

レイヴェルを突き飛ばしてしまう。俺のひざ上に今度は小猫ちゃんが座る！

「……ここは私の席っ！　あげない……っ！」

俺にしがみつく小猫ちゃんはレイヴェルに意固地なまでに譲《ゆず》らなかった。

「独《ひと》り占《じ》めなんて許しませんわ！　私も座りたぃぃっ！」

その小猫ちゃんを下ろそうとレイヴェルも奮闘《ふんとう》する！

二人のバックににらみ合う猫と火の鳥の幻影《げんえい》が見えたように思えたよ！

そ、そういや、ライザーとプライベート回線で話す機会があったんだが、こんなこと言ってたな。

『レイヴェルはな。親しい者の前では礼儀《れいぎ》正《ただ》しく、慎《つつ》ましいんだが……。基本的にリアス並のわがままプリンセスだ。特にヒトのものを欲《ほ》しがる癖《くせ》があってな。……おまえと暮らしているうちにその辺りも見えてくるかもしれないぜ？』

ライザーの言う通りでした。

しかし、友達同士でケンカはいかん！

俺はなんとか二人をなだめる。そして、結果的に──、

「…………」

「…………」

俺の左ひざに小猫ちゃんが座り、右ひざにレイヴェルが座る。お互《たが》いケンカしたばかりか、目も合わさずにいた。

ま、まあ、両ひざから伝わってくるやわらかな尻肉《しり》の感触《かんしょく》は素晴《すば》らしいものがあるけどね！　俺のひざ上は戦場じゃないんだから、ケンカは治めてほしいもんだ。

でもね、不思議なことに次の朝には普通《ふつう》に接する小猫ちゃんとレイヴェルの姿があるんだ。

やっぱり、二人は口げんかをするけど、友達なんだと思う。

―○●○―

そのような夜もありましたが、次の日の昼休み、俺は生徒会室に遊びに来ていた。

部屋は俺と匙の二人だけ。

珍《めずら》しくボードゲームで遊んでいたりした。

「まだまだだなぁ、兵藤♪」

……匙にチェックメイトを決められてしまった！　しかもこれで五回連続の黒星！

「クソ！　ちょっと待ってろ！　すぐに攻略《こうりやく》法ってのを見つけて勝ち星増やしてやる！」

俺たちがしているのは、レーティングゲームの競技のひとつ――スクランブル・フラッグを模したボードゲームだ。

ボードゲーム版スクランブル・フラッグのルールを簡単に説明すると、広大なゲームフィールドに旗が何本も立っていて、交互《こうご》に駒《こま》を動かしてそれを奪《うば》い合うゲームだ。

制限時間内にそれを全部奪取《だっしゅ》するか、相手よりも多くキープすると勝利となる。取られ

た旗は奪うこともできた。そのときに使うのはダイスなんだけどね。目によって、防衛か、強奪《ごうだつ》されるかが決まる。

実際のゲームでは、ルールによってダイスを使ったり、使わなかったりのようだが……。どこから攻《せ》めるか、どこを守備するか、広大なフィールドと睨《にら》めっこしながら決めていかないといけない。

旗を半数以上奪われなければいいわけで、本来のゲームでは、旗の死守にいかような手段を用いてもいいらしく、フィールドに隠《かく》すもよし、敵を誘《さそ》い込んで囮《おとり》にするもよし、逆に旗を一本ぐらい捨てて態勢を立て直すもよし、戦い方は千差万別。

……なるほど、戦術タイプのシトリーやアガレス向けのルールだよな。俺たちがこんなのやったら駆《か》け引きでやられるかもね。いや、ゴリ押しで旗を奪うのも……。あ、罠《わな》を仕《し》掛《か》けられて仲間の数を減らされるか！……こいつは難儀《なんぎ》なゲームだわ。

ボードゲームのゲーム盤《ばん》をにらみながら思慮《しりょ》している俺に匙が神妙《しんみょう》に話しかける。

「……ところでさ、おまえさ……」

「なんだよ、急に顔を曇《くも》らせやがって」

そう、奴《やつ》の顔は曇りに曇りきっていた。目なんて輝《かがや》きを失ってやがる！

匙が俺に訊《き》く。

「おまえ、リアス先輩《せんぱい》と付き合ってんだってな！」

――っ！

……そ、そこかぁぁぁっ！　そ、それは確かにこいつに言ってなかったわ！

匙が深い息を吐《は》きながら続ける。

「……ほら、この間の魔獣騒動《まじゅうそうどう》あったろ？　あそこでおまえが登場したじゃん。そしたら、英雄派《えいゆう》ボス――曹操との一戦前にリアス先輩と恋人同士《こいびと》のようにチューしたよな？　あれを見て、俺マジで仰天《ぎょうてん》したんだわ。でさ、それとなく、会長に訊いたら――」

『ええ、二人は学園祭以降、恋人同士です。……サジは知らなかったのですか？』

と、ソーナ会長に答えられたらしい。

途端《とたん》に匙は詰《つ》め寄り、俺の肩《かた》をつかんで揺《ゆ》さぶる！

「知らなかったよっ！　兵藤、おまえぇぇぇぇっ！　俺とおまえはダチだよな!?　なんで教えてくれなかった!?　木場は知ってたんだろう!?」

「……い、いや、ほら、言う機会がなかったというか……」

「いや、あった！　あっただろ!?　ドライグの相談を受けたときとかさ！」

あー、中級悪魔昇格試験《しょうかくしけん》前にそんなこともありましたな。

「あ。ま、まあな」

目をそらして、頰《ほお》をかく俺。

だって、言えないじゃん！　俺と匙はお互いに主《あるじ》さまに恋心《こいごころ》を抱《いだ》いた仲だ。そんななか、俺のほうが先に落としましたーって、言えないじゃん！

匙なんてスキンシップすら、できていないというんだし……。

恨《うら》めしそうな顔で奴は俺に問う。

「……それで、主さまを落とした感想は？」

俺は輝くような顔と、親指を立てて、朗《ほが》らかに言ってやった。

「生きてて最高に楽しいなぁ。なーんてな」

うん、マジです。マジで生きてて最高です。

愛《いと》しの女性と心が通じているとわかった状態で、一緒《いっしょ》にベッドで寝《ね》たり、お昼を共にしてごらん。泣くほどうれしいぞ！　幸せを超《こ》えた超《ちょう》幸せをさらに超えた超超幸せを遥《はる》かに通り超えた幸福感です！

匙は頭を抱《かか》えて慟哭《どうこく》する！

「ちくしょう！　呪《のろ》ってやるぅぅぅっ！　ヴリトラの力で呪ってやるぅぅぅっ！　俺なんて会長と映画に行ったぐらいしか進展ねぇよ！　しかも眷属《けんぞく》と一緒に映画鑑賞《かんしょう》だ！　俺とおまえ、どこでそんなに差がついた⁉　やっぱ、天龍《てんりゅう》と龍王《りゅうおう》の差か⁉」

いや、そこは俺にもわからんが……。

すまんな、匙。俺はおまえよりも何十光年も先に行かせてもらってるよ。

「サジ、何を叫《さけ》んでいるのですか。外まで聞こえていましたよ？　静かにしなさい」

──と、生徒会室に会長たち生徒会メンバーが帰ってきた。

「か、会長」

会長の登場に匙も涙《なみだ》を拭《ぬぐ》い、姿勢を正す。

ソーナ会長の視線が俺を捉《とら》え、柔和《にゅうわ》な笑《え》みを見せてくれる。

「あら、イッセーくん。ごきげんよう。生徒会室に遊びに来ていたのですね」

「はい。ちょっとお邪魔《じゃま》してました」

「そうですか。何もないところですが、生徒会の会議が始まるまではゆっくりしてくれてかまいません」

「ありがとうございます」

最近、ソーナ会長って俺に笑顔を見せてくれるようになった。やっぱり、リアスとの関係で親しみを感じてくれたのだろうか？

さすがにまだ「ソーナ」って名前で呼ぶのは躊躇《ためら》ってしまうけど……。

若干《じゃっかん》の気恥《きは》ずかしさを感じていたら、匙の奴がさっきよりもいっそう深刻そうな顔で全

身を震《ふる》わせていた。

俺の肩に手を回し、耳打ちしてくる。

(……………お、お、お、お、お、おおおおおおお、おまえぇぇぇぇぇぇっ。会長から『イッセーくん』ってなんだ⁉　どういうことだよ⁉)

あ、それか。あー、そうだよな。確かにこいつにとってみればえらい問題かも。

(い、いやさ、ちょっとそういうことになってさ……)

匙が首を絞《し》めてくる！　ギブギブ！　思いっきり極《きま》ってる！

(どういうことだって訊いてんだよ！　お、お、俺だって下の名前で呼ばれたことなんてないのに……っ！)

涙を流す匙の横で『僧侶《ビショップ》』の花戒《はなかい》さんが親指を立てて俺に言う。

(グッジョブ、兵藤くん。元《げん》ちゃん、諦《あきら》めって肝心《かんじん》かも)

俺たちの小声、聞こえてましたか⁉

うんうんうなずいて一年の『兵士《ポーン》』仁村《にむら》さんも続く。

(兵藤先輩《せんぱい》、そんな感じで会長も落としてください。元士郎《げんしろう》先輩、年上は向いてませんよ？　年上のお姫《ひめ》さまを狙《ねら》うなら兵藤先輩ぐらいゴリ押しのゴリ押しじゃないと無理です)

……匙狙《ねら》いの二人にとって、良い情報だったらしい。

（おおおーい！　花戒、仁村ぁぁぁっ！）

突《つ》っ込む恥だが……花戒さんも仁村さんも美少女じゃないか。デートぐらいしておくんだ！　俺が言えることでもないだろうけどね！

いつの間にか、近くに寄っていた副会長――真羅《しんら》先輩が小さく言う。

（……会長がそんな簡単に落ちるわけないでしょう。兵藤くん、うちの子たちのことは気にしないでくださいね）

（あ、はい、真羅先輩）

それはともかく、真羅先輩、早く木場を落としてくれませんかね？　あいつ、俺を見る目がどんどん熱くなってきて仕方ないんですよ！　俺に弁当まで作ってくるんですよ!?　そろそろ本格的に俺も貞操《ていそう》を死守しなきゃダメかなって覚えるほどでして！　ギャー助の奴も小猫ちゃんとレイヴェルがいないときに俺のひざ上座ってくるし！　ライザーからも定期通信の魔方陣《まほうじん》が飛んでくるし！　サイラオーグさんからもお便りが届くんですよ！　黒歌やルフェイにしたって、あいつらが来たのも裏でヴァーリの野郎《やろう》が何かを企《たくら》んでいそうで怖《こわ》いんだ！　主に雄《おす》度が高まる的な意味で！

俺は女の子とのエロエロな生活に憧《あこが》れているの！

なんで野郎どもとのガチムチなご関係が迫《せま》ってくるんだぁぁぁっ！

「イッセーくん」

心のなかで絶叫《ぜっきょう》する俺をソーナ会長が呼ぶ。

「は、はい」

会長の手元に小型の連絡用《れんらく》魔方陣――。

何かあったのか？

会長が言う。

「いま、連絡がありました。あなたのもとにもすぐに届くと思いますが……吸血鬼《きゅうけつき》との会談が明日の夜になったそうです」

――っ。

そういや、魔法使いやトレーニングのことで失念していたけど、リアスも言っていたな。

吸血鬼側からも接触《せっしょく》があるって。

吸血鬼。俺たちにとっては身近だけど、最も遠かった種族だ。

ギャスパーだけしか知らない俺は、ここから本当のヴァンパイアと邂逅《かいこう》していくことになる。

―○●○―

翌日の深夜――。

つまり、件《くだん》の吸血鬼との会談当日だ。

俺は旧校舎オカルト研究部の部室にいた。

この場に集合したのは、グレモリー側オカルト研究部全員、シトリー側のソーナ会長、真羅先輩、堕天使《だてんし》代表としてアザゼル先生、そして天界側からシスターが一人――。

ベールを深くまで被《かぶ》ったシスター。女優さんのように目鼻立ちがはっきりとした北欧《ほくおう》的な顔立ちをした美人さんだ。二十代後半ほどで柔和《にゅうわ》な表情と、やさしそうな雰囲気《ふんいき》をまとっていた。

実は俺、以前にこのお姉さんシスターと出会っていたりする。

シスターが見渡《みわた》すようにこの場にいる全員へあいさつをくれた。

「あいさつが遅《おく》れました。私、この地域の天界スタッフを統括《とうかつ》しておりますグリゼルダ・クァルタと申します。赤龍帝さんやシスター・アーシアとは少し前にごあいさつできたのですが、皆《みな》さまとはまだでしたので、改めまして今後とも何とぞよろしくお願いできたら幸いです」

「私の上司さまです！」

イリナがそう付け加える。

先生がシスター・グリゼルダと握手《あくしゅ》を交《か》わす。

「おー、話は聞いてるぜ。ガブリエルのQ《クイーン》！　シスター・グリゼルダっていやー、女のエクソシストのなかでも五指に入ってたな」

「恐《おそ》れ入ります。堕天使の前総督《そうとく》さまのお耳に届いているとは……光栄の至りですわ」

このシスターはグリゼルダ・クァルタさん。

この地域で展開する天界側のスタッフを統括する転生天使だ。

四大セラフ、ガブリエルさんのQ《クイーン》であり、イリナの上司でもあり、ゼノヴィアの祖国の知人でもあった。以前、紹介《しょうかい》を受けて知り合ったんだ。ガブリエルさんはハートの札を司《つかさど》る。シスターはハートのQ《クイーン》！『クイーン・オブ・ハート』と呼ばれているそうだ。

天界とヴァチカンを行ったり来たりでなかなかこの地域の教会支部に顔を出すことが叶《かな》わず、俺たちと面会できたのはつい最近のことだ。

その際、ゼノヴィアの狼狽《ろうばい》ぶりは凄《すさ》まじいものだった。同じ施設《しせつ》の出で、小さい頃《ころ》からお世話になっていたせいか、頭が上がらない唯一《ゆいいつ》の苦手な人物だという。敬虔《けいけん》な信徒であったゼノヴィアが悪魔になったことはシスターにとってたいそうショックだったようだけど、それよりもいままで連絡をよこさなかったのが一番悲しかったと話していたな。

俺、アーシア、ゼノヴィア、イリナ以外のメンバーがこのヒトと顔を合わせるのは初め

てだろう。

シスター・グリゼルダが深く陳謝《ちんしゃ》する。

「申し訳ございませんでした。本来ならもっと早くにあいさつにうかがうべきでしたのに……もろもろ都合が付かず、いまになってしまい、己《おのれ》の至らなさを悔《く》やむばかりです」

本当に丁寧《ていねい》な物腰《ものごし》だ。けれど、ある一人に対しては――。

「あらあら？　ゼノヴィアったら、顔色が悪いわね？」

イリナが意味深な質問をゼノヴィアに投げかける。

「……からかうな、イリナ」

ゼノヴィアは顔を強張《こわば》らせてシスターの視界に入らないようにするが――。

そのゼノヴィアの顔をシスターはガッチリと両手で押さえる！

「ゼノヴィア？　私と顔を合わせるのがそんなに嫌《いや》なのかしら？」

「……ち、違《ちが》う。た、ただ……」

「ただ？」

「……で、電話に出なくてごめんなさい」

ゼノヴィアがとあるケータイの着信を無視していたのは、シスターからのだったのか。

ゼノヴィアから謝罪を受けて、シスター・グリゼルダも手を離《はな》す。

「はい。よく出来ました。せっかく、番号を教え合ったのだから、連絡ぐらいよこしなさい。わかりましたか？　食事ぐらいできるでしょう？」

「……ど、どうせ、小言ばかりだろうし……」

「当たり前です。また一緒《いっしょ》の管轄《かんかつ》区域になったのだから、心配ぐらいします」

困った妹としっかり者のお姉さんって感じだ。つーか、あの剛胆《ごうたん》なゼノヴィアがこんなにもかわいらしい反応を見せてくれるのは、新鮮《しんせん》だよ。意外な一面がまた見られた。

そんなこんなでシスターとのあいさつも済ませて、あとは吸血鬼の来客を待つだけとなった。

さらに夜は更《ふ》けていく──。

外は完全に静まりかえり、皆《みんな》も会話を少なくした頃、外から異様な冷たさを感じてしまう。全員が、それを把握《はあく》したようで一様に窓のほう──旧校舎の入り口のある方向に視線を向けていた。

リアスが立ち上がる。

「来たようね。……相変わらず、吸血鬼の気配は凍《こお》ったように静かだわ」

リアスが視線を木場に向ける。木場が立ち上がり、一礼をしてから部屋をあとにした。

……吸血鬼を迎《むか》えに行ったのだろう。

俺は脳裏《のうり》に事前に皆から知らされた吸血鬼の情報を蘇《よみがえ》らせる。

吸血鬼とは――招待されたことのない建物に入れない。鏡に姿が映らず、影《かげ》もない。流水を渡《わた》れず、ニンニクを嫌《きら》い、教会のシンボル――十字架《じゅうじか》、聖水に弱い。

そして、自分の棺《ひつぎ》で眠《ねむ》らなければ自己の回復が出来ないという。

ハーフのギャスパーはそれらのうち、いくつか違う。影もあるし、鏡に姿も映る。川も渡れるし、ニンニクも克服《こくふく》しつつある。自分の棺で絶対に眠らなければならないわけでもない。

これはギャスパーが人間の血のほうが濃《こ》いからだというんだ。……だから、段ボール箱に入っても眠れるのだろう。

木場が下まで降りていったのは、来客の吸血鬼が純血であり、招待されなければこの旧校舎に入ることができないからだ。

俺たち眷属《けんぞく》は来客に備えて、席を立ち、『王《キング》』であるリアスの傍《かたわ》らに並んで位置する。

同様にソーナ会長の背後に真羅先輩《せんぱい》が立つ。

イリナも席に座るシスター・グリゼルダさんのうしろについた。朱乃さんは給仕できるよう専用の台車の前に待機していた。堂々と座るのはアザゼル先生ぐらいだ。

『王《キング》』、ボスクラスが座って、配下は立って待機という形で俺たちは客を待つ。

うちのヴァンパイアくん、ギャー助はというと……。

「………」

複雑極《きわ》まりない表情をしていた。当然か。自分を迫害《はくがい》した本物の吸血鬼が訪《おとず》れてくるんだもんな。

客はギャスパーの家の者ではないそうだけど、それでも緊張《きんちょう》は隠《かく》せないだろう。

しばらくして、部室のドアがノックされる。

「お客さまをお連れしました」

木場が紳士《しんし》な応対で、扉《とびら》を開き、客を招き入れる。

姿を現したのは——中世のお姫《ひめ》さまが着るようなドレスに身を包む人形のような少女だった。人形だと思ってしまったのは、顔立ちがあまりに美しすぎるからだ。

目と鼻、口元まで西洋人形のごとく人間味の感じられない、作られたような美しさがあった。怪《あや》しい雰囲気が漂《ただよ》いすぎるとも言える。長い金色の髪《かみ》をウェーブさせており、それも相まって人形のイメージを強くさせていた。しかも死人のように顔色が悪い。

引きこもりで色が白かったギャスパーと違い、生気を完全に感じ取れない肌《はだ》の色合いだった。

真っ赤な双眸《そうぼう》はギャスパーのものよりも深く濃い。

見た目は俺たちと同じぐらいの年齢《ねんれい》でいいのか？　吸血鬼も悪魔同様、長命であり、姿を好きに変えられると聞いたけど……。

――っ。

俺は少女の足下《あしもと》を確認《かくにん》して、目を見開く。

――影がない。

……本当の吸血鬼ってことか。いや、当然だけど。改まる思いだ。

少女の背後にスーツを着た男女が一人ずつ。お付き――ボディガードだろうか？

どちらも顔色が悪いので、吸血鬼なのだろう。冷たく、とげとげしい気配は感じ取れるよ。

あー、もう一個、わかった。オーラが微塵《みじん》も感じられないや。生命的な力の波動を一切《いっさい》まとってないいんだ。

少女――吸血鬼のお客が丁寧にリアス、俺たちにあいさつをくれる。

「ごきげんよう、三大勢力の皆さま。特に魔王《まおう》さまの妹君お二人に、堕天使の前総督さまとお会いできるなんて光栄の至りです」

リアスに促《うなが》されて、リアスの対面の席に吸血鬼の少女は座ることに。

座る前に彼女は名乗る。

「私はエルメンヒルデ・カルンスタイン。エルメとお呼びください」

……なんとも仰々《ぎょうぎょう》しく感じるお名前だ。いかにも高貴そうな響《ひび》き。

先生があごに手をやる。

「……カルンスタイン。確か、吸血鬼二大派閥《きゅうけつきにだいはばつ》のひとつ、カーミラ派のなかでも最上位クラスの家だ。久しぶりだな、純血で高位のヴァンパイアに合うのは……」

カーミラ派――。

そう、俺は事前にリアスや先生からある程度吸血鬼業界についても叩《たた》き込まれている。

吸血鬼は古《いにしえ》より存在する闇《やみ》の世界の住人。上級悪魔と似たような階級制度や弱点まで有する。が、悪魔は冥界《めいかい》の住人。吸血鬼は人間界の闇に住む者たち。似ているようで、価値観、文化は差違《さい》するところが多い。

悪魔と吸血鬼は、お互《たが》いに縄張《なわば》りを刺激《しげき》せずに人間を糧《かて》に生きてきた。天界――神の従《じゅう》僕《ぼく》たちが天敵なのも一緒だったけど、共闘《きょうとう》もしないでいまのいままで一定の距離《きょり》を置いてきている。

悪魔は今夏におこなわれた三大勢力の和平に応じて、長い三つどもえの様相を収束させたが、吸血鬼はまだ和議のテーブルにつこうとすらしていない。

そのため、いまでも天界――教会の戦士たちと小競《こぜ》り合いがあるようだ。

──と、基本的な吸血鬼の知識はこんなところで、問題は二大派閥のことだな。

なんでも、数百年前に吸血鬼の業界で大きく袂《たもと》を分かつ事件があった。

それが、ツェペシュ派とカーミラ派の誕生だ。ツェペシュは男尊主義で、カーミラは女尊主義と聞いた。

俺もよく理解していないが、なんでも純血の吸血鬼を残すため、男の真祖を尊ぶか、女の真祖を尊ぶかで長年主張を対立させていた者同士が、こじれにこじれて、数百年前、ついに真っ二つにグループが分かれたと聞かされたな。

先生の説明通りなら、彼女──エルメンヒルデは、女尊主義カーミラ派の吸血鬼ということなのだろう。

席に座るエルメンヒルデ。朱乃さんがお茶を差し出したのを確認して、リアスが開口一番に率直な質問をする。

「エルメンヒルデ、いきなりで悪いのだけれど、質問させてもらうわ。──私たちに会いに来た理由をお話ししてもらえるかしら？　いままで接触《せっしょく》を避《さ》けてきたあなたたちカーミラの者が、突然《とつぜん》グレモリー、シトリー、アザゼル前総督のもとに来たのはなぜ？」

エルメンヒルデは瞑目《めいもく》し、一度だけうなずくと目を静かに開いた。

「──ギャスパー・ヴラディのお力を借りたいのです」

——ッ!?

………俺たちはまったく予想もしていなかった答えに絶句して、驚愕《きょうがく》するしかなかった。全員の視線がギャスパーに集まる。

……ギャー助はぶるぶると全身を震《ふる》わせていた。自分が指名されるとは思っていなかった様子だ。いや、俺たちもさすがにギャスパー狙《ねら》いとは思ってなかったわ。

——となると、すぐに思い至るのが、覚醒《かくせい》したばかりのギャスパーの能力についてだけど……。いやいや、それにしたって、どうしてそれを求める？

疑問だらけの俺だが、先生がエルメンヒルデに問う。

「率直な質問に率直な答え。すまんが、順を追って説明してもらおう。——吸血鬼の世界に何が起きた？」

エルメンヒルデが口を開く。

「我々吸血鬼の世界でとある出来事が、根底の価値観を崩《くず》すほどのものになってきているのです。情報が流出しご存じかもしれませんけれど、神滅具《ロンギヌス》を持つ者がツェペシュ側のハーフから出てしまったのです」

……ああ、そのことか。そういや、吸血鬼の世界で神滅具《ロンギヌス》所有者が現れて、大変なことになっていると聞いていたけど……。

それが絡《から》むってことか。こりゃ、思ったよりも複雑そうだ。でも、彼女が属するカーミラじゃなくて、もうひとつのグループ——ツェペシュから出たのか。

ツェペシュのヴァンパイアハーフが神滅具《ロンギヌス》所有者。なのに相談してきたのはカーミラ。

……面倒《めんどう》くさいぞ、絶対に面倒ごとだぞ！

先生が目を細めながら訊《き》く。

「それでツェペシュ側が所有している神滅具《ロンギヌス》は何だ？」

神滅具《ロンギヌス》——。

魔獣騒動《まじゅうそうどう》後、俺は先生から神滅具《ロンギヌス》のことを聞いた。

全十三種ある神滅具《ロンギヌス》は、現在判明している段階で、悪魔側が「赤龍帝の籠手《ブーステッド・ギア》」、「獅子《レグルス》王の戦斧《ネメア》」の二種。つまり、俺とサイラオーグさんのところの『兵士《ポーン》』レグルスのことだ。

そして、天界側に二番目に強いとされる『煌天雷獄《ゼニス・テンペスト》』を持つジョーカーがいて、堕天使《だてんし》側は先生の配下に『黒刃の狗神《ケイニス・リュカオン》』こと『刃狗《スラッシュ・ドッグ》』がいる。

魔法使いの協会——三大勢力と懇意《こんい》にしているメフィスト・フェレスさんの組織に『永遠の氷姫《アブソリュート・ディマイズ》』。三大勢力とは距離を取り、多くの魔法使いから危険視される無法者のはぐれ魔法使い集団に『紫炎祭主の磔台《インシネレート・アンセム》』が在籍《ざいせき》してしまっている。

その他にヴァーリが持つ『白龍皇の光翼《ディバイン・ディバイディング》』、『禍の団《カオス・ブリゲード》』英雄《えいゆう》派には『黄昏の聖槍《トゥルー・ロンギヌス》』、

『魔獣創造《アナイアレイション・メーカー》』、『絶霧《ディメンション・ロスト》』の三種という形だ。ただ、英雄派が機能停止してしまったため、三種の行方《ゆくえ》は知れずじまい。……不気味にも、奴《やつ》らから離《はな》れて次の宿主に移るって段階には入っていないそうだ……。

所在が現在わかっているのはそれらだ。それにしたって、ここまで認識できたのは近年になってからだというから、所有者の把握《はあく》に難航しているのがうかがえる。

所在がいまだに判明していない残り三種――『幽世の聖杯《セフィロト・グラール》』、『蒼き革新の箱庭《イノベート・クリア》』、『究極の羯磨《テロス・カルマ》』は三大勢力でも把握しきれていない。

……話では、『蒼き革新の箱庭《イノベート・クリア》』はアジュカ・ベルゼブブさまがその素性《すじょう》を捕捉《ほそく》しているとされているが……詳《くわ》しくは調査中だという。

となると、三大勢力側で判明しきれていないのは、二種となる。『幽世の聖杯《セフィロト・グラール》』か、『究極の羯磨《テロス・カルマ》』か。吸血鬼が入手しているのはどちらかだ。

エルメンヒルデはこう答える。

「――『幽世の聖杯《セフィロト・グラール》』です」

彼女の言葉を聞いた瞬間《しゅんかん》、先生は目元をさらに厳しくした。

「よりにもよって、聖遺物《レリック》のひとつ――聖杯《せいはい》か」

聖遺物《レリック》――。曹操の持っていた聖槍《せいそう》がそれだったな。

神滅具《ロンギヌス》にも他《ほか》に聖遺物《レリック》があって、『幽世の聖杯《セフィロト・グラール》』と『紫炎祭主の磔台《インシネレート・アンセム》』がそうだって聞かされた。前者は聖杯のひとつ。後者は聖十字架《せいじゅうじか》とされているんだってさ。

先生が続ける。

「最後の晩餐《ばんさん》に使われたもの、イエスの血を受けたもの、聖杯ってのはとりわけ伝説が多い。だが、神器《セイクリッド・ギア》のアレはただの聖杯じゃない。神滅具《ロンギヌス》であり、生命の理を覆《くつがえ》しかねない代物《しろもの》だ。……エルメンヒルデといったか、不死者の吸血鬼がそれで何を求める？」

「絶対に死なない身体《からだ》——。杭《くい》で心臓を抉《えぐ》られても、十字架を突《つ》きつけられようとも、自分の棺《ひつぎ》で眠《ねむ》らずとも、太陽の光を浴びようとも、決して滅《ほろ》びない体をツェペシュの者たちは得ているのです。いえ、正確に言いますと、滅びにくい体を得た——でしょうか。聖杯の力はまだ不完全のようですから」

彼女は続けてこう加えた。

「何も弱点のない存在になろうとしているのです。吸血鬼としての誇《ほこ》りを捨てる。それだけならまだしも、あの者たちはこちら側を襲撃《しゅうげき》してきたのです。すでに犠牲者《ぎせいしゃ》も出ております。これら一連の行為《こうい》を私どもは決して許すつもりはございません。同じ吸血鬼として粛清《しゅくせい》するつもりです」

エルメンヒルデの瞳《ひとみ》は暗く、憎悪《ぞうお》の色を強く帯びていた。

よほど、吸血鬼の生き方を否定し、攻撃《こうげき》を加えてきたツェペシュ側の行動が不快のようだ。ま、襲《おそ》われたら当然の反応だよな。

「カーミラ側は吸血鬼としての生き方を否定して、襲ってきたツェペシュサイドのやり方が気にいらないってことか。まあ、攻撃されたら誰《だれ》だってアタマくるわな」

先生の言葉にエルメンヒルデはうなずく。

「はい、その通りです。そして、私たちの目的は――」

そして、その視線をギャスパーへと移した。赤い双眸《そうぼう》と赤い双眸が邂逅《かいこう》する。

「そちらにいらっしゃるギャスパー・ヴラディの力を借りて、ツェペシュの暴挙を食い止めることです」

…………やっぱり、えらいことになってきたわ。

うちのギャー助を吸血鬼同士の抗争《こうそう》に参戦させようってことか……っ！

リアスが冷静に訊く。

「……それは、ギャスパーがヴラディ家の――ツェペシュ側の吸血鬼であることと関係があるのかしら？」

……いつものエレガントな態度と口ぶりだが、俺にはわかる。リアスは内心で少しずつ激情をふつふつと煮《に》えさせていると。

かわいい眷属《けんぞく》を、いままで交渉《こうしょう》にも応じなかった吸血鬼の抗争に貸せと言われた。情愛の深いリアスが、それを知って黙《だま》っているわけがない。

それでも真意を、ギャスパーのことを少しでも知ろうと表向きは平静を装《よそお》い、問いただそうとしている。身近で彼女を見ていて、俺もそれぐらいの変化はわかるようになっていた。

リアスの問いにエルメンヒルデは意味深な笑《え》みを見せた。

「それもあります、リアス・グレモリーさま。けれど、本当に私どもが欲《ほっ》しているのは、ギャスパー・ヴラディの力です。眠っていた力が目覚めたと小耳に挟《はさ》んだものですから」

――っ！

こいつら、ギャスパーがとんでもない力を発揮したってどこで知った？　いや、俺もまだ見たことないけど、すんごいだろう？　上位神滅具《ロンギヌス》所有者で、魔法の使い手だった英雄派ゲオルクを倒《たお》したんだ。その力は破格なのは間違《まちが》いないだろう。相手の神滅具《ロンギヌス》所有者にギャスパーをぶつければいいと踏《ふ》んだのか。

エルメンヒルデは言葉を続ける。

「私どもは吸血鬼同士の争いを吸血鬼の力で解決しようと思っていますわ。そのためには、ギャスパー・ヴラディのお力をお借りしたいのです」

ギャスパーの力を使って、吸血鬼《きゅうけつき》内部の抗争を止めたい？　そちらが大変なことになっているのはわかったんだが……正直言うと直接の関係はないような。

ギャスパーは元ヴラディ家の者だけど、家を追い出されていまはグレモリー眷属だし、俺たちもできれば吸血鬼同士の争いに首を突っ込みたくない。

……平和が一番ですよ。ギャスパーの身に危険が降りかかるなら、話は別だけどね。いや、この流れだと、ギャスパーにも累《るい》が及《およ》ぶんじゃ……。カーミラじゃなくて、ツェペシュ側が「ギャスパーは元々家の者だ。返せ。抗争で使う！」なんてことがあったり……？

……ずっと嫌《いや》な戦いが続いたせいか、余計な方向に思考がされるようになっちまってるな。

リアスが眉根《まゆね》を寄せて訊く。

「……あの力は何？　あなたたちはそれを知っているの？」

核心《かくしん》だ。俺たちが知りたいことの本質。さあ、どう答える？

俺たちの視線が吸血鬼の少女に注ぐ。

「……ごく希《まれ》に本来の吸血鬼の持つ異能から逸脱《いつだつ》した能力を有する者が、血族から生まれることがあります。今世においてはハーフの者に多く見られておりますわ。ギャスパー・ヴラディもその一人でしょう。カーミラに属する私どもでは、詳細《しょうさい》を調べ上げられるほど

の資料を有しておりません。しかし、ツェペシュ側には手がかりになるものがあるやもしれませんわ」

吸血鬼側から見てもギャスパーの力は逸《いっ》した能力なのか。

てか、詳しく知りたきゃ、やっぱりヴラディ家を訪問しなければダメってことかよ。

エルメンヒルデは続けて言う。

「そして、問題の聖杯について。所有者はもちろん忌《い》み子――ハーフではありますが、名はヴァレリー・ツェペシュ。ツェペシュ家そのものから生まれたのです」

その名を聞いて、反応を示す者がいた。――ギャスパーだ。

泣きそうな顔をしていた。

「……ヴァレリーが……？　う、嘘《うそ》です！　ヴァレリーは僕みたいに神器《セイクリッド・ギア》を持って生まれてはいませんでした！」

先ほどまでびくびくしていたギャスパーがヴァレリーってヒトの名前が出た途端《とたん》に人が変わったようにエルメンヒルデに言葉をぶつける。

……こいつにとって、大事なヒトなのか？

エルメンヒルデは答える。

「生まれつきでなくとも神器《セイクリッド・ギア》とは、何かの切っ掛《か》けで発現します。それはあなたもご

存じでしょう？　ヴァレリー——彼女も例外ではありませんでした。近年覚醒し、能力を得たものと思われます」

確かに。俺も今年になって神器《セイクリッド・ギア》が発現したもんな。神器《セイクリッド・ギア》って知らず知らずのうちに発現している場合もあり、どの歳《とし》で目覚めるか、その辺りも個人差だって聞いた。

先生が目を細め、腕《うで》を組む。

「俺たちや天界が観測、特定が済む前に隠蔽《いんぺい》されたと思っていいんだろうな。ったく、どうしようもないな。聖なる力を嫌《きら》う吸血鬼が、聖遺物の神滅具《ロンギヌス》——聖杯を捨てもせず、こちらに預けもしないで、自分たちのもとに隠《かく》すなんてよ」

「私もそう思います」

先生の言葉にエルメンヒルデも応じていた。

エルメンヒルデは目線をギャスパーに向ける。ギャスパーはおどおどしながらも今度は真《ま》っ直《す》ぐに視線を交《か》わしていた。

「ギャスパー・ヴラディ、あなたは自分を追放したヴラディ家に——ツェペシュに恨《うら》みはないのかしら？　いまのあなたの力なら、それが可能ではないかと私は思うのだけれど」

「……ぼ、僕はここにいられるだけで十分です。部長たちと一緒《いっしょ》にいられればそれだけで——」

「――雑種」

その言葉を耳にした途端、ギャスパーの顔は徐々《じょじょ》に曇《くも》り始める。それを確認《かくにん》して、エルメンヒルデは続けていく。

「――混じりもの、忌み子、もどき、あなたはいかような呼び名でヴラディ家で過ごしていたのかしら？　感情を共有できたのはツェペシュ家のハーフ、ヴァレリーだけ、でしたわね？　ツェペシュ側のハーフが一時的に集められて幽閉《ゆうへい》される城のなかで、あなたとヴァレリーは手を取り合い、助け合って生きてきたと聞いておりますわ。ヴァレリーを止めたいと思いませんか？」

いままで黙《もく》していたシスター・グリゼルダが口を開く。

「あなた方はハーフの子たちを忌み嫌いますけれど、もともと人間を連れ去り、慰《なぐさ》み者として扱《あつか》い、結果的に子を宿させたのは、吸血鬼の勝手な振《ふ》る舞《ま》いでしょう？　あなた方に民《たみ》を食い散らかされ、悔《くや》しい思いをしながらも憂《うれ》いに対処してきたのは、我々教会の者です。できれば、趣味《しゅみ》で人間と交わらないでもらいたいものです」

やわらかい物腰《ものごし》ながら、言葉に毒が満載《まんさい》だ。笑みも絶やさず言ってくれるぜ！　さすがイリナの上司でゼノヴィアの元保護者！

エルメンヒルデは口元に手をやり、小さく笑む。

「それは申し訳ございませんでしたわ。けれども、人間を狩《か》るのが我々吸血鬼の本質。悪《あく》魔《ま》や天使も同じだと思っておりますが？　人間の欲《よく》を叶《かな》え対価を得る、または人間の信仰《しんこう》を必要とする。我々異形の者は、人間を糧《かて》にせねば生きられぬ『弱者』ではありませんか」

そう、悪魔は正義じゃない。理不尽《りふじん》な取り引きで下僕《げぼく》にされるヒトも多いとされているからな。

でも、俺は人間をやめてしまったんだ。悪魔として生きるしかない。……けど、人と悪魔の狭間《はざま》で行ったり来たり。それがいまの俺。

この吸血鬼の少女は、完全に異形側。人間は糧だと割り切ってる。等価交換《こうかん》ではなく、一方的な狩りだと！

……この少女の目は嫌だな。自分たち以外の者を見る目が、酷《ひど》く蔑《さげす》んだものだ。

ハーフのギャスパーに対しても「忌み子」とか「雑種」とかって呼ぶし……。

そういや、純血の吸血鬼は悪魔以上に血と階級にこだわりを持つって話だったな。なるほど、このエルメンヒルデを見ているとよくわかる。

――こいつらにとって世界は、純粋《じゅんすい》な吸血鬼か、他の種の二種類しかないんだ。

エルメンヒルデは、うしろで待機していたボディガード役の吸血鬼を呼び、鞄《かばん》から書面らしきものを取り出させた。

「手ぶらで来たわけでもありませんわ。書面を用意しました」

エルメンヒルデは書を先生に渡《わた》す。

受け取った先生は、書面を見て息を吐《は》く。

「……カーミラ側の和平協議について、か」

『──ッ⁉』

先生の言葉にこの場に集まった俺たちは驚《おどろ》いた！

……外交カードを切ってきたのかよ……っ！　いまのいままで応じてこなかったのに、ここにきてそうくるなんてさ！

先生は書類をテーブルに置いて、エルメンヒルデに言う。

「つまりだ。今日のこれは外交──特使として、おまえさんが俺たちのもとに派遣《はけん》されたってことだな？」

先生の問いにエルメンヒルデは笑みを見せる。

「はい。我らが女王カーミラさまは堕天使《だてんし》の総督《そうとく》さまや教会の方々との長年にわたる争いの歴史を憂《うれ》いて、休戦を提示したいと申しておりました」

エルメンヒルデの対応に先生は額に青筋を立てていた。

「順番が逆だ、お嬢《じょう》さん。普通《ふつう》は和平の書面が先で、神滅具《ロンギヌス》の話はあとだろうが。これじ

や、まるで力を貸してくれなければ、和平には応じないと言っているようなもんだ」

目元を妖《あや》しく細めたシスター・グリゼルダも平静を装いながら続く。

「隔《へだ》てることなく各陣営《じんえい》に和議を申し込み、応じていた我ら三大勢力が、この話し合いに応じなければ他の勢力への説得力が薄《うす》まりますわね。『各勢力に平和を説いているのに相手を選んで緊張《きんちょう》状態を解いているのか』——と。しかも停戦ではなく、休戦ですもの。こちらの弱みを突《つ》かれた格好ですね」

…………。

な、なんて、卑怯《ひきょう》な連中だ……っ！　和平を盾《たて》にギャスパーを貸せと言ってきやがった……っ！　応じなきゃ、こっちの——リアスの体面どころか、お兄さんのサーゼクスさままで信用を失う！　ただでさえ、スイッチ姫《ひめ》やテロリストとの戦いで殊勲《しゅくん》をあげているリアスだ。この申し入れを拒否《きょひ》すれば、今後の活動に支障が出てもおかしくないんじゃないのか!?

リアスがふるふると怒《いか》りに打ち震《ふる》えていた。ソーナ会長がリアスの手を握《にぎ》り、なだめるように首を横に振る。

エルメンヒルデはうれしそうに口の両端《りょうたん》をつり上げて言った。

「ご安心ください。吸血鬼同士の争いは吸血鬼同士でのみ、決着をつけます。ギャスパ

ー・ヴラディをお貸しいただければ、あとは何もいりませんわ。和平のテーブルにつくお約束と共にヴラディ家への橋渡《はしわた》しも私どもがおこないましょう」

俺はたまらず、訊《き》いてしまう。

「待てよ。仮にギャスパーをそっちに送ったとして、無事にこちらに返すつもりはあるのか？　いや、まだ貸すとは言ってないけど！　いちおう、その辺を訊きたい！」

当然だろう。抗争《こうそう》にギャスパーを送り出して、無事に返すって保証がなければ、そんなの……そんなのやらせるかよ……っ！　俺の大事な後輩《こうはい》なんだぞ……っ⁉

エルメンヒルデは蔑んだ目で俺を見る。

「あなたは上級悪魔リアス・グレモリーさまの下僕——赤龍帝ですわね？　あなたが特使である私に話しかける権利があるのですか？　いくら赤龍帝でも権利を持っていない、ただの従僕であるのなら、私に意見する資格はないでしょう？」

——ッ！

怒りで頭のなかが沸騰《ふっとう》しそうだった。いますぐに「ふざけんなっ！」って叫《さけ》びたい！　けど、それをしたら、すべてがオジャンになる……っ！

ク、クソ！　こ、この女……っ！　どこまで……っ！　そりゃ、俺にはなんも権利はないけど！　でも、ギャスパーは……っ！

きてるんだぞ⁉

　──こいつらは、「和平に応じてやるからギャスパーを出せ」って上から目線で言って
　木場が俺を手で制して、リアスに目を配らせる。リアスも深く息を吐いて、自身を落ち着かせようとしていた。リアスの代わりに先生が言う。

「グレモリー次期当主の眷属《けんぞく》一人を犠牲《ぎせい》に、吸血鬼《きゅうけつき》側と休戦協定、か。おまえらカーミラ側の言い分は雑な言い方をすると、こういうことだな？」

　先生が気を利《き》かして、リアスの言葉を代弁してくれた。

「犠牲になるとは決まっておりません。早々と決着がつけばそれにこしたことはありませんわ」

　エルメンヒルデはしゃあしゃあと言ってのける。

「俺たちの介入《かいにゅう》は嫌《いや》なんだろう？　両者の仲介《ちゅうかい》、もしくはどちらかに加勢ってのは？　戦力不足だからこそ、ギャスパーが必要なんだろう？」

　先生の提案をエルメンヒルデは首を横にして答えた。

「いえ、あくまで我々の決着は我々の手でおこないます。アドバイザーぐらいでしたら、いかようにも」

　……勝手だ。本当に身勝手だ。これが純血の吸血鬼。自分たちの世界以外はどうでもい

い。しかもハーフであろうと、有用ならば対立側の出身者でも使う。迫害《はくがい》しても、半分吸血鬼ならば使う。

……矛盾《むじゅん》だらけだ。理不尽すぎるだろう……っ！

最後に俺たち全員を見渡《みわた》したあと、エルメンヒルデは立ち上がる。

「以上ですわ。今夜はお目通りできて幸いでした。何よりも、自分の根城に吸血鬼を招き入れるという寛大《かんだい》なお心遣《こころづか》いに感謝致《いた》しますわ、リアス・グレモリーさま」

エルメンヒルデのわざとらしい氷の微笑《びしょう》にリアスは、憤怒《ふんぬ》の形相となっていた。瞳《ひとみ》は怒りにたぎっていた。

「……ええ、今日は貴重な会談ができてよかったわ。あなたたちのことがよくわかったものね」

「それでは、ごきげんよう。この地に従者を置いていきます。何かありましたら、その者に取り次いでください。――では、よいご報告をお待ちしております」

リアスの最後の最後に吐き出した嫌味《いやみ》をものともせずに、闇《やみ》の住人たちはこの旧校舎をあとにしていった――。

―○●○―

会談が終わり、十分が過ぎた頃《ころ》――。

堰《せき》を切ったようにゼノヴィアがテーブルを叩《たた》いた。

「……相変わらず、吸血鬼は好きになれない……ッ！」

よく我慢《がまん》したよ、ゼノヴィアは。俺の横で明らかに敵意のあるオーラを身にまとわせていたからね。

シスター・グリゼルダがカップに口をつけたあと、ゼノヴィアに言う。

「むかしのあなたなら、デュランダルで斬《き》りかかったところですね。よく我慢しました。成長しましたね」

シスターに褒《ほ》められて、ゼノヴィアは複雑そうな表情で頬《ほお》を赤く染めていた。

しかし、ゼノヴィアの言うこともっともだ。吸血鬼、好きになれないわ！　なんだ、あれ！　ギャスパーと同じ種族とは思えないぞ！　こいつは段ボール箱と過ごす愉快《ゆかい》な奴《やつ》だというのに、あいつらは……嫌味と変なプライドの塊《かたまり》じゃないか！

唯一《ゆいいつ》冷静を保ち続けたソーナ会長がリアスに言う。

「どうするのですか？　協定を無視するわけにもいかないでしょう。そうなると、ギャスパーくんを送り出すことにもなります。そうなれば……最悪、彼を失うかもしれません」

ソーナ会長のハッキリした答えにギャスパーも複雑極《きわ》まりない顔になっていた。

当然だ。自分がまさか外交のカードにされるなんて、思いもしなかっただろう。しかも拒否がものすごく難しい状況《じょうきょう》だ。さっきの話じゃないが、和平を謳《うた》っていた手前、ようやっとテーブルにつこうとする吸血鬼側からのわざわざの申し出を突っぱねるわけにもいかない。

世間的に見ても、ギャスパー一人の条件で、吸血鬼側の半分と休戦ができるのは、お得で安いんだろうな……。

悔《くや》しいし、できることなら拒否したいけど、断る理由もないっていう、グレモリーにとって最悪の展開だ。

ギャスパーが大きく息を吸って、震える口調で吐き出した。

「ぼ、僕、行きます」

——っ！

こいつが自ら行くと言うなんて……。しかも決意に満ちた瞳だ。

ギャスパーが続ける。

「……吸血鬼の世界に再び戻《もど》るつもりはありませんし、ここが僕にとってのホームです。で、でも、ヴァレリーを助けたい！　彼女は……僕の恩人なんです。彼女のおかげで僕はあの城から抜《ぬ》け出て、ここにたどり着けました。……一度は死にましたけど、それでもい

まはやさしい主《あるじ》がいて、頼《たよ》れる先輩《せんぱい》がいて、一緒《いっしょ》に遊んでくれる友達もできました……。こんなに幸せになれたのに、彼女だけ辛《つら》い目に遭《あ》っているのかもしれないと思うと……。きっと理不尽な扱いを受けていると思うんです！」

ギャスパーは男の顔をして、リアスに告げた。

「僕、ヴァレリーを助けたいです！　そして、絶対に死にません！　ヴァレリーを救って、ここに戻ってきます！」

……いい、返事じゃねぇか。男の目と顔をしてやがるよ、この段ボールヴァンパイア。格好良く決められるようになったじゃないか。

俺は無言でギャスパーの頭をなでてやった。

俺の後輩。やっぱり、グレモリーの男子だな、おまえは。

ギャー助の決意を聞いて、リアスも立ち上がる。

「――行くわ、私。今度こそヴラディ家とテーブルを囲むつもりよ。まずは私が行ってこの目であちらの現状を確認《かくにん》してくるわ。ギャスパーの派遣に関してはそれからでも遅《おそ》くはないと思うの」

リアスの目にも炎《ほのお》がともっていた。主自ら現場訪問ってことか。

ギャスパーの一言が火をつけたのだろう。ああ、俺の心にもともったぜ！　かつて世話

になった女の子を助け出す！　男にとっちゃ、これ以上ないシチュエーションだ！

「じゃあ、俺たちも――」

俺が申し出るが、リアスは首を横に振《ふ》る。

「いえ、イッセーたちは待機していてちょうだい。もしかしたら、ということがあるかもしれないもの」

「……と、言いますと？」

俺の問いにリアスは指を二本立てる。

「前提条件として、ギャスパーの主たる私が直接訪《おとず》れるのが道理だし、先方にも失礼がないわ。そしてあなたたちにここで待機してもらう理由を大別するとふたつね。ひとつは有事が起きた際に、私がいなくてもすぐに行動できるようにするため。ここに襲来《しゅうらい》してくる者がいるかもしれないから、対応できるメンバーが残ったほうがいい。ふたつめに……」

リアスは眷属全員を見渡す。

「私があちらで何かあったとき、増援《ぞうえん》メンバーが必要になるでしょうから」

木場が問う。

「部長は何かが起きる、または巻き込まれると踏《ふ》んでいるんですね？」

「ええ、祐斗《ゆうと》。そうならないのが何よりだけれど、いままでの経緯《けいい》、ヴァンパイアの問題

から察しても巻き込まれる可能性があるわね。いえ、それを踏まえて行動してなんらおかしくない」

「なら、最初から俺たちもついていったほうが……」

俺がもう一度確認するが、リアスはやはり首を縦には振らなかった。

「ぞろぞろと全員でいけばあちらも警戒《けいかい》するわ。力で解決するつもりか？——と勘《かん》ぐられて交渉《こうしょう》しにくくなるでしょうから、まずは私が行ってしかるべきよ。……いままでこちらの声に耳を傾《かたむ》けなかった彼らなのだから、それぐらいの気構えを持って当然だわ。……私の思慮《しりょ》は浅いかしら？」

彼女はアザゼルに確認を取る。

「いいや、力押し眷属の『王《キング》』にしては悪くない考えだ。ただ、おまえだけじゃ、不安だな。今回の一件、ツェペシュ、カーミラ、双方の裏の事情が絡《から》みそうだ。さっきの話は腑《ふ》に落ちない点がいくつもあるからな」

「もちろん、最低限の備えはするわ。——私の『騎士《ナイト》』は連れて行くつもりよ。いいわね、祐斗？」

「はい、お任せください」

木場がお付きか。ああ、それなら問題ないわ。

「木場が行くなら安心できます」

俺の答えだった。こいつの実力は誰《だれ》よりも俺が知ってる。木場と何度も拳《こぶし》を交わしてきたんだぜ？　こいつは正真正銘《しょうしんしょうめい》リアスのナイトだ。

先生が首をこきこき鳴らしながら言う。

「――と、俺も行こう。俺は先にカーミラに会ってくる。んでもって、最低でもグレモリーの何名かが吸血鬼の抗争《こうそう》でも動けるように話をつける。いくつか、土産《みやげ》を持って行くつもりだ。逆にリアスはヴラディ家に直接行ったほうがいい。リアスがカーミラ側に顔を出したら、警戒が強くなるだろうからな」

土産持参で交渉の条件を付与《ふよ》させる気だ。さすが先生。ただでは転ばない！

俺たち何名かが動けるようになるなら、話は別だ。ギャスパーの危険も軽減できるし、その聖杯《せいはい》を持った吸血鬼の女性も救えるかもしれない。

「でも、先生自らだと警戒されるんじゃ？　堕天使《だてんし》の要人ですし」

他にも誰かつけたほうがいいのでは？　と思ってしまった。

「いまだ吸血鬼を相手に戦っている天界と教会――天使がいくよりは多少マシだろうよ。ていうよりも、神器《セイクリッド・ギア》に詳《くわ》しい俺が行くのは交渉の武器になる」

「あ、聖杯とかで！」

「ああ、そういうことさ。今日来た奴らだって、重要な話し相手は俺だったろうからな」

先生がシスターとイリナ――天界側のスタッフに言う。

「イリナ、シスター・グリゼルダ、このことはミカエルにも伝えておいてくれ。聖杯と吸血鬼、さすがにきな臭《くさ》すぎる」

シスターがうなずく。

「ええ、わかりました。こちらは場合によってジョーカーを切るとミカエルさまもおっしゃっておりますし、最悪の結果だけは避《さ》けたいものです」

シスター・グリゼルダの言葉に先生も軽く驚《おどろ》いていた。

「……ジョーカー、そんなに簡単に切れるのか？　ていうか、俺たちへの対応のランクが上がってるな。まあ、えらい連中ばかりが狙《ねら》ってくるから当然か。聖杯が絡む以上、手助けをジョーカーに請《こ》うかもしれない。聖杯と吸血鬼《きゅうけつき》。本来、相容《あいい》れない聖と闇。たぶん、ろくでもないことにはなるぞ。俺は最低限の犠牲《ぎせい》で済むようにしたいんだがな」

「ええ、そうならないためにも暇人《ひまじん》ジョーカーは存分に使えと四大セラフさまのご意志です。本当、あの子ったら、暇さえあるとおいしいもの巡《めぐ》りで連絡《れんらく》がつかなくなりますから。そこのゼノヴィア以上に困った子です」

ジョーカーって、会ったことないけど、シスターの知り合い？

まあ、それはともかく、整理しよう。

リアスと木場、先生が吸血鬼側のもとに行くことが決まった。あとのメンバーはギャスパーを含《ふく》めて、この町に待機。何かがリアス側で起こったら、改めて合流するてはずとなる。

何事も起こらなければいいけど……。先生の言い分では、どうにも争いは起こりそうだ。そこに俺たちも……？

犠牲なんて出なければいいと思うんだけど、そんなには甘くはないんだろうな……。

俺がやれるのは、リアスと仲間に降りかかる火の粉を全力で振り払《はら》うだけだ。

気合いも入るが、不安も大いに覚えてしまう深夜の会談だった――。

―○●○―

会談を終えて、一息ついた俺は旧校舎の別室でアザゼル先生に籠手《こて》を見てもらっていた。

冥界《めいかい》での英雄《えいゆう》派との一戦以来、ドライグは眠《ねむ》る時間が増えて、神器《セイクリッド・ギア》の真の能力も発揮できずじまいだ。

こうやって、定期的に先生に神器《セイクリッド・ギア》の具合を見てもらっていた。

「……籠手の宝玉、輝《かがや》きがまだ不十分だな。それだけ、おまえの肉体を新調させるのに力

を使ったってことだろう」

「……あ、あの先生。このままこの状態がずっと続くんですか？」

「いや、おまえの蘇生《そせい》に使った分の力が回復できれば、以前のように戻れるだろう。単にいまは眠って体力を回復させていると思えばいい。それよりもおまえの生命力についてだ」

「……わけわからんことになっているんでしたっけ？」

俺の言葉に先生はうなずいた。

そう、グレートレッドの体の一部とオーフィスとドライグの力をもって、俺は新しい肉体を得た。

その際、以前の肉体で消耗《しょうもう》してしまっていた生命力が、現在データ解析《かいせき》できない状態になっているんだそうだ。

「伝説中の伝説のドラゴンであるグレートレッドとオーフィス、二体の力が入り込んだからな。おまえの生命力の反応が、ゼロになったり、計測を振り切る理論上の無限になったり、まったくわけがわからん。ゼロってのは、多分夢幻《むげん》――グレートレッドだ。無限は無論オーフィスを意味しているんだろう」

「それって、俺の生命力が死んだり、蘇《よみがえ》ったりってことですか？」

「それすらわからん。前例がない。いまのおまえは人型のドラゴンから、悪魔《あくま》に転生した

状態だからな。ただ、安定させることはできる。というか、結果が出てる。それはおまえもわかるな？」

先生が言うように、以前と同じようにリアスや朱乃さんにドラゴンの気を吸ってもらったり、小猫ちゃんの仙術治療《せんじゅつちりょう》を受けると、俺のわけわからん生命力の反応が一時的に平常に戻《もど》るんだ。

先生は続ける。

「とりあえず、ゼロと無限の反応は何が起こるかわからない。いきなり、生命力が空っぽになったり、急上昇《きゅうじょうしょう》してオーバーヒートを起こすこともありえる。つまりだ。リアスたちに平常にさせてもらうのが一番ってことだな」

ようするに前と同じように女の子たちの世話になれってことだ。

ぐふふ！　よかった！　あの素晴《すば》らしい時間が消えずに済むなんて！　ああ、リアスと朱乃さんのお口でちゅーちゅーされて、ちっこい小猫ちゃんを抱《だ》っこする。あんなにも幸せな一時が奪《うば》われずに済むなんて、真龍《しんりゅう》と龍神《りゅうじん》に礼を言いたいぐらいだ！　いや、家に帰ったら、オーフィスに手を合わせよう！

リアスと朱乃さんの吸い込むテクニックは日々成長していて……小猫ちゃんも最近じゃ「衣類をまとわず、直《じか》に触《ふ》れあったほうが効果が上がるかもしれません」って大胆《だいたん》になっ

てきていて！

《ずむずむいやーん》

――っ！　ふいに脳裏《のうり》をあのフレーズが蘇るが……。グレートレッドさま、かんべんしてください！　次に会ったとしてもあの鳴き声なんだろうか!?　恥《は》ずかしいって！

幻聴《げんちょう》に苦慮《くりょ》する俺を見て先生は苦笑いしていた。

「おまえはもっと落ち着いて戦え。やりゃあできるんだからよ？　いざというときに冷静さを失い、らしくなくなるのがおまえのネックだな。ほら、バアル戦での『女王《クイーン》』との戦いも頭に血が上りすぎてらしくないことやったろ？　普段《ふだん》のおまえなら、あの『女王《クイーン》』をドレスブレイクして、裸体《らたい》でも拝んでいたんじゃないのか？　仲間を連続してやられて熱くなりすぎたんだろうが……ああいうのを格上相手にやったら、殺されるぞ？」

先生に注意を受けてしまった。……うん、たまに冷静さを欠いて、突《つ》っ込む癖《くせ》がある。俺の悪癖《あくへき》だ。……バアルの『女王《クイーン》』、ドレスブレイクで倒《たお》すべきだった？　そう考えると、裸体を見なかったのが途端《とたん》に悔《くや》しくなるけど……。あのときはあれが精一杯《せいいっぱい》だったよ。

「ま、十七のガキだもんな、おまえ。リアスもおまえも眷属《けんぞく》たちも若い。不完全で当然っちゃ当然だ」

性欲《せいよく》のほうも大人になれば落ち着く？　まったく想像できない！　十年後も百年後もエ

ロくありたい！　十年後のリアスの乳が美乳なのは間違《まちが》いないけどね！

うぬぬ。そういう煩悩《ぼんのう》はあとにして、改めて先生に問わねば。

「先生、いつ頃《ごろ》、旅立つ予定ですか？」

「とりあえず、これからリアスと打ち合わせをする。いい機会だからな、ヴァンパイアサイドと交渉しておかないと後々面倒《めんどう》になる」

できることなら、何事も起きないよう祈《いの》るばかりだ。

木場と先生がいるんだから、リアスが最悪の事態に巻き込まれることはないだろうけど……。それでも心配は心配だ。

というか、この吸血鬼との会談ができるだけ平和な方向に向かうのを願いたいね。

つーか、魔法使いとの契約《けいやく》話もあるってのに、どうにもグレモリー眷属はトラブルに見《み》舞《ま》われるわな。

……ドライグ、早く元の調子に戻ってくれ。やっぱり、おまえがいないといざってときに力を出し切れない。

俺の相棒──。俺と一緒《いっしょ》にまた突き進もうぜ？

俺が籠手に話しかけるように見つめていたら、先生が息を吐《は》く。

「伝説のドラゴンは大切にしろよ？　魂《たましい》だけになっているとはいえ、それでも貴重な伝説

さまだぞ？　滅《ほろ》びてしまって、神　器《セイクリッド・ギア》にも封印《ふういん》されず、魂の所在すら不明とされるドラゴンがどれだけいるか」

そ、そんなこと言っても……。もちろん、ドライグは大切にしますよ！　ま、まあ、おっぱいドラゴンの関係でだいぶ困らせてますけどね！

先生が何かを思いだしたかのように手をポンと叩《たた》く。

「……と、これも教えておいたほうがいいか。ヴァーリからの情報があってな」

「ヴァーリから？」

「あいつが世界中に足を運んで未知のものを探求しているのは知っているな？」

うん、育ての親――アザゼル先生のように探究心豊かな白龍皇《はくりゅうこう》さまは世界中を旅して不可思議なものを見て回っていると言うじゃありませんか。

「どうにも旅先でよく『禍の団《カオス・ブリゲード》』の構成員に出くわすようだ」

「それはお尋《たず》ね者になっているヴァーリチームに粛清《しゅくせい》を与《あた》えるためではないんですね？」

ヴァーリはオーフィスを勝手に俺たちのもとに送り込んだ罪で『禍の団《カオス・ブリゲード》』から追われる立場となっている。てか、もともと『禍の団《カオス・ブリゲード》』内の他《ほか》の派閥《はばつ》と折り合いが悪くて、にらまれていたというからな。

先生が続ける。

「ヴァーリが探していたのは……すでに滅んだとされる凶悪《きようあく》な魔物の類だ。生きているかもしれないという不確かな情報をもとに探していたようだ。あいつの強者捜《さが》しもそこまでいくと俺でも超暇人《ちようひまじん》集団と思えちまうよ。――で、だ。その滅んだ魔物、主に滅んだドラゴンの生息していたという地にヴァーリの他に『禍の団《カオス・ブリゲード》』の構成員――魔法使いのグループも来ているっていうんだよ。……遭遇《そうぐう》は一度や二度じゃないようだからな、偶然《ぐうぜん》ではないだろう」

「滅んだドラゴン……それってどんな有名なのがいたんですか？」

「おまえが知っているかどうかわからないが、『三日月の暗黒龍《クレッセント・サークル・ドラゴン》』クロウ・クルワッハ、『魔源の禁龍《ディアボリズム・サウザンド・ドラゴン》』アジ・ダハーカ、『原初なる晦冥龍《エクリプス・ドラゴン》』アポプスかな。懐《なつ》かしい名前だ。あいつら、相当危険だったな。――残虐性《ざんぎやく》が高すぎて封印、または退治されちまったよ。他にも北欧《ほくおう》のニーズヘッグ、初代ベオウルフが退治したという凶暴《きようぼう》なグレンデル。同じく英雄の初代ヘラクレスが試練で倒したラードゥンは伝説の果実を守護していたドラゴンではあるが退治されちまったな。日本だと八岐大蛇《やまたのおろち》か」

知らない名前ばかりだ。知ってるのは八岐大蛇と、以前に名前だけ耳にしたクロウ・クルワッハぐらいだ。滅んだ強いドラゴンってそんなにいるのか。

「……特にクロウ・クルワッハとアジ・ダハーカ、アポプスはいまじゃ絶滅《ぜつめつ》してしまった

『邪龍《じゃりゅう》』でな。ヴリトラも『邪龍』だが、いま言った三匹《びき》に比べたらかわいいもんだ」

邪龍──。聞くだけでおどろおどろしいな。でも、滅んだのか。

「その三匹、そんなにやばかったんですか？」

「ヴリトラですら、魂を幾重《いくえ》にも刻まれて意識を封《ふう》じられただろう？　それぐらいしないと邪龍ってのは存在を抹消《まっしょう》できないほどに強力だ。だが、ヴリトラは神器《セイクリッド・ギア》の融合《ゆうごう》で意識を取り戻した。どこまでも邪龍はしぶといんだよ。そのなかでも凶悪さで筆頭だったのがクロウ・クルワッハ、アジ・ダハーカ、アポプスだった」

うわっ、ヴリトラでさえ、不気味と感じるのにそれ以上かよ。……怖《こわ》そうだ。

「……二天龍《にてんりゅう》より強いんですか？」

「それはさすがに現役時代の赤白のほうが強いだろう。だが、できるだけ各ドラゴンも『邪龍』と争うのを避《さ》けたそうだ。『邪龍』、もしくはそれに近しい属性のドラゴンは相手にするのがこの上なく面倒だったとな。それはつまり触れちゃ不味《まず》いってことだ」

……触《さわ》らぬ『邪龍』に祟《たた》りなしってことか。先生はあごに手をやりながら話を続ける。

「しかし、滅んだドラゴンども──特に『邪龍』を語るのは久しぶりだ。だが、よくわかるだろう？──力があり、暴《あば》れん坊《ぼう》のドラゴンは例外なく滅ぼされている。五大龍王《ごだいりゅうおう》最強とされるティアマットは要領がいいんだろう。うまく世俗《せぞく》に融《と》け込みながら好き勝手に生

きているようだ」

暴れん坊のドラゴンね。ドライグやアルビオンがそうだったんだよな。で、暴れすぎて三大勢力にやられてしまった。

「ドラゴンはタンニーンのおっさんのように威風《いふう》堂々な姿がいいな。龍王って感じがして、俺は格好良いと思います」

うん、俺が出会ったなかで一番ドラゴンの王って感じがしたのはタンニーンのおっさんだ。他のドラゴン種族のために、体を張って守ろうとする姿勢は尊敬しちゃいます！

先生も俺の意見に同意する。

「ああ、そうだな。現存する伝説のドラゴンと付き合うならあいつにしておいて損はない。あれこそ、ドラゴンの王だ。あんなドラゴンはいまじゃ他にいないから、よーく見て参考にしておけ」

イエッサー！　将来、おっさんみたいな立派なドラゴンに……いやいや、ハーレム王のドラゴンになってみせます！

「何はともかく、水面下でテロ集団も何かを企《たくら》んでいるようだ。……また、嫌《いや》なことが起こるかもしれないと覚悟《かくご》だけはしておけ」

「はい」

先生は途端に俺の頭に手を乗せる。

「いつも悪いな。また、おまえらに貧乏《びんぼう》くじを引かせることになるかもしれない」

「本当、まいっちまいますね。でも、来るなら退けるしかないでしょう。俺たちはそうやって突き進んできましたから」

小猫ちゃんじゃないけど、来るなら倒すしかない。生き残るためなら、俺たちはいくらでも強くなって、打破していかないといけないんだ。それがグレモリー眷属！　いや、駒《く》王学園《おうがくえん》のオカルト研究部です！

「まあ、俺も俺で冥界《めいかい》の事業に関して忙《いそが》しい面があるんだけどな」

「何かはじめたんですか？」

俺が問うと、先生が途端にいやらしい顔つきになる。あ、何かたくらんでいるときの表情だ。

「ああ、土地を転がしてんのさ」

と、土地ときましたか。

「冥界が悪魔《あくま》側と堕天使《だてんし》側で分かれてるのはおまえも知ってるだろう？」

「ええ」

「実はな、悪魔側に比べると堕天使側は住人の数に比べて相当土地が余ってんだよ。堕天

使側に住んでるのは、純粋《じゅんすい》な堕天使と堕天使と関《かか》わりを持つ種族、あとは堕天使と異種族のハーフだ。種の存続が危《あや》ぶまれる悪魔と比べても住んでる者は少ない。何せ、悪魔や天使と違って、俺たちは転生システムをあえて選択《せんたく》しなかったからな」

そうだよね。先生たちグリゴリは堕天使を増やす転生システムをあえて作らなかった。やろうと思えばできたのに、それをしなかったんだ。

先生曰《いわ》く、「悪い天使は俺たちで終わりでいい」だそうです。

「――それで、だ。余った土地を使って、同盟関係を結んだ勢力向けのリゾート地を開発してんのさ。商業施設《しせつ》やカジノなんかも大々的に計画されていてな。すでに別荘《べっそう》を持ちたい各勢力のセレブ連中から注文が殺到《さっとう》してる。俺はかなりの産業になると踏《ふ》んでる。ま、堕天使もいろいろと資金――先立つ物が必要だから商売していかないとな」

な、なるほど……。堕天使――グリゴリもいろいろと商売はじめてるのね。研究の大半が現在グリゴリの収入源になっていると聞くしな。

先生って、商売人に向いてそうだな。

――と、ドアがノックされる。入ってきたのはリアスだった。

「アザゼル？　イッセーの診察《しんさつ》は終わったかしら？　日本を発つスケジュールを決めましょう」

「おう、そうだな。ていうか、遠出するなら、その前に個人的にアーシアへ伝えることがあるんだよな……。アーシアも同席でいいか？」

「ええ、かまわないわ。例の件ね？　どうやら順調そうで良かったわ。オーフィスが仲介《ちゅうかい》に入ったのが功を奏したわね」

アーシアの件……？　すごく気になるな。オーフィスが関連しているのか？

こうして、リアスと先生、木場が旅立つ話し合いがされていった。


―○●○―


「……『いくら赤龍帝でも権利を持っていない、ただの従僕《じゅうぼく》であるのなら、私に意見する資格はないでしょう？』、か」

日もあがらない早朝――。

兵藤家の地下にある大浴場にて、俺はシャワーを浴びていた。早くに目が覚めてしまった俺は、ベッドを抜《ぬ》け出て、リアスやアーシアを起こさずにここに来ていた。

脳内で思い返していたのは昨夜カーミラ派の吸血鬼《きゅうけつき》――エルメンヒルデに言われたことだった。

……ただの従僕、発言する権利を持たない赤龍帝……。

そうだな。冥界で「おっぱいドラゴン」と呼ばれながらも、俺は他の勢力からは「リアス・グレモリーの下僕である赤龍帝」だ。それは真実で、俺も意見すらない。

けど、こういう外交だと、俺って役にも立たないな。

北欧のオーディンのじいさんや京都の妖怪《ようかい》とは良い関係を築けたけど、あれは特殊《とくしゅ》なんだろう。基本、俺は他勢力から見れば発言力のない一介《いっかい》の中級悪魔だ。

……調子こいてたわけじゃない。けど、こういう場面でリアスや先生の力にもなれないことがすごく悔《くや》しかった。

……ちくしょう。

大事な後輩《こうはい》を……ギャスパーを正面から庇《かば》おうにも力以外のものが必要か。

……いや、思い上がるな。俺は……仲間を守るときに守り切ればいい。外交はサーゼクスさまや先生の仕事だ。俺は、俺のやれることをするべきだ。

悔しさに歯がみする。ぬるいシャワーのお湯がなんだか心地《ここち》よかった。

「ちっちぇな、俺。……クソ、絶対に上級悪魔になってやる……。いやいや、木場の野郎《やろう》と約束したんだ」

そうさ。中級悪魔の試験前に俺とあいつはそれを言葉にした。

——最上級悪魔になってやるって。

「あいつが最強の『騎士《ナイト》』になって、俺が最強の『兵士《ポーン》』になる——」

決意を新たに口にして確認《かくにん》していたときだった。

ふいに大浴場の戸が開く。顔を向ければ——そこにはいままさに入ってきたばかりの全《ぜん》裸《ら》のレイヴェルがががががががっ！

「……イッセーさま？」

「あ、わりぃっ！　早朝で誰《だれ》も入ってなさそうだから、使ってたんだ！」

つい謝っちまった！　だって、この大浴場は基本的に女子が使ってる！　俺も使うけど、女子優先に入ってもらってたんだ！　もちろん、たまに出くわして一緒《いっしょ》に入るなんてことがあるけど！

客分であり、後輩でもあるレイヴェルに失礼だ！　さっさとあがったほうがいい！

で、でも、全裸のレイヴェル！　小柄《こがら》な身体《からだ》なのに、しっかりと女性の体つきだったというか……！　おっぱいけっこうあるよね！　いつものドリルロールもおろしているから、印象も違ってて！　って、そうじゃないだろう！

心中で苦慮《くりょ》していた俺にレイヴェルが告げる。

「……お、お背中をお流しします！」

——っ。

予想だにしなかった一言に俺は一瞬《いっしゅん》頭のなかが真っ白になった。

「……いかがですか?」

「あ、うん。いいんじゃないかな……」

ってわけで、レイヴェルに背中を流されている俺。ごしごしとタオルで背中をこすってもらっていた。

……てっきり、「イッセーさまのエッチ!」って、炎《ほのお》の翼《つばさ》で燃やされるかなって思ったけど……。今朝に限っては意外に大胆《だいたん》だ。戸惑《とまど》っちゃう!

背中を流してもらっている間、会話がなくなるのも嫌だったんで、昨夜の吸血鬼の話題で繋《つな》いでいたんだ。

「……私、今回生まれてはじめて純血の吸血鬼と出会いましたけれど……まだ理解できないところもあって……。ギャスパーさんとならすぐにお友達になれたのに……」

レイヴェルも複雑な心境なのだろう。

「……お友達のギャスパーさんを取り引きの条件に指定したこともありますけれど、自分たち以外はどうでもいいという姿勢が……。ですが、これもあちらにとっての政治なので

しょうね。……難しい問題ですわ。もちろん、ギャスパーさんをあちらに闇雲《やみくも》にお貸しするのもどうかと思います。……でも、悪魔も合理的で、純血を尊びますわ。私も純血の悪魔です」

そうだな。レイヴェルはフェニックス家のお姫《ひめ》さまだ。長女でもある。上流階級で生きている生粋《きっすい》の上級悪魔。

「純血の悪魔でも様々な友達を選べます。私も小猫さんとギャスパーさん、クラスメイトの皆《みな》さんが仲良くしてくれますもの。正体を隠《かく》さざるを得ないのが残念ですけれど……。種族が違おうともお友達をきちんと選べることができれば素敵《すてき》だと思うんです」

普段《ふだん》はツンとしているのに、根は本当に純粋で良い子だ。

しかし、正体を隠す、か。

俺も松田《まつだ》や元浜《もとはま》に悪魔になったことを話せないし、話すことで危険にさらすことになるだろう。せめて、駒王学園にいる間だけは平和であってほしいね。

「でもさ、自分のちっぽけさを思い知ったよ。言い返せなかったのが悔しい。もっと立派な悪魔になって見返してやるって、今回思ったよ」

改めて上を目指そうと感じた。あんな蔑《さげす》まされた目をされたままじゃいられないよ。

お湯で背中を流してもらったあと、レイヴェルが訊《き》いてくる。

「イッセーさまは……そ、その、将来のご眷属《けんぞく》は決めておられるのですか？」

「眷属？　あー、上級悪魔になったときの？　いやー、まだどうしようか定まっていないよ」

「悪魔の駒《イーヴィル・ピース》は最高で十五枠《わく》だろ？　相手によっては複数駒を使うかもしれないし。

「アーシアとゼノヴィアが俺についてきてくれるっていうから、リアスとトレードしようかって話は出ているけど、それにしたって確定じゃないさ。俺が独り立ちをするなら、アーシアとゼノヴィアを眷属にして連れていったほうが、早めに行動もできるだろうし、仕事もしやすいんだろうけどな。リアスの眷属が一気に三人抜けることになるだろう？　その抜けた分の穴埋《あなう》めはどうするのか、その辺が明確になっているわけでもないんだ」

　ふとそこまで言って思う。

　レイヴェルが将来もマネージャーでいてくれたら、とても心強いって。

　そんな俺の心中に反応するかのようにレイヴェルが言う。

「……私、イッセーさまのマネージャーをしていきたいです」

「ああ、うれしいよ。頼《たの》もしい限りだ」

　いい雰囲気《ふんいき》になったときだった。

　ザバッ！――と、風呂《ふろ》から上がってくる誰かがいた！

「我、三十分潜《もぐ》れた」

……オーフィスだった。龍神《りゅうじん》さまが風呂から出てきましたよ。しかも三十分間、ずっと潜りっぱなしですか!?

ていうか、脱衣《だつい》所にオーフィスの衣類なかったんですけど!?

もしかして、部屋から真《ま》っ裸《ぱだか》で来ましたか!?

かんべんしてください、龍神さま！　家でも裸族《らぞく》は禁止です！　仮にも元無限の龍神《ウロボロス・ドラゴン》さまだろうがぁぁっ！

いい雰囲気で今後のことを話そうと思ったのに、全部ぶち壊《こわ》されました！

「ふふふ、オーフィスさんには敵《かな》いませんわ」

レイヴェルも笑いをこぼしていた。

まったくだ。うちのマスコットさまことオーフィスちゃんには敵いませんわ。

Wizard for Khaos Brigade.

「はぐれ術者の連中との最終確認は？」

「問題ない。奴《やつ》らも存分に楽しむそうだ。そんなだから、協会を追放されんだ」

「ハハハ、テロリスト集団に身を置いている魔術師《まじゅつし》の俺たちが言えた義理じゃないな。

——で、リーダーは本当にやるつもりなのか？」

「それがいまの上の意向だってんだから、仕方ないだろう」

「イカレてる。シャルバも曹操《そうそう》も大概《たいがい》だったが、実際今回のはやべぇよ」

「いつだって、俺らがやることはやばいことばかりだ。もう、あとになんか引けやしない」

「リーダーは準備が整ったって連絡《れんらく》をくれたよ。ま、あのヒトたちがいなかったら、うちの組織も俺らも終わりだったんだ、付いていくしかない。——俺らはろくな生き方なんてできやしないよ。だったらとことん楽しむべきだ」

「行く先々でヴァーリたちと出会ったのに縁《えん》を感じたわ」

「強者を呼ぶというドラゴン。だったら踊《おど》りあえってな。——ドラゴン同士で」

Life.3　はぐれ魔法使《まほうつか》い

吸血鬼《きゅうけつき》の来客があってから、数日が経過した。

深夜にリアスが日本を発《た》つ予定の日だ。目的地はルーマニアの山奥だという。

その日、学校を終えた俺は、リアスの準備が整うまで、兵藤《ひょうどう》家の地下にあるトレーニングルームで筋トレだけでもしようと思ったんだ。空いた時間に少しでも練習っと。

リアスの準備は女子がやってくれるから、男子の俺は邪魔《じゃま》になっちゃうんだよね。手持ち無沙汰《ぶさた》になってしまったから、こうやって筋トレすることに。

木場《きば》や皆《みんな》とやっている合同練習は、吸血鬼との会談があってから休止状態。状況《じょうきょう》が状況だし、魔法使いの書類選考も進めづらくなってしまった。

……なんだろう、俺たち、めっちゃ忙《いそが》しいな。これにプラスして昼間は学業だもの。ハードスケジュールだ。そんななかでも体が鈍《にぶ》らぬように筋トレだけでもね。

てか、使い魔も鍛《きた》えようかなって。俺の周囲を飛び回るのは生きる魔法の飛空船――スキーズブラズニル！

名前はこの間、ようやく決めたんだ。ふふふ、我ながらいい名前をつけたんだぜ？

と、トレーニングルームを開くと——黒歌《くろか》とルフェイが先に入っていた。

二人して、床《ゆか》に座り、難しそうな分厚い本を広げていた。

「なんだ、おまえら来てたのか」

俺がそう言う。

こいつら、あれ以来、本当にたまに兵藤家を訪《おとず》れている。勝手に家の冷蔵庫を開けて、牛乳とか飲んでるんだもん！

母さんは驚《おどろ》くわ、リアスは怒《おこ》るわで毎度大変だよ……。黒歌が勝手をするたび、ルフェイが必死に頭を下げて謝ることになる。

「お邪魔してます」

きちんとあいさつのできるルフェイはえらい！

「にゃはは、お邪魔してるにゃん」

にゃはは、じゃないでしょ……。俺ん家《ち》、マジで闇《やみ》の住人の住処《すみか》だな。各種悪魔に天使、さらに龍神《りゅうじん》さまとバラエティーに富んでいる。カオスすぎるよ……。

俺が二人に近づき、開いている本を確認《かくにん》すると——人体の図式と、手から発するオーラ的な絵が添《そ》えてあった。

「これ、なんだ？」

俺が訊くと黒歌がにんまりしながら言う。

「生命に関する本にゃ。オーラとか仙術《せんじゅつ》とか闘気《とうき》のこととかのね」

へー、その手の本か。でも、なんで読んでるんだ？　黒歌はそういうの得意だし、今更《いまさら》本読んでも仕方ないいんじゃ……。

首をかしげる俺にルフェイが小さく笑いながら言う。

「妹さんにどうやったらよく教えられるか、本を見て研究されているんですよ」

おー、なんだよなんだよ！　お姉さんしてるじゃないか！

黒歌が本の表紙をなぞりながら言う。

「仙術の基本は己《おのれ》と他者と自然の気のあり方を把握《はあく》すること。とにもかくにもまずは精神集中、静かに座禅《ざぜん》を組んで己の気を緩《ゆる》やかにたゆたえて、周囲の気も認識する。基礎《きそ》中の基礎だけど、これが成長するのに一番にゃ。なのでまずは座禅させてるんだけどねー」

「おまえのことだから、わけのわからないものでもやらせるのかと思ったが、案外まともにやるんだな」

俺がからかうと黒歌は不満そうに口を尖《とが》らせる。

「ぶー、失敬にゃー。やるときゃやる女よ、私は」

「以前、俺や小猫《こねこ》ちゃんを毒霧《どくきり》でやろうとしていたのによく言うもんだ」

冥界《めいかい》で初めて会ったときの邪悪《じゃあく》さは相当なもんだったぞ。俺やリアス、小猫ちゃんを容《よう》赦《しゃ》なく倒《たお》そうとしていた。

俺の突《つ》っ込みを黒歌はウインクして、かわいく回避《かいひ》しようとしていた。

「あれはほら、白音《しろね》に再会できたうれしさでやんちゃしちゃったの♪　てへぺろにゃん♪　ほらほら、あくどいキャラがふとしたやさしさを見せるとコロッといくって言うでしょ？　ねねね、赤龍帝《せきりゅうてい》ちんも私にグッときたんじゃにゃいのー？」

……否定はしないが、おまえが悪猫《わるねこ》なのは確かだろうが！

しかも「てへぺろにゃん♪」じゃないだろう……。あのときのおまえは相当殺意むんむんだったぞ？　いや、まあ、こいつにそんなこと言っても無駄《むだ》か。案外、ノリと勢いでやったように思えてならないしな。

「いつか小猫ちゃんと本当に復縁《ふくえん》しろよ」

俺の言葉に黒歌は瞳《ひとみ》に憂《うれ》いを乗せる。……やめろよ、たまにマジ顔になるとただの美人さんになるからドキドキしちゃうんだよ……。

「そうねぇ……。けど、無理かもね。あの子のためを思ってやったことでも結果的に白音は私のせいで追い詰《つ》められたんだしさ」

黒歌の言うように、こいつが元主《あるじ》を殺したから、姉の罪を小猫ちゃんが一身に浴びてしまった。あげく、処分まで検討されたというんだからさ。サーゼクスさまが小猫ちゃんを庇《かば》ったおかげで事なきを得たけど……その後、精神的ダメージから復調して普通《ふつう》に生活を送れるようになるまで時間がかかったと聞いている。

心に傷を負った小猫ちゃんは「姉に裏切られて、大勢の大人に責められた」と思っているだろうから。それは半分合っているもんな。

「難しいことかもしれないけどさ。もし、そのときが来たら、俺もよりを取り戻《もど》すのに協力するよ」

この世にたった二人の姉妹《しまい》だ。よりを戻すなら、俺は力を貸すのを惜《お》しまない。小猫ちゃんが笑顔《えがお》でいることが一番だと思うからさ。

俺がその思いを告げたら、黒歌は目を丸くしていた。

「…………」

――と、おかしそうに笑い出す。

「にゃははは。うんうん、にゃるほどねぇ。わかった気がするにゃ。そりゃ、みーんな惚《ほ》れるわ。赤龍帝ちんは下手なイケメンよりずっと魅力《みりょく》的よ？」

「そりゃどうも。俺は下手なイケメンのほうがいいよ。赤龍帝やるのは結構大変なんだ

ぞ？」

強敵がわんさか来襲《らいしゅう》してきて、死ぬ思いですよ。いや、一回肉体滅《ほろ》んだしね。

ルフェイが話題を変えるように訊《き》いてくる。

「魔法使いさんたちとの交渉《こうしょう》はどうですか？」

「ま、ぼちぼちかな。すっごい人数でさ、書類選考で落としていってるよ」

「赤龍帝さまは大人気だそうですからね」

リアスが一番大変そうだけど、普段の仕事、学業、『王《キング》』としての役割をこなしながらも魔法使いのことや吸血鬼絡《がら》みのことにも手を向けている。

……本当、リアスには敵《かな》わないや。あのヒトが一番抱《かか》えているものが多く、大きいんだ。

上級悪魔になり、『王《キング》』となることは、眷属《けんぞく》のこともすべて抱えると同義だ。……俺が上級悪魔になったら、その辺もうまくこなせるだろうか？　不安だけど、いまはリアスを支えて、前に突き進むしかない。

そう、突き進むといえば、スキーズブラズニルのことだ。

「なあ、俺がルフェイに魔法を習いたいと言ったら、習得できるのか？」

俺がルフェイに訊く。俺の使い魔スキーズブラズニルは魔法の船だ。俺も魔法について、少しは知識を蓄《たくわ》えたほうがいい。魔法使いと付き合っていくならなおさらのことだ。

ルフェイがうなずく。

「どのような魔法を使いたいのかわかりませんが、悪魔の方でしたら、常人の方よりも異能に対して基本が作りやすいので、習得は努力しだいで可能だと思います。ところで基本的なことですが、魔力と魔法の違《ちが》いはご存じですよね？」

「ああ、魔力はイメージしたものを発現するもの、魔法は術式で超常《ちょうじょう》現象を発動させるもの、だよな？」

「簡単に分けると、その通りです。魔力はイメージ力——想像力と創造力が必要で、センスが問われます。魔法は術式を扱《あつか》うだけの知識、頭の回転と計算力が必要になりますので、似ているようでまったく違うものですね」

「あ、バカな俺じゃ、厳しそうか」

計算なんてできないぞ！　しかも超常現象を操《あやつ》るだけの術式操作なんて、ドレスブレイクとパイリンガルでしか魔力を操れない俺にとって、苦手もいいところだ。

ルフェイが続ける。

「計算があまり必要でないものでしたら、習得は可能だと思います。たとえば、冷めたコーヒーを温かくする魔法や、簡単な透視《とうし》の魔法などでしょうか」

——っ！

と、透視の魔法⁉　そ、それはとてつもなく、興味がそそられるお話だ！

うまく覚えれば、じょ、女性の服を透視できるというのか⁉

透視の話に頭が塗《ぬ》り替《か》えられた俺に黒歌が説明を補足してくれる。

「つまりね。魔法ってのは、『どうすれば、そうなるのか』という計算と知識がきちんとないとダメってことにゃ。私にだってわからない現象があるし、そういうのは魔法で再現できないにゃ。よく解明されてないのに、センスと才能だけでそういうのをやれてしまう術者もいるけどね。それはチョーが頭に十個はつく非凡《ひぼん》の類にゃ」

ロスヴァイセさんが魔力よりも魔法を優先するのはイメージするよりも計算したほうが早いってことか。あのヒトらしいや。

うむむ、案外、ものによっては覚えられそうな気がした。

魔法を使いこなすことはできないだろう。でも、基本的なものをひとつやふたつなら覚えられるかも！

ロスヴァイセさんやルフェイに聞いて、魔法に本格的に手を出してみようかな。

その結果、このスキーズブラズニルのことを理解できれば幸いだ。

俺の周囲を飛び回るスキーズブラズニルを見て、黒歌が訊いてくる。

「ところで、この子、名前は決まったのかにゃ？」

おおっ！　よくぞ、聞いてくれた！

「ああ、こいつの名前は龍帝丸《りゅうていまる》だ！　ほら、船の名前ってそういうネーミングだろ？　で、見てくれ、ここ！」

俺は二人に帆《ほ》を見てもらう。そこには「龍帝丸」と書かれている。そう、俺が筆で書いたんだ！　どうだ、いいだろう!?

「ださ」

黒歌にばっさり切られてしまった！

くそぉぉぉぉおおっ！　一生懸命《いっしょうけんめい》考えたのにぃっ！　いや、こいつは龍帝丸だ！　絶対にこれでいく！　ファーストインスピレーションって大事だって！

抗議《こうぎ》しようかと思った矢先だった。トレーニングルームにアーシアが入ってきた。

「イッセーさん」

「おっ、どうしたアーシア」

「リアスお姉さまがもう日本を発《た》つそうです」

――っ。

予想よりも数時間早いな。今日の夜に発つとは聞いていたけど、こんなに早いなんて。まだ夕方だしね。

「天候が回復して、小型ジェットが飛べるようになったそうです」

そっか。だから早くなったのか。

俺は黒歌とルフェイに「ちょっと出てくる」と言ってその場をアーシアと離《はな》れた。


兵藤家地下にある巨大《きょだい》な転移魔方陣《まほうじん》。

そこにオカルト研究部のメンバーとソーナ会長が集《つど》っていた。

リアスと木場、アザゼル先生を見送るためだ。

吸血鬼《きゅうけつき》——ヴラディ家を訪問するのには、まず日本——兵藤家から何度も魔方陣を介《かい》してヨーロッパまで飛ばねばならない。そこから専用の小型ジェットをチャーターする。

吸血鬼は独自の結界を張っており、いくつかの移動手段を駆使《くし》しないと彼らの王国に入国できないんだってさ。

話では、ヨーロッパ——ルーマニアまで魔方陣、そこから小型ジェット、さらに車に乗り換《か》えて山道を登るんだそうだ。

よほどへんぴなところにあるのだろう。人里から離れる隠《かく》れた世界ってやつかな。

行く時間が早まったのは、あちらの天候が荒《あ》れていて小型ジェットが飛べなくなってい

たのが、先ほど回復したからだ。予想よりも早く回復したので、その間に飛んでしまおうということになった。

すぐに飛べる魔方陣と違い、航空機は天気との勝負だからね。移動の都合が小型ジェット優先なのは仕方のないことだ。

荷物を持ち、魔方陣の中央に向かうリアス、木場、先生。ヴラディ家を直接訪問するのはリアスと木場。カーミラ側に一度接触《せっしょく》してからヴラディ家に向かうのは先生だ。

リアスはギャスパーのことを抱《だ》きしめる。

「……あなたのことは私が守ってあげるから、何も心配しなくていいわ。ヴラディ家とのことも私がきちんと話をつけてくるから」

「はい、部長……」

ギャスパーもリアスの抱擁《ほうよう》に甘えるようにしていた。

──母性だっ！　リアスの母性が炸裂《さくれつ》してるっ！

リアスは朱乃《あけの》さんに顔を向けた。

「朱乃、あとは頼《たの》むわね」

「はい、リアス」

俺は木場と拳《こぶし》を打ち付け合う。

「リアスのこと、頼むぞ」

「もちろんだよ」

ああ、こいつがいれば問題ないだろう。あちらで何か面倒《めんどう》ごとに巻き込まれたとしても、リアスのことを必ず守ってくれる。

先生のほうはというと、ソーナ会長とロスヴァイセさんに笑《え》みを向けていた。

「じゃ、学校のほう、あとは頼むわ。ソーナ会長♪　ロスヴァイセ先生♪」

「忙《いそが》しいので早く帰ってきてください」

「んだよ、つれない反応だ」

二人の素っ気ない返事にアザゼル先生は不満げだった。

もうすぐ年末だから、学校のスケジュール的にもすでに年末進行だろう。その時期に教師が一人いなくなるのだから、学校に深く関《かか》わっているお二人にとって先生の外交は素直《すなお》に送り出せないものだろうね。

それにこの元総督《そうとく》のことだ、あっちで外遊なんてこともあり得るし……。

先生が皆《みんな》に伝えてくる。

「例のフェニックス関係者を狙《ねら》っているって魔法使いどもが不気味だ。気をつけろよ」

『はい！』

返事をする俺たち。うん、それには気をつけます！

「アーシア、オーフィス」

先生がアーシアとオーフィスを呼ぶ。

「アーシア、例のだが、あとはおまえしだいだ。オーフィスにアドバイスをもらいながら進めてみろ。オーフィス、頼むぞ。龍神《りゅうじん》のおまえがそばにいればなんとかなるだろう。龍神のありがたい加護ってのを頼むぜ？」

「はい、とても恥《は》ずかしいですけど、が、がんばります」

「我、アーシアのこと、きちんと見る」

先生の言葉にアーシアとオーフィスが応じていた。何事何事？　アーシアったら、めっちゃ顔を赤くしてるよ？　すっごい気になる！

その後、リアス、木場、先生の三人は皆と最終確認《かくにん》と別れを述べて、ついに旅立つことに――。

最後に視線を交《か》わしたのは俺とリアスだった。

リアスが俺のもとに一歩、歩み寄る。

「……行ってくるわね」

「ええ、良い報《しら》せを心待ちにしてます。何かあったら、必ず駆《か》けつけますから」

「うん。わかってるわ」

お互《たが》いに見つめ合い、手を取り、数秒だけ別れを惜《お》しむ。

けど、すぐに笑ってお互いに手を放した。俺とリアスはどこにいたって、気持ちは繋《つな》がっているから――。

転移魔方陣の中央に並ぶ三名。魔方陣の輝《かがや》きがいっそう増してきた。

朱乃さんが魔方陣の術式を最後に確認したあと、転移の光が室内に広がり、次の瞬間《しゅんかん》――。

目を開けると、リアスたちの姿はなかった。転移成功だ。

……リアス、木場、先生、ご武運を。

三人がいない間、残された俺たちは留守を守る！


「ううぅ、さびしいよぉ」

そうは言ったものの、ベッドにリアスの姿がないのは……辛《つら》いものがあります！

就寝時間《しゅうしん》、俺は少し広くなったベッドの上で寂《さび》しさに苦しんでいた！

さっき見送ったばかりなのに、もうリアスの温もりに飢《う》えている！

だって、ずっとずっと俺とリアスとアーシアは三人でベッドに寝《ね》ていたんだ！　そのリアスがいないなんて……っ！

「リアス……うぅ、おっぱいが恋《こい》しい」

あの豊満なおっぱいに顔を埋《う》めて眠《ねむ》りにつくのが俺の癒《い》やしだった。リアスも「いらっしゃい」って俺を受け入れて抱きしめながら寝てくれる！

ああ、リアスのおっぱい！　ああ、リアスのおっぱいぃぃぃっ！

あまりに悲しいのでアーシアに抱きついてしまう俺がいた。

「……アーシア、今夜からしばらくこうやって寝ていいか？」

「はい、イッセーさんは甘《あま》えん坊《ぼう》さんです」

そうさ。大丈夫《だいじょうぶ》。俺にはアーシアがいる。アーシアがいるから耐《た》えられる！　ああ、アーシアちゃん！　いつもアーシアを存分に甘やかしている俺だけど、たまには甘えてもいいよね？　俺もう一人でなんて寝られないよ！　なんて軟弱者《なんじやく》！　でもでも！　仕方ないじゃないか！

リアスとアーシアと一緒《いっしょ》に寝るのを覚えてしまったら、一人で寝るなんてもう無理です！

アーシアに抱きつきながら眠りにつこうとしていたら、ドアがノックされた。

俺とアーシアは顔をそちらに向ける。すると、ドアを開けて入ってきたのは――。

「うふふ、今夜からしばらくお世話になりますわ」

透《す》け透けネグリジェ姿の朱乃さんだった！

「あ、朱乃さん！　ど、どうしたんですか？」

「リアスの代わりをしようと思って、ここに来ましたわ」

リアスの代わり⁉　そ、それって、俺とアーシアと朱乃さんでベッドに寝るってこと？

朱乃さんはベッドに歩み寄り、

「では、さっそく――」

と言うやいなや、するするっとネグリジェを脱《ぬ》いでいくぅぅぅっ⁉

「……は、はじめてですから、や、やさしくお願いしますわ……。……アーシアちゃんの手前、とても恥ずかしい限りですけれど、明かりも消してもらえるとうれしいかも……」

全裸《ぜんら》となる朱乃さん！　しかも顔を真っ赤にさせて、なんてことを口にしてますか！

な、何事ですか⁉　何が起ころうとしていますか⁉

「ちょ、ちょっと待ってください、朱乃さん！　な、なんで本気になろうとしているんですか⁉」

狼狽《ろうばい》する俺に朱乃さんは不思議そうに首をかしげる。

「え？　だって、今夜からリアスの代わりをするのですもの……違《ちが》うの？」

何かを壮大《そうだい》に勘違《かんちが》いしているぞ！

朱乃さんの行動にアーシアも驚《おどろ》いていた。

「はぅぅっ！　朱乃さん！　い、いったい何をするつもりだったのですか！」

「でも、アーシアちゃん。男女が夜にベッドの上で寝ると言ったら……それしかないでしょう？」

やっぱり！　ベッドで一緒に寝るをそっち方面で取られている！　いや、本来ならそっちのほうがそれらしいんですけど！　俺としてもそちらのほうが……いやいや！

「い、いえ！　いや、そう言われればそうかもしれませんが、俺とリアスとアーシアは毎晩けっこう平和に寝てますよ!?」

途端《とたん》に朱乃さんは当惑《とうわく》気味の表情となる。ど、どこまで決心をつけていたんだ!?

「あらあら、困りましたわ。私、覚悟《かくご》と準備を整えて今日に臨みましたのに……貴重な初夜、楽しみでしたのに」

「しょ、初夜……っ？」

す、素晴らしい響《ひび》きだ！　こう、なんていうか、心身に響き渡《わた》る語感だ……ッ！

素敵な日本語に脳内が支配されている俺をよそに朱乃さんは全裸のまま、ベッドのなかに入ってこようとする！

眼前で極上の女体が弾《はじ》けまくっていた！　ち、乳がぶるんぶるん縦横無尽《じゅうおうむじん》に俺の目の前で揺《ゆ》れる揺れる！　ついつい目で追ってしまうよ！

朱乃さんはベッドに入り込むなり、手を広げて俺を迎《むか》え入れる格好となる！

「じゃあ、普通《ふつう》に寝ましょうか♪」

普通に寝ようとしてませんよね、朱乃さん⁉　何かがまんまんですよね⁉

いや、これは勝負どころなのか⁉　リアスがいない間に朱乃さんと……アーシアも見ているのに！　う、浮気《うわき》ってやつなのか⁉　俺、リアスと思いを告げ合ったのに、目の前の女体に溺《おぼ》れようかなって思い始めてる！

朱乃さんは楽しそうに俺の手を取り、胸に誘導《ゆうどう》させてきたッッ！

むにゅうぅっと、もっちりおっぱいに手が吸い付いていく！

ああ、これだよ、これ！　朱乃さんのお乳だ！　リアスとは違う感触《かんしょく》に手が喜んでやがる！　脳に効くんだ、これが！

途端に朱乃さんは儚《はかな》げな色を瞳《ひとみ》に浮《う》かべる。

「……あなたが死んだと思ったとき、私はすべてが終わったと感じましたわ。頭が真っ白になって……記憶《きおく》のなかのイッセーくんをずっとずっと思い返して、現実から逃《に》げていたの……」

そのときの様子は木場からも聞いている。相当酷《ひど》い状態だったようだ。リアスよりもずっとヤバくて、お父さんのバラキエルさんが駆けつけなかったら意識を戻《もど》すこともできなかったんじゃないかって話だ。

……俺が死んだかもしれないというだけで朱乃さんをそこまで悲しませてしまった。男冥利《みょうり》に尽《つ》きるけど、朱乃さんがそんな状態になるのも俺はきっと耐えられない。

ふとアザゼル先生の言葉を思いだす。

『お姉さまって偽《いつわ》りの仮面を脱ぐと、朱乃の本質は男への「依存《いぞん》」だな。父親のバラキエルしかり、おまえしかり。二人の身に危険が及《およ》べば、あいつはまた意気消沈《いきしょうちん》するだろう。だが、逆を言えば、焚《た》きつけてテンションを上げることもできる。なーに、甲斐性《かいしょう》を見せてやればいいんだ。いいか、こう言ってみろ』

えーと、確か先生は——。

「あ、朱乃」

「——っ。は、はい」

突然《とつぜん》、俺に呼び捨てで呼ばれて驚いている様子だった。

俺がこう言っていいのか、ちょっと恐《おそ》れ多いけど。先生、信じますからね？

「……お、俺は絶対に死にません、いや、死なない。必ず、あなた——じゃなくて、キミの

もとに帰ってくるから。俺を信じて、リアスと、俺のために生きてくれないか？」

……言ってみましたよ、先生！　すっげえ、恥ずかしくて、大胆《だいたん》だったけど言えた！

そして、ここからは先生のアドバイスじゃなくて、俺の言葉！　きちんと俺の思っていることも言わなくちゃダメだろう！　手をおっぱいから放して、肩《かた》に置く！

大きく深呼吸してから、言ってやった！

「俺と共に強くなりましょう。俺たちと一緒に生きていきましょう！」

同じ眷属《けんぞく》で、大事な先輩《せんぱい》で、大好きな朱乃さんだもの。弱いなら、弱い部分があるのなら、一緒に強くなって、乗り越《こ》えればいいんだ。俺も……まだまだ弱い！　だからこそ、共に強く生きていければいいと思うんだ！

さて、答えは!?

朱乃さんは――ボロボロと涙《なみだ》を流して、

「……うん。うん、大丈夫だよ。私、イッセーとリアス、そして皆《みんな》のために生きるから。私、イッセーと強くなる。ずっと一緒に生きるから」

と、うなずいてくれた！　こんなふうにお姉さまの声音《こわね》と態度を崩《くず》して、普通の女の子の反応をしてしまうから、朱乃さんは……殺人的にかわいすぎるんだ……っ！

そして、アザゼル先生が俺にそのあとに言ったことも思いだしてしまう！

『でもな、そう言ったら最後まで責任持てよ？　朱乃は繊細《せんさい》で病《や》み気味だから、一度そんなこと言ったら、ずーっと頑《かたく》なだぞ？　おまえが死んだら、たぶん今度こそダメになるだろう。だから、絶対に死ぬなよ？　死んだら、大変だぞ？　だが、おまえが死ななきゃ朱乃はいままで以上に強くなるさ』

…………責任重大だっ！　俺、絶対に死ぬような場面が許されない！　そんなのをこのヒトに見せたら……壊《こわ》れちゃうんじゃ⁉

自分の首を絞《し》めただけのように思えるけど……うん！　やるしかねぇ！　後退のネジは自分で外させてもらったぜ！

朱乃さんは涙をぬぐい、いつもの笑顔《えがお》と調子にもどった。その状態でこう言い放つ。

「はい。じゃあ、あとは私の体をイッセーくんにお任せしますわ♪」

――ッ！

な、なんて、キーワードだッ！　お任せだと⁉　リアスがいない間に乳を触《さわ》らせて、お任せしますだと⁉　そ、そんなことがあり得るのか⁉　いや、あり得ようとしている！

ど、どうしよう～～～ッ⁉

俺のなかの悪魔《あくま》とすごい悪魔が「そのままいけ！」「いや、アーシアも食べちゃえ！」ってふたつの意見を言い合ってる！　ぐふふ、まいったな！

さて、どうしたものかと思った矢先だった。ふいにドアがまた開けられた。

「……こんばんは」

今度は小猫ちゃんの登場です！　上に白ワイシャツだけというマニアックな状態だった！

「小猫ちゃん？　ど、どうしたのさ？」

「……イッセー先輩たちと寝ます」

――っ！

小猫ちゃんはつかつかと近寄ってきて、俺に抱きついてきた。

「……イッセー先輩のひざ上をレイヴェルに取られてしまったので、先輩の抱《だ》っこだけは死守します」

なんてこった！　小猫ちゃんまでこんなことを！

主《あるじ》がいない間に、キミたちはなんてことを……！　俺もヒトのこと言えやしねぇ！

「小猫ちゃんだけずるいです！」

アーシアまで背後から抱きついてきちゃったよ！

「……にゃ」

小猫ちゃんの甘えボイスに脳内がやられかけるなか、今度はそいつらが現れた。

「リアス部長がここにいない隙《すき》にと思ったのだが……」

「わ、私はゼノヴィアに無理矢理連れてこられたのよ！　こ、こんな夜這《よば》いだなんて主はお許しになられないわ！」

「いや、イリナ！　リアス部長がいない間になんとやらだ！」

ゼノヴィアとイリナだった！　パジャマ姿で入室！　なんか、二人して変なポージングしながらドアのところに立っているしぃっ！　なんだ、その間違った戦隊ヒーロー的なポーズは⁉　二人だけで世界に笑いでも届ける気か⁉

なんでリアスが出張した途端に皆して俺の部屋に来るの⁉

いや、普段からこういう傾向《けいこう》があったけど、今回は積極的すぎやしませんかね⁉

このままじゃ、流されそうな気がする！　主、『王《キング》』たるリアスがいない分、制御《せいぎょ》が利《き》かなくなって暴走し始めそうだ！

俺はなんとか会話を繋《つな》げようとした。

あ、そうだ。前から疑問だったことがあった。つーか、堕天《だてん》の危機に毎度直面するイリナはなんで俺と子作りうんぬんなんて言えるのか？　それについてだ。

「前々から思っていたんだが、天使って堕天しないでどうやって人間との間に子供作るんだ？　いるんだろう？　天使とのハーフって」

そう、堕天使と人間の間に子供が生まれるように、天使と人間の間にも子供が生まれるって言うんだよね。その際、天使は堕天しないし、生まれた子供も堕天使じゃない。不思議だったんだ。肉欲《にくよく》に駆《か》られると堕天しそうになるイリナや他《ほか》の天使のヒトたちを見ていてさ。

ゼノヴィアとイリナが顔を見合わせる。ゼノヴィアが口を開いた。――と、同時にパジャマの上着を脱《ぬ》いでいくぅぅっ！

「ああ、もの凄《すご》く数は少ないが天使のハーフはいることはいる」

「うん、いるわね。私も会ったことあるよ」

ゼノヴィアの言葉にイリナもノリでやっぱりパジャマを脱ぎだしたっ！

「だが、天使の子作りは制約が多かったはずだ。だろう？」

パジャマの下も脱いだゼノヴィアがイリナに再度確認《かくにん》する。イリナも言いながらパジャマを完全に脱ぎきってしまった！

「うん。そのおこないをするために、前もって準備しなきゃいけないものが結構あるわ。場所は特殊《とくしゅ》な結界で覆《おお》い、前夜に身を清めてお祈《いの》りをしなければならないし、邪《よこしま》な感情を抱《いだ》くのはもちろんNG。常に信仰《しんこう》心を忘れず、聖人に等しい精神状態で臨まなければならないの。一度でも欲望に駆られてしまうとアウトよ。そして何より無償《むしょう》の愛を抱かないと

ダメ！」

俺じゃ絶対に無理な状況《じょうきょう》だ！　人間側で、美人の天使さんとエッチできるなんて知ったら煩悩《ぼんのう》に塗《まみ》れるだろうし。仮に天使側でも、かわいい人間の女の子と子作りできるって知ったら先生同様堕天すると思う。自信を持ってそう答えられるよ！

てか、キミら、ついに下着姿になっちまったな！　真面目《まじめ》な話をしながら、どういう状況を作り出してんだよ⁉

ありがたいが、いまの俺では五人も同時に相手なんてできるわけねぇだろ！

「……なんだか、愛を抱くのに性欲《せいよく》なしで、しかも聖人ような精神で子作りって……無理がありまくりで辛《つら》そうだな」

俺が鼻血を拭《ぬぐ》いながらそうつぶやくと、ゼノヴィアがうなずく。

「だからこそ、選ばれた者しか天使と交じわることができない。同様に天使も欲に駆られず行為《こうい》を完遂《かんすい》しないとダメだ。欲におぼれた時点で堕天する」

おそろしく難度高めのエッチってことか。いやー、俺無理だわ。乳見たら興奮しっ放しだろうし。信者でも天使でもなくて良かった！　悪魔最高じゃん！

あ、じゃあ、イリナはそういうの難しそうだな。だって、性的な場面に出くわすと堕天の危機に陥《おちい》るしさ。——の割に下着姿になってんだけどね、この天使さん！

「イリナには無理かな？」

ゼノヴィアが俺の心中を代弁するようにイリナに言う。

イリナは口をへの字に曲げていた。

「……お、幼なじみだから、越《こ》えられる壁《かべ》ってあると思うもん！」

「ああ、そうだったな、そういえば幼なじみだったか」

「もう、ゼノヴィアったら！　私は天使の限界に挑戦《ちょうせん》することにしたの！」

「だいたいおまえはどうしてイッセーに言い寄る？　私は三大勢力の和平会談以降、相手はこいつのみだと心に決めた。私の祈りのためにミカエルさまに直談判《じかだんぱん》！　並の男子ではできないことだぞ？」

「わ、私は……っ！」

「イリナ、ノリと勢いで好きになった感は否《いな》めないな？」

「ち、違《ちが》うもん！　格好いいからだよ！」

「動機が弱いな！　友達の相手を好きになったようにしか思えん！」

「最近、思いだしたのよ！　ちっちゃい頃《ころ》、イッセーくん、約束してくれたの！」

イリナにそう言われて、「？」状態の俺。何か、約束しましたっけ……？

「とにかくだ、イリナ、今回は私とイッセーの背後で光力を発揮していてくれ！　私は右

の乳を見せたら、左の乳も見せる気構えで臨むぞッ！」

「ゼノヴィアのバカ！　私は電球じゃないもんッ！　修学旅行のときとは違うの！」

あーあ、また始まったよ、こいつら……。

「うふふ、私、悪魔で堕天使ですもの。何も心配ありませんわ」

朱乃さん！　俺の手をつかんで再び乳に持ってかないでください！　もう、辛抱《しんぼう》たまらなくなりますよぉぉぉぉっ！

「小猫さん！　やっぱり、ここにいましたのね！」

ついにレイヴェルまで現れたぁぁっ！　怒《いか》りを感じる足取りでベッドに向かってくる。

「……失礼致《いた》しますわ！」

ベッドの片隅《かたすみ》に横になってしまった！　おいおいおい、レイヴェル!?

「……ふつつか者ですか、ベッドの隅《すみ》にいさせてもらいます！　マネージャーですもの！

イッセーさまのことを猫《ねこ》からお守りしますわ！」

頬《ほお》をぷくーっと膨《ふく》らませて小猫ちゃんを威嚇《いかく》するレイヴェル。対抗《たいこう》するように火花を散らす小猫ちゃん！　ちくしょう！　何やっても後輩《こうはい》女子二人はかわいいなぁっ！

「……鳥娘《むすめ》」

「……何よ、泥棒《どろぼう》猫さん」

……もう、エッチや子作りどころじゃなくね？　カオスすぎるよ、俺の部屋！

「イッセー先輩《せんぱい》！　寂《さび》しいので来ましたぁ！」

最後に涙目《なみだめ》で入室してきたのはギャー助！　段ボール箱持参で現れやがった！　そっか、同居している木場が出張しちゃったから寂しくなっちまったのか！

「見ての通り、満員なんだよっ！　部屋の隅でいいなら寝《ね》てなさい！」

俺がそう告げると、ギャスパーは本当に部屋の隅に陣取《じんど》って、段ボール箱を展開してしまった！　段ボールヴァンパイアは段ボール箱があればどこでも寝られるのだ！

朱乃さんもこの事態に諦《あきら》めたのか、俺の手をおっぱいから放す。ああ、もったいない！

「あらあら、イッセーくんのベッドは満員御礼《おんれい》状態ですわ。これでは、浮気《うわき》は当面無理そうですわね」

……はい、大変残念ですが……この状況では……。つーか、今晩だけの騒《さわ》ぎじゃなさそうな予感がしてならないんだ……。

バーンと部屋のクローゼットが豪快《ごうかい》に開かれた。締《し》めとばかりになかからオーフィスが現れる。

「我、クローゼットから登場する。えへん」

なんだ、その自信満々の言い方は!?　てか、いつから隠《かく》れてた!?

……はぁ。我らがオーフィスさまの登場で確定的だった。

今日も皆《みんな》で仲良く平和に寝ます。


―○●○―


リアスが日本を発《た》って数日経《た》った頃――。

俺は駒王学園《くおうがくえん》でいつもと変わらぬ学校生活を送っていた。

どうやら、リアスたちは無事にルーマニアに到着《とうちゃく》して、目的地まで移動しているようだ。

ただ、やっぱり、人里離《ひとざとはな》れた場所に吸血鬼《きゅうけつき》の住む領域があるので、そこまで移動するのが大変困難だという。それだけで大分時間がかかりそうだと定期連絡《れんらく》をくれた。

……俺たちはリアスたちを信じて、ここで吉報《きっぽう》を待つしかない。

「なーに、難しい顔してんだよ」

松田《まつだ》に頭を小突《こづ》かれる俺。

……ちょうど、これから体育の時間なのでジャージに着替《きが》えて、グラウンドに移動するところだった。

もう外は冬だ。グラウンドでの運動も辛《つら》くなってきた。いや、夏でも暑くて嫌《いや》なんですけどね!

「体育は最近イッセーの独壇場《どくだんじょう》になるからな。チームを組むならいいんだが、相手にいると嫌になる」

元浜《もとはま》が嘆息《たんそく》しながらそう言う。

ゴメンな。悪魔《あくま》を始めて、修行《しゅぎょう》やら、強敵との戦闘《せんとう》やらで基礎《きそ》体力とかがすっげえ向上しちゃっててさ。……加減しないと人間レベル超《こ》えちまうから、これでもセーブして体育しているんだぜ？

体を新調してからは拍車《はくしゃ》がかかり、予期せぬときにえらい力が出てしまって、俺もこいつらも当惑《とうわく》するハメになる。……人型ドラゴンだから、力の抑《おさ》え方がいままでと若干《じゃっかん》違うんだよね。

悪魔になって最初の頃は人間離れした自分の能力に驚《おどろ》いて、喜んだけど、「自分は松田や元浜と違う生物になった」と思ってしまうと途端《とたん》に複雑な感情を抱いてしまう。

……いつまでこいつらと友達をやれるのか。できることなら、生涯《しょうがい》通して友人でありたいものだ。

しかし、そうなると悪魔は長生きで外見年齢《ねんれい》も自分しだい。松田や元浜がおっさんになったら、悪魔生活では若い姿している俺でも、こいつらと会うときは見た目おっさんにならないといけないってことなのかな？　付き合いはこれからどんどん厳しくなりそうだ。

ま、まあ、いまそれを考えても仕方ない。体育に集中しよう。

グラウンドにもうすぐ着く頃になって、松田がふいに口にする。

「ほら、中学時代に田岡《たおか》っていたじゃん？」

「あー、女子の体毛に妙《みよう》に熱かった奴《やつ》だ。マニアックだったな」

と、俺が思いだす。そうそう、毛について語りまくってた。そり残した脇毛《わきげ》がいいんだそうだ。……俺にはちょっと理解できん。まだ若いからだろうか？

松田が続ける。

「あいつの兄ちゃんがさ、今度独立して店を持つんだって。でな、一緒《いっしょ》に店を立ち上げた仲間が学生時代から仲が良かった部活のマネージャーなんだって」

「ほうほう、女子マネージャーと共に店を立ち上げたとな。男と女の関係も見《み》え隠れしてしまいますなぁ」

元浜はエロい顔でそうつぶやく。ま、そういう思考にも行き着くよな。

松田は肩《かた》をすくめる。

「まあ、それはわからないけどよ。学生時代からずーっと支えてもらっていたんだとさ。で、学生の頃から『いつか店を持って独立するから、付いてきて欲しい』って口説いてたんだと。そのマネージャーは敏腕《びんわん》で、他《ほか》の奴らからもいろいろ誘《さそ》われてたんだけど、田岡

の兄ちゃんと一番信頼《しんらい》関係厚かったから、付いていくことに決めたんだってさ」

「へー、学生の頃の仲間と店を持つか。それはそれで熱いな」

俺にとってみるとレイヴェルが俺の起業に付き合ってくれる、みたいなものか。

……俺の起業か。独り立ち。仲間は必要だ。つまり、マネージャーは必須《ひっす》。

松田が俺の意見にうなずく。

「だろう？　でもよ、将来の約束を誓《ちか》い合うっていいよな。俺もそういうマネージャーいねぇかな！」

俺には――いるな。レイヴェルだ。

いまも魔法使いの選別を俺と一緒にしてくれている。

レイヴェルと将来の誓いを立てる？　俺が上級悪魔になり、独り立ちをするから、マネージャーとして付いてきてほしい、と？

……悪くない。いや、むしろいい。いまのレイヴェルを見ていると本当にそう思える。

「そうだな。できればマネージャーは女子で」

俺がそう言うと、

「そりゃもちろん！」

「ですよね！」

野郎《やろう》二人は大いに同意した。だよな！

敏腕マネージャーと将来の約束か。……叶《かな》えるだけの野望と、実力、自信がなければ宣言できないことだ。

そのヒトの人生を、生き方を預かり、共に生きなければならないんだから。……そいつの生涯をダメにしてしまう恐《おそ》れだってある。とても、とても大事なことだ。

一緒に夢を……共にやっていきたいって思えた子は俺にもいる。幸せなことだ。

俺はレイヴェルと仕事がしたいと真剣《しんけん》に思えた。足りない俺を支えてくれる姿に、頼《たの》もしさを感じたからだ。これからもマネージャーをしてもらいたいな。

などと思っていたときだった。

「……おい、見ろよ。コスプレしている奴がいるぜ？」

松田があらぬ方向に指をさす。

「おーおー、なんだあれ。魔法使い的な？」

元浜の言葉を聞いて、俺はすぐにそちらに視線を送った。

…………。

……俺は心のどこかで日常は壊《こわ》れないと思っていた。

たとえば、兵藤家は平和で安全だとか、昼間の駒王学園はあくまで普通《ふつう》に通える学舎だ

って。

頭のどこかで無縁《むえん》だと思っていたんだ。――非日常と。

眼前で魔法使いのローブのようなものを着込んだ者たち複数人が、こちらに手を突《つ》きだしていた。……その足下《あしもと》には、魔方陣《まほうじん》が輝《かがや》いている。フードを払《はら》う奴ら。男が三人！　異国の顔立ちだ。

……その者たちは、明らかに、俺へ、敵意を孕《はら》んでいたんだ。

「……松田、元浜、逃《に》げろ」

俺の真剣な勧告《かんこく》に二人は怪訝《けげん》そうな表情を浮《う》かべる。

「あ、どうした？」

「顔色が悪いぞ、イッセー。あのコスプレ集団と何かあったのか？」

事態が飲み込めてない二人！　冗談《じようだん》じゃない！　あいつら、手元に魔方陣を展開させやがったぞ！

このままじゃ、魔法をこちらに投げ込まれる！

俺はその場を駆《か》けだし、矛先《ほこさき》を逸《そ》らそうとした！

「松田、元浜！　どこかに逃げろッ！　建物の陰《かげ》でいいから！　早く！」

俺は叫《さけ》びながら、魔法使いの奴らを人のいない場所に誘導《ゆうどう》しようと、走って行く！

幸いなことに奴らも俺が目標だったのか、追ってきてくれた！

遠くから松田と元浜が何かを叫んでいるが……それどころじゃない！　こいつらをどうにかしないと……俺のダチがやられちまうだろうがッッ！

あいつらは！　非日常とは無縁なんだよ！　そういうのと関《かか》わっちゃダメなんだ！　魔法だとか『禍の団《カオス・ブリゲード》』だとか、まったく関係ないんだよっ！

「仲間を庇《かば》うか、赤龍帝！」

「ハハッ！　報告通りだっ！　甘っちょろいんだな！」

「だが、協会が出した若手悪魔のパワーでのランクはＳＳ！　破格なんてもんじゃない！」

何わけのわからねぇこと言ってんだ、こいつら！

協会？　魔法のか？　メフィスト・フェレスさんが？　いや、違《ちが》うだろう。一度しか会ったことがないけど、気さくだったあのヒトがこの学園に敵意を持った魔法使いを送り込むなんて思えない！

――っ！

……はぐれ魔法使い。協会から認められず、破壊《はかい》行動を繰《く》り返す不貞《ふてい》の輩《やから》がいると耳にしていたことを思いだす。

だからって、なんではぐれ魔法使いがここに⁉　昼間の駒王学園！　この一帯は三大勢

力の同盟圏内《けんない》だ！　かなり頑丈《がんじょう》な結界が張られてて、おいそれと悪者が入ってこられないようになっている！　入るにはそれなりの資格、審査《しんさ》を通ってこないと無理だ！

いや、そもそも敵対者をいれるはずが……入れるはずがないんだっ！

疑問ばかりのなか、俺はどうにか、校内の敷地《しきち》である人気のない林の中にこいつらを引っ張ってきた。

対峙《たいじ》する俺と魔法使い数人。

奴らは再び魔方陣を展開して、手元に法力のオーラをたぎらせる。

さて、人気もないし、遠慮《えんりょ》なしに籠手《こて》でも出すか！

「ブーステッド・ギア！」

左手に赤い籠手が登場！

……しかし、反応がない。宝玉が……光ってないぞ！

……なんてこった。ドライグの調子が悪い時間帯にぶつかってしまったようだ。

まいったな。これじゃ、防御《ぼうぎょ》に使うぐらいしか籠手の使い道がない！

籠手を出しても異能を発揮しない俺を怪訝そうに見ている魔法使いたち。

「……神器《セイクリッド・ギア》を発動させないのか？」

「いや、発動できないのかもしれない」

「おいおい、俺たちは赤龍帝のパワーとやらに挑戦《ちょうせん》しに来たんだぞ？」

なんて会話をしてくれる。挑戦だ？　そんなことのためにここまで来たのか？

「おまえら、何をしにきた？」

俺が訊《き》く。奴らは愉快《ゆかい》そうに笑うだけだった。

「俺たちを追放したメフィスト理事の協会がおまえたち若手悪魔にランク付けをしたんだよ」

そりゃ、知ってる。いわゆる『若手四王《ルーキーズ・フォー》』眷属《けんぞく》にランクを出したって。俺にもありがたいことにランクはついていた。しかも高評価だ。テロリスト対策の功績を高く評価してもらったんだ。

……ま、実際には書類を送ってきた魔法使いの方々に、経歴よりも魔法研究に対する実用性を比べられてしまい、一番人気ってわけじゃなかったけどさ。

魔法使いの一人が不敵な笑《え》みを見せる。

「だから、作戦ついでにどんなもんか試《ため》したくなったのさ」

作戦？　何の作戦だ？

訝《いぶか》しげに思う俺の耳に爆音《ばくおん》が届いてくる。……新校舎からだッ！　地面も軽く揺《ゆ》れて、規模の大きさを認識《にんしき》してしまう！　よほどの魔法攻撃《こうげき》をされたってことか⁉

新校舎！　誰《だれ》が魔法使いの相手になってる⁉　俺たちのクラスは男女共に体育だ。男子はグラウンドで、女子は体育館。三年の朱乃さんか、教諭《きょうゆ》のロスヴァイセさんか。または生徒会の面々か。

――ッ！

俺はそこまで考えて、嫌《いや》な予感にぶち当たる！

……一年の教室。小猫ちゃん、ギャー助、レイヴェル。

フェニックス関係者を狙《ねら》う……魔法使い。こいつらが語った作戦……。

「てめえら！　レイヴェルが目的かッ！」

俺の叫びに三人はゲラゲラとせせら笑う。

「ま、そういうことで」

「キミはとりあえず、ここで足止めついでに俺たちの相手でもしてちょーだいな」

手元に魔方陣を展開させ、俺に炎《ほのお》の一撃を繰り出してくる！

俺はそれを後方に飛んで避《よ》け、着地と同時に前方に飛び出した！

「冗談じゃねぇっ！」

俺は『女王《クイーン》』への昇格《しょうかく》を済ませて、一気に詰《つ》め寄り、魔法使いの一人に殴《なぐ》りかかる！

神器《セイクリッド・ギア》が発動しなくてもてめえらぐらい素手《すで》でやってやらぁッ！

俺の攻撃はすんでで展開した防御魔方陣によって、阻《はば》まれる。拳《こぶし》に伝わってくる堅《かた》い衝《しょう》撃《げき》。……クソ！　ただのパンチじゃ、魔法の防御は突破《とっぱ》できないか！　顔にぶち当たれば素手でも余裕《よゆう》でいけそうなんだけどな！

「隙《すき》だらけだ！」

横から氷のつぶてを魔方陣から大量に吹《ふ》き付けられる！

それを籠手で防ぎつつも……ダメだ！　全部は厳しい！　全身に氷のつぶてが重く突き当たってくる！　鈍痛《どんつう》が体を包み込むが、それどころじゃねぇ！

後輩《こうはい》が狙われてるんだ！　こんなところで悠長《ゆうちょう》にしてられるか！

俺は……右腕《みぎうで》に意識を集中させた。右の拳にオーラが集まっていく。いや、これはオーラを込《こ》めたパンチじゃない。

俺の右腕が肥大し、ジャージを破って、その姿を現す。

――ドラゴン化した右腕。

新調された俺の体は、意識のかけ具合によって、部分的にドラゴンとさせることが可能になっていた。

ドラゴン化は、脳内を戦闘《せんとう》意識に塗《ぬ》り替《か》えられ、使用後に体もダルくなるので出来るだけ使いたくないのだが……。場合が場合だ。神器《セイクリッド・ギア》も使えない状況《じょうきょう》では、これしかない！

それにドラゴン化すれば、その部位だけ身体能力も上がる！　全身までドラゴン化はできないが、腕や足ぐらいの一か所だけならできるようになっていた！

俺はドラゴン化した右腕を構えたまま、右にステップしてそこにいた魔法使いに殴りかかった。

相手は防御の魔方陣を前方に展開させるが――。

バリンッ！

――と、儚《はかな》い音を立てて、防御の魔法は俺の一撃で粉砕《ふんさい》される。

よし！　この腕ならいける！

俺はその勢いを乗せて、魔法使いの一人を顔面から殴り飛ばしてやった！

「ぐわっ！」

その魔法使いは後方に大きく吹っ飛び、木に背中を激しく打ち付けてその場に崩《くず》れていく。

いまだに新校舎から炸裂《さくれつ》音が鳴り響《ひび》いてくる。……時間をかけていられないな！

「やるじゃないか。ドラゴンの腕で殴ってくるとはな」

「まあ、いい。これからだ」

残った二名の戦意はまだ残る。クソ！　ゆっくりおまえらの相手なんかしていられない

んだよっ！

しかし、これから飛びかかるというところで、魔法使い両名の耳元に小型の魔方陣が出現した。

……連絡用《れんらく》のか？　二人は情報に耳を傾《かたむ》け、嫌味《いやみ》な笑みを浮かべて構えを解く。

そのまま、倒《たお》れた魔法使いを抱《かか》えて、足下に転移魔方陣を展開した。

——逃げる気か！

「待て！」

追おうとするが、奴《やつ》らは「また遊んでくれよ！」と不快な言葉を残して、転移の光と共に消えていった——。


魔法使いたちとの戦いを抜《ぬ》けて、俺はすぐさま新校舎に走り寄る。右腕はあとで朱乃さんにドラゴンの気を吸ってもらわないといけないため、ジャージでくるんで隠《かく》すことにした。……こんな腕、他《ほか》の生徒に見せられないからな。

……来る途中《とちゅう》に確認したけど、校舎のいくつかの場所が、破壊されていた。窓際《まどぎわ》が大きく消し飛び、校庭にも穴が空いている。……嫌な予感しかしない！

俺は一年生の教室——小猫ちゃんたちのもとに急いだ。

教室前の廊下《ろうか》。激しく破壊され、廊下の窓側がぶち抜かれていて、外が丸々一望できるように変わり果てていた。外気が容赦《ようしゃ》なく吹き込んでくる。

廊下に小猫ちゃんたちのクラスメイトらしき子が一人へたりと座り込んでいた。他の一年生たちは教室の扉《とびら》から怖々《こわごわ》と廊下の様子に目線を送っている。

俺は廊下に座り込む一年生女子に歩み寄り、話しかけた。

「大丈夫《だいじょうぶ》かい？」

その子は世にも恐《おそ》ろしげな体験をしたかのように呆然《ぼうぜん》として、全身を強張《こわば》らせていた。

俺の声も届いていないようだ。……魔法使いに襲撃《しゅうげき》されて、怖《こわ》い目に遭《あ》ったんだろう。

俺はその子の肩《かた》をゆすりながら、教室に視線を送るが……小猫ちゃん、ギャスパー、レイヴェルの姿は見当たらない。逃《に》げた？　それならいいが……。いや、そんなことはないだろう。仲間想《おも》いのあの子たちだ。クラスメイトを守るために行動を起こす。

意識が定かではない状態であるものの、一年生女子はぼそりとつぶやいた。

「……変なヒトたちに、私捕《つか》まって……小猫さんとギャスパーくんとレイヴェルさんが私を助けるために……」

——っ！　小猫ちゃん、ギャスパー、レイヴェル！　この子を人質に取られて……っ！

「小猫ちゃんたち、魔法使いみたいな格好したコスプレのヒトたちと光に包まれて、急に消えたんです！」

教室の扉から廊下の様子をうかがう生徒が、俺にそう伝えてくれた。

……人質を取られて、連行されたっていうのか……ッ！

ガンッ！

俺はわだかまる思いを抱えたまま、廊下に左拳を打ち付ける。

……クソ。何が守るだ……っ！　俺はリアスの留守もレイヴェルも守れてないじゃないか……っ！

俺は悔《くや》しさに心底歯噛《はが》みした……っ！

しばらくして、眷属の仲間たちと生徒会のメンバーが駆《か》けつけてくる。一年生三人組以外は無事だったようだ。

……魔法使いの連中め、俺の後輩たちをどうするつもりだ……っ⁉

Life.4　行け、オカルト研究部&生徒会！

夕方――。

俺たちオカルト研究部と生徒会のメンバーは旧校舎に集《つど》っていた。生徒会『僧侶《ビショップ》』草下《くさか》さんだけ情報を同盟スタッフと相互《そうご》連絡できるよう別室で待機している。

真羅《しんら》副会長が皆《みんな》に報告をした。

「学園の破損箇所《かしょ》はこれより修復します。全校生徒はすべて下校させました。侵入《しんにゅう》してきた者たちについては、この地で活動されている三大勢力のスタッフの方々が、追っています」

真羅先輩《せんぱい》に続いて会長も口を開く。

「……アザゼル先生が置いていかれた生徒の記憶《きおく》を司《つかさど》る装置が役に立ちました。魔法使いに襲撃されたという生徒たちの記憶を『変質者が校内に侵入して、学校が臨時休校となった』というものに置き換《か》えてあります」

俺のドッペルゲンガーが三百人になって校内を暴れ回ったときにも使った学園生徒の記

憶をいじる装置か。実はあの事件、さすがに生徒の記憶に留《とど》まらせておくのもどうなのかということで、堕天使《だてんし》特有の機械で改変させている。

堕天使は一般《いっぱん》人が異能、異形に関与《かんよ》したさいに記憶を消し去る技術を有していた。松田《まつだ》や元浜《もとはま》の記憶から、天野《あまの》夕麻《ゆうま》——レイナーレに関する事柄《ことがら》を消したようにね。

ただ、あれをあんまりやると記憶に悪影響《あくえいきょう》があるから、本来限定条件つけてやったほうがいいんだよな。だから、今回「変質者が校内に侵入した」って設定に塗り替えたのか。

「破壊《はかい》された場所についての記憶は？」

ゼノヴィアが会長に問う。

「それは緊急《きんきゅう》の補修作業が同じ日に重なったというものに生徒たちの記録を変換《へんかん》しています。……あのような騒《さわ》ぎがあったのに、学校から抜け出した者がいなくて幸いでした。携《けい》帯《たい》機器などで記録したであろうものについても三大勢力のバックアップでなんとかなりそうです」

ってことは、未然に異形の正体は——この学園の裏の顔はバレずに済んだんだな。

しかし、真羅先輩は悔しそうにする。

「ですが、今回のことでショックを受けた生徒の心は完全には消せません。『何か怖いものに遭遇《そうぐう》した』という記憶だけは永遠に残り続けると思います。それがなんなのか、わか

らぬままに今後過ごすかと思うと……許せないわ、襲撃してきた者たちが……っ！」

人質にされたあの女生徒……。

魔法使いの記憶は変換された。でも、怖い者に襲《おそ》われたトラウマは心に残り続けるかもしれない。それがなんなのか、わからないままに不安を抱えて一生過ごす……。

魔法使いのせいではある。でも、俺たちのせいでもあるんじゃないか？

……俺たちがあいつらを止められなかったから……。そもそもこの学園自体が——。

匙《さじ》が俺の肩に手を置く。首を横に振《ふ》っていた。

「兵藤《ひょうどう》。この学園が一般人に偽《いつわ》って運営していること自体が——って思ってないか？　気持ちはわかるが、いまはそれよりもさらわれた塔城小猫《とうじょうこねこ》さんたちのほうが気がかりだ。そうだろう？」

「ああ、わかってる」

そうだ、奴らに捕まった三人を助けるのが最優先だ。でも……衝撃は隠せないんだよ。絶対に安全圏《けん》だと思っていた昼の駒王学園《くおうがくえん》。夜の駒王学園がコカビエルとの決戦の地になったことはあったけど、普段《ふだん》の学校生活でテロを受けるなんて思いもよらなかったんだ。

……少し間違《まちが》えれば、松田や元浜が犠牲《ぎせい》になっていたかもしれない。悪魔《あくま》の俺たちと関《かか》わる以上、その危険性と隣《とな》り合わせだったことを今更《いまさら》ながらに思い知らされた。だから、

改めて駒王学園の存在ってのをちょっとだけ考えてしまったんだよ……。

そういや、今回のことを兵藤家にいるであろう黒歌《くろか》とルフェイに伝えようとしたのだが……連絡がつかなかった。連れ去られた小猫ちゃんのことを伝えるべきだと思ったのだが、家への専用通信魔方陣《まほうじん》に応答したのは留守番のオーフィスで、その龍神《りゅうじん》さま曰《いわ》く、

「黒歌とルフェイ、ヴァーリに呼ばれて帰った」

だそうだ。肝心《かんじん》のときにいないんだもんな、あの半分居候《いそうろう》娘《むすめ》たちは！

……ん？　ヴァーリに呼ばれた？　何かあったのか？　こっちも襲撃を受けて、あっちも攻撃《こうげき》を受けたとか？　いや、まさかな……。つーか、いまはヴァーリのことはいい！

頭を振って切り替《か》えようとする俺の横でゼノヴィアが言う。

「襲撃犯は『禍の団《カオス・ブリゲード》』と共にフェニックス関係者を狙《ねら》う『はぐれ魔法使い』か？」

「でしょうね」

イリナがそう続けた。そうだな、俺もそう思うよ。

「ロスヴァイセさんはどう思います？」

俺が魔法の使い手でもあるロスヴァイセさんに意見を求める。

「ええ、魔法の痕跡《こんせき》などを分析《ぶんせき》しましたところ――」

そこまで言いかけて、室内にケータイの着信音が鳴り響《ひび》く。

着信音の先はロスヴァイセさんだったようだ。

「コホン、失礼。もしもし……」

咳払《せきばら》いして応対するロスヴァイセさん。……誰《だれ》からだ？　怪訝《けげん》に思っていると——。

「あ、お祖母《ばあ》ちゃん！　どした？　何か、あったの？」

お、お祖母ちゃん？　ていうか、いま言葉が訛《なま》ったような……。それは気のせいでもなく、ロスヴァイセさんが方言で話し始める！

「んだ、いま大事な会議中だかんな。え？　仕事？　心配すなくとも、わたす、元気にやってっからね。お祖母ちゃんが心配すっことなーんにもないんだってば」

ロスヴァイセさんの方言っぷりに会議が中断されて、皆が驚《おどろ》き目を丸くする事態に！

だって、いかにも都会が似合うクールビューティー（百均マニア）だったのに、今度は方言だよ!?　驚くに決まってる！

「いまの仕事先の上司さんは、えんらい良いヒトだから、お給金も前のとこよりいっぺぇ出してくれてんのよ？　だっから、そっちさ仕送り出せんだから。ええからええから！　田舎《いなか》さ何もねぇでしょ？　送った金でなんか買って、ぬくくしてくれたら、わたすはそれで十分だかんね？」

目をパチクリさせている俺にアーシアがぼそりと言う。

「少し前に聞いたんですけれど、ロスヴァイセさんは故郷に仕送りをされているそうでして……」

それにゼノヴィアも続く。

「私は、故郷は何もないど田舎だと聞いたぞ。祖母が一人暮らしをしているから、悪魔の仕事で得たお金を仕送りしているそうだ」

さらにイリナまで口にし始める。

「ご両親は北欧《ほくおう》の神々に仕える戦士なので、お家に帰ることが希《まれ》で、ほとんどお祖母さんに育てられたって言ってたわ。だからお祖母ちゃんっ子なんですって。田舎になんでもそろうディスカウントストアを建てるのが夢なのよね」

マジか。そんなこと初めて知ったわ。お祖母ちゃんっ子で、田舎娘で、仕送りまでしているなんて……ッ！　だからお金に執着《しゅうちゃく》していたのね！

つーか、ディスカウントストアを田舎に建てたいのか……。百均にこだわるのもそのためなんだね。

「……俺、初めて知ったわ。ロスヴァイセさんの夢」

俺はそうつぶやきながらも、どんどん属性を増やしていく元ヴァルキリーに親近感がわいて仕方なかった。

おのれ、オーディンのじいさんめっ！　こんなにいいヒトを置いていくなんて……！

でも、残念な面は確かだし！　置いていかれたのも「ロスヴァイセさんだし」で済んでしまうんだよっ！　でもいいヒトなんだよっ！

電話を終えたロスヴァイセさんが再び咳払いする。

「……すみません。まさか、実家からいきなり電話がかかってくるなんて……。ついでなので、魔法の使い手だった祖母にも強固なセキュリティーを突破《とっぱ》できる術式について聞いてみましたが……かなり厳しい見解を口にしていましたね。私もその可能性があると思ってはいたのですが……」

「それはなんですか？」

俺がロスヴァイセさんに訊《き》くと、

「——裏切り者です」

ソーナ会長が代わりに答えた。全員の視線が会長に集まる。

……裏切り者ときたか。

「この地域一帯は三大勢力の同盟関係にあり、私たち以外にも数多くのスタッフが在任しています。この学園を中心に町全体に強力な結界が張られ、怪《あや》しい者が足を踏《ふ》み入れるとすぐに誰かが察知できるようになっています。侵入して姿をくらまされると察知しにくい

という点もありますが、ここに入るにはいくつか可能性が絞《しぼ》られるわけです。ひとつは無理矢理の侵入。これは力があるものであれば可能でしょう。しかし、これは侵入がすぐに発覚しますので、今回の件とは違《ちが》うでしょう」

うん、そんなにヤバいのが来たら、さすがに俺でも気配で察知しそうだもん。

ソーナ会長は続ける。

「ふたつめにこの町に住む者、またはスタッフの者が結界の外に出かけ、そこで敵対組織に捕《と》らわれてしまい操作されて侵入されるケース。これに関しても今回は今のところ、住民、全校生徒、スタッフに反応が出ていません。となると、裏切り者が仲介《ちゅうかい》をして、学園まで侵入させたことになります」

「そんなことが可能なんですか？」

俺の問いにソーナ会長は眉根《まゆね》を寄せる。難しい見解のようだ。

「この結界を問題なく通れる中核《ちゅうかく》メンバークラスであれば可能でしょうね。つまり、グレモリー眷属《けんぞく》とイリナさん、レイヴェルさん、私たちシトリー眷属、アザゼル先生、それぐらい中核の者でなければこれほど大胆《だいたん》な襲撃《しゅうげき》を手配できないでしょう」

「俺たちのなかに裏切り者がいるってんですか⁉」

匙が叫《さけ》ぶ。そんなこと信じられないって顔だ。俺もだよ、匙。信じられるわけがない。

生死を共にした仲間に裏切り者がいるなんて――。

会長は匙の叫びを聞いて、やさしげな表情を浮《う》かべる。

「私も裏切り者がいるなんて信じてません。けれど、襲撃犯は油断のできない相手です。目的はレイヴェル・フェニックスさんなのかどうかすらもわかりません。しかし、ただで見過ごすほど、私たちも甘くありません。さて、連れていかれてしまった塔城さんたちについて――」

「会長！」

そこまで言ったソーナ会長の言葉を遮《さえぎ》るように『僧侶《ビショップ》』の草下さんが部室に飛び込んでくる。

皆《みんな》の視線を集める草下さんは興奮した様子で告げた。

「……オカルト研究部の一年生を連れ去った者から、連絡《れんらく》がありました」

事態は、動き出す！

―○●○―

深夜――。

俺たちオカルト研究部、生徒会メンバーは最寄《もよ》りの駅に来ていた。

理由は――ここに来いと襲撃犯から連絡があったからだ。

奴《やつ》らからの伝言とは、

『塔城小猫、ギャスパー・ヴラディ、レイヴェル・フェニックスを返してほしければ、グレモリー眷属、紫藤《しどう》イリナ、シトリー眷属のみで地下のホームに来い』

というものだった。……俺たちをわざわざ指名しての伝言だった。

地下のホーム。それはこの最寄り駅の地下に設けられている冥界《めいかい》へのルートのことだろう。夏休みの折、俺たちはこの駅の地下にある列車で冥界に入った。

あのホームみたいに悪魔専用の空間がいくつかこの町にはあるってリアスが以前に言っていたな。……まさか、奴らがそこにいるなんてよ。

会長が駅のエレベーター前でつぶやく。

「ここを指定されるとは思いもしませんでしたね。他《ほか》の悪魔専用の地下空間はすでにスタッフの方が調査していますが……いくつかの魔法の痕跡はあったようです。一時的な潜伏《せんぷく》先として利用されていた気配があります」

「地面を潜《もぐ》ってきて地下から侵入《しんにゅう》したってことですか？　それとも冥界側――列車のルートから侵入した？　次元の狭間《はざま》を通って……」

俺がそう訊くが会長は首を横に振《ふ》る。

「いえ、どちらも違うでしょう。やはり、誰かが知らない間に利用された……？　裏切りによって侵入を許したとは思えませんが……」

会長は難しい顔で深く思慮《しりょ》している様子だった。

……まあ、もし冥界グレモリー領から侵入したってことなら、グレモリーが侵入を許したってことになるのでまた事情がややこしくなるか。

エレベーター前に集合する俺たち。会長が皆を見渡《みわた》すように言う。

「この駅周辺を天界、冥界のスタッフが囲んでいます。冥界のグレモリー領にある、列車用の次元の穴も封鎖《ふうさ》しました。相手は何を考えているか、いまだに真意は判明しませんが……あとは指名された私たちが直接会いに行くだけです」

準備は万端《ばんたん》ってことだ。相手はもう袋《ふくろ》のネズミ。何をしたいかわからないが、逃《に》げ道は封鎖させてもらった。……いや、ここに入れるだけの連中だ、逃げる手段も用意してあるかもしれないけど……。けど、俺たちを待つってことは、逃げる意識は薄《うす》いんだろう。

とにかく、俺たちの後輩《こうはい》を奪還《だっかん》するのが主目的だっ！

「グレモリーの指揮は誰が執《と》る？」

ゼノヴィアがそう訊く。すると、会長がメガネをくいっとあげた。

「問題ありません。有事のため、生徒会、オカルト研究部の指揮は私が執ります。リアス

にもそのように任されておりますから」

――ッ！

ソーナ会長が俺たちの指揮を執る！　おおっ、なんだか、心強すぎるんですけど！

「『王《キング》』不在で当惑《とうわく》することがあるでしょうけれど、私の指示に従ってくれますね？」

『はい！』

俺たちグレモリー眷属は異口同音に応じた！　当然だ！　ソーナ会長なら、何も問題ねえさ！

会長がゼノヴィアに訊く。

「まず、ゼノヴィアさん。あなたは聖剣《せいけん》の七つの能力のうち、いくつ使えるのかしら？」

「破壊《はかい》のほうは問題なしだ。それに訓練のおかげで擬態《ぎたい》と透過《とうか》と天閃《てんせん》はいける。だが、使いこなせているレベルではない。夢幻《むげん》と祝福は能力的に私と相性《あいしょう》が悪くて辛《つら》いな。一番の難易度を持つ支配は特に厳しい。まったく他者を支配できない」

「今回、町の地下ということで戦いによる制限があります。大きな破壊は崩落《ほうらく》、地盤沈下《じばんちんか》の影響《えいきょう》が出てしまいます。極力、派手な攻撃《こうげき》を避《さ》けねばなりません。……状況《じょうきょう》は違いますが、シトリー対グレモリーのゲームのようなものです。破壊は出来うる限り回避《かいひ》しなければなりません。必要以上の威力《いりょく》は控《ひか》えてください。必須《ひっす》となったら、私が指示します」

そうか、会長の言う通りだ。あの地下のホームを破壊するわけにはいかない。過ぎた攻撃はできないってことだ。本当にシトリー戦みたいだな。

会長はそのあと、俺たちグレモリー眷属の様子について訊いていく。どうやら、即興《そっきょう》の戦術を考案するようだ。

——と、気になるのがひとつ。

シトリー側に見知らぬ巨軀《きょく》の男が一人立っていた。外国の男性だ。灰色の髪《かみ》をしていて、前髪が長く、目元が隠《かく》れている。けど、なんとなくハンサムそうな面構《つらがま》えだ。体格は大分良い。サイラオーグさんと同じぐらいだ。

俺が恐《おそ》る恐る真羅先輩《せんぱい》に問う。

「あ、あの、そちらの大柄《おおがら》な男性は……？」

「ええ、こちらの男性は駒王学園大学部に在籍《ざいせき》する大学生の方で——シトリーの新しい『戦車《ルーク》』です」

シトリーの『戦車《ルーク》』!?　マジか、新眷属さんかよ！　唐突《とうとつ》に発覚するから驚《おどろ》く！

しかも駒王学園大学部のヒト！　こんな体格の良い男がいたのか。へぇ、俺の知らないことばかりだな！

男性は無骨そうな反応と言葉少なに、

「……ルー・ガルーと呼んでくれ」

そうつぶやいた。真羅先輩が続ける。

「私たちはルガールさんと呼んでいます。兵藤くんもそのように呼んであげてください。ルガールさん、今回は外でのバックアップをお願いします」

「……ああ」

ルガールとかいうヒトはそのままこの場を離《はな》れていく。

……そ、そっか、今回は外回りなのね。それも立派な任務だ。敵が外から増援《ぞうえん》するかもしれないからね。

《マスター、周辺の準備は整ったようですぜ》

聞き覚えのない声がする！　声の主を探して俺たちグレモリー眷属が視線をあちらこちらに飛ばしていると――駅の天井《てんじょう》に行き着いた！

駅の天井からシトリーの魔方陣《まほうじん》が出現していて、そこから逆さに頭が飛び出ている！

しかもその誰《だれ》かって――。

死神《グリム・リッパー》の格好して、どくろの仮面を被《かぶ》った小柄《こがら》の何者かだった！　って、あの格好、完全に死神《グリム・リッパー》じゃねぇかっ！

「グ、死神《グリム・リッパー》じゃないっスか！」

俺が天井に指をさして叫ぶと、会長が言う。

「こちらは私の新しい『騎士《ナイト》』――」

《……あっしはベンニーアと申します。……元死神《グリム・リッパー》であります》

天井から小柄な死神《グリム・リッパー》が降りてきて、下にうまく着地した！

同時に仮面を外す死神《グリム・リッパー》さん！　そこにあったのは中学生ぐらいの女の子の顔だった⁉

眠《ねむ》そうな目をしたかわいい女の子⁉　深い紫色《むらさきいろ》の長髪《ちょうはつ》と金の瞳《ひとみ》だ。

手に持つ死神《グリム・リッパー》の印、鎌《かま》はかわいいどくろの装飾《そうしょく》が施《ほどこ》されていた！

ロリっ子だ！　鎌を持ったロリ死神《グリム・リッパー》⁉

「グ、死神《グリム・リッパー》ぁぁあっ⁉　しかも女の子ぉぉぉぉっ⁉」

驚く俺に会長はうなずく。

「ええ、ベンニーアは死神《グリム・リッパー》です。と言っても半神です。死神《グリム・リッパー》と人間のハーフ」

「最上級死神《グリム・リッパー》の一角――オルクスの娘《むすめ》なんだってさ。な、驚きだろう？」

と、匙が追加情報をくれた。……そ、そんないきなり言われてもわけわからんって！

「……新しい『騎士《ナイト》』と『戦車《ルーク》』のあてがあると聞いてましたが、まさか、死神《グリム・リッパー》とは……」

ロスヴァイセさんも小柄な少女死神《グリム・リッパー》の登場に目を丸くさせていた。

うん、俺も驚きです。シトリーの新しい『騎士《ナイト》』が死神《グリム・リッパー》だなんて誰が思うよ！

真羅先輩が首を横に振る。

「いえ、『騎士《ナイト》』のあては本来他のヒトだったのです。しかし、その方と都合がつかなくなりました。そこに彼女が現れまして――」

《ハーデスさまのやり方についていけなくなったのでこっちに寝返《ねがえ》ることにしやした。あっしを眷属《けんぞく》にしてみませんかね？》

――と、交渉《こうしょう》してきたという。

一瞬《いっしゅん》ハーデス側のスパイと思ったそうだが、こんなに大胆《だいたん》なスパイもあるのだろうかと会長は首をひねりにひねったという。

「怪《あや》しさは凄《すさ》まじいものでしたが、ある一点で信頼《しんらい》することにしました」

俺が会長に問う。

「あ、ある一点……？」

すると、ロリ死神《グリム・リッパー》は俺に色紙を突《つ》きだす。

《おっぱいドラゴンの旦那《だんな》。あっし、旦那の大ファンですぜ。ほら、マントの裏はおっぱいドラゴンの刺繍《ししゅう》って具合です。サインをひとつお願いできませんかね？》

そ、そんな刺繍を見せてもらっても……。あ、本当に鎧《よろい》の俺の刺繍がされてる！

って、お、俺のファンなのかよっ⁉　ルフェイに続いてましたか！

「俺のファン……？」

俺はサラサラっとサインを書きながら訊《き》く。

《ええ、それにプラスしてクソ親父《おやじ》とハーデスさまのやり方が気に入らなかったんで家を飛び出してきたですよ》

死神《グリム・リッパー》もいろいろってことか？　冥府《めいふ》の神さまも複雑なお家事情抱《かか》えてそうだな。

「『騎士《ナイト》』の駒ひとつで足りて幸いでした」

会長がそう言う。本当、お買い得でしたね。

《あっし、母方の人間の血が濃《こ》いんで、大したことありませんぜ》

ロリっ娘《こ》さんがそう漏《も》らすが……癖《くせ》は強そうだな、キャラと能力の両方で。

会長がロリ死神《グリム・リッパー》に言う。

「ベンニーアもルガール同様、外でのバックアップをお願いできますか？」

《イエッサーですぜ、マスター。同期の大柄《おおがら》あんちゃんと共に外で待機してやす》

そう言うなり、ロリ死神《グリム・リッパー》――ベンニーアは足下《あしもと》に魔方陣を展開させて、スポッと潜《もぐ》って消えていった。……おもしろい魔方陣の通り方するな。光が弾《はじ》けて飛ぶんじゃなくて、潜っていくのか。

会長が小さく息を吐《は》く。

「大事な作戦前に眷属の紹介《しょうかい》になってしまって、申し訳ありませんでした……。こういうのは重なるものですね」

「いえ、作戦前に緊張《きんちょう》がほぐれました」

俺の本音だ。正体不明の敵を相手に後輩奪還《こうはいだっかん》をしなければならなくて、余裕《よゆう》がなかったけど、シトリーの追加メンバーを紹介されて、いい意味で緊張が和《やわ》らいだよ。

でも、これでシトリーの残った駒は未使用の『兵士《ポーン》』三個か？　匙は四個、仁村《にむら》さんは一個消費だって話だからね。

会長が俺に訊いてくる。

「さて、イッセーくん。ドライグの具合はどうですか？」

「正直、あまり。たまに目覚めますけど、寝ている時間が多いです。いまも寝ていて、反応がありません。普通《ふつう》の籠手《こて》ぐらいなら出せますけど、本調子じゃないですね」

つーか、さっきようやく籠手の機能がある程度回復したところだからね。倍加と譲渡《じょうと》ぐらいはできるようになった。修行《しゅぎょう》では鎧になれたんだが、いまはできそうにない……。ドライグが完全に復調できていないから、力が不安定すぎる……。

「つまり、禁手《バランス・ブレイカー》は無理ということですね。わかりました。では、赤龍帝の鎧《ブーステッド・ギア・スケイルメイル》無

しでのプランにしましょう」

「面目《めんぼく》ありません」

……クソ、いざってときに役に立たなくて面目なさすぎだ。リアスの留守を任されているのに、情けないことの連続だ……。

気落ちする俺に会長は微笑《ほほえ》む。

「あなたが謝ることなんてひとつもないわ、イッセーくん。あなたは冥界《めいかい》を救った英雄《えいゆう》です。あなたが無理できない分、私たちがフォローすればいいだけよ。それにね、あなたは短期間にがんばりすぎた。本当、私たちの力不足が申し訳ないと感じるほどに」

会長だけじゃなく、シトリー眷属の皆《みんな》がうんうんとうなずいていた。

「たまには俺たちも頼《たよ》れよ、兵藤。ゲームじゃライバルだ。だが、実戦じゃ仲間じゃねぇか。俺たちだって冥界や駒王学園を守りたいんだからよ」

にんまり笑う匙。……ああ、そうだな。本当、その通りだ。

ソーナ会長は俺の手を取る。

「だから、今日は私があなたたちを導きます。リアスではないけれど、いまだけは私の力を信じてください」

『はい、もちろんです！』

グレモリーの全員が改めて応じる！　ああ、駒王学園の俺たちをなめんなってことだよな！

会長が再度訊いてくる。

「ところで、譲渡はどれぐらい保《も》つのかしら？」

「倍加の具合によって変動しますが、二十回ぐらいまでなら余裕でいけます」

それを聞き、会長はふむふむと考え込んだのち、俺に言った。

「よろしい。では、イッセーくんには――」

作戦が伝えられて、俺たちは駅のエレベータから地下に降りていくことになる――。

地下に降りた俺たちは、冥界行きの列車用に建設されたホームを進んでいく。

広い空間を抜《ぬ》けて、右に左に通路を進んでいくと――。

途端《とたん》に不穏《ふおん》な気配を察知する。……いま歩いている通路を抜けた先に敵が待ち構えているのだろう。

俺たちは無言で視線にて確認《かくにん》しあい、突入《とつにゅう》の陣形《じんけい》を作り出す。

オフェンス――前衛はゼノヴィア、イリナ、匙、『騎士《ナイト》』巡《めぐり》さん、『戦車《ルーク》』由良《ゆら》。

中衛は俺、朱乃《あけの》さん、ロスヴァイセさん、真羅先輩《せんぱい》、『兵士《ポーン》』仁村さん。

後衛はソーナ会長、アーシア、『僧侶《ビショップ》』草下さんと花戒《はなかい》さん。

近接タイプを前衛、遠距離《えんきょり》からの攻撃《こうげき》メンバーを中衛に、後衛は指示を中心としたサポート要員だ。

俺はリアスなしでも昇格《しょうかく》できるため、『女王《クイーン》』へ。匙と仁村さんも会長の承認のもと、『女王《クイーン》』となった。

チームの形が整ったのち、全員が耳に通信用の冥界アイテムを入れていく。インカムの代わりになるものだ。主にレーティングゲームなどでも活躍《かつやく》している。これを使えば相互《そうご》やり取りが容易になるんだ。

俺たちは最終確認を目で合図しあったあとに、通路を抜けていく――。

そこは初めて足を踏《ふ》み入れる地下のひらけた空間だった。

地下のホーム以上に広大な場所。天井《てんじょう》もいっそう高い。……こんなところがあるなんてな。この町の地下にはどんな領域が隠《かく》されているのやら。

と、前方に目を向ければ、わんさかいるわ、魔法使《まほうつか》いの集団！

全員、魔術師用のローブを着込んでいた。ローブの種類は様々だが、学園を襲撃《しゅうげき》した奴《やつ》らと似たようなローブ姿も確認できた。

俺たちは距離を置いて、奴らと対峙《たいじ》する。

……パッと見、百は超《こ》えてるんじゃないか？　召喚《しょうかん》したであろう魔物もけっこうな数がいる。どんだけここに集めたんだよ！

てか、これだけの数をこの町に侵入《しんにゅう》させてしまった。……かなりの問題だな。

女性の魔法使い——魔女がパッと見では確認できない！　男ばっかだ。そうだよな。俺のパイリンガルを知っていれば戦線に入れるわけないか。作戦が筒抜《つつぬ》けになるし。

まあ、それはいま置いておくとして、主目的はただひとつ。

俺は指を突きつけて言う。

「来てやったぜ？　俺の後輩はどこだ？」

俺の声が地下に響《ひび》く。奴らはあざ笑ったり、肩《かた》をすくめるだけだ。……なめた反応だな。怒《いか》り心頭だけど、冷静にならんと。俺の欠点は仲間の危機に冷静になれずに突貫《とっかん》することだ。それは先生に先日もの申されたばかりじゃないか。

魔法使いの一人が前に出てきた。

「これはこれは、悪魔の皆《みな》さん。『若手四王《ルーキーズ・フォー》』のグレモリー、シトリーの皆さんが俺たちのために来てくれるなんて、光栄の限りだ」

会長が訊く。

「あなたたちの目的はなんですか？　フェニックス？　それとも私たちでしょうか？」

「どっちもですな。ま、フェニックスのお嬢《じょう》さんは大事に扱《あつか》っているんで。そうしろと、リーダーの命令なんですよ」

リーダー？　誰《だれ》だ？

疑問に感じる俺を置いて、魔法使いは続ける。

「フェニックスの件はOKなんで、あとはあなたたちとの件だ。――気になって仕方ないんですよ。メフィストのクソ理事とクソ協会が評価したっていうあなたたちの力がね。この思い、理解できます？　できないですよね？　ま、強い若手悪魔がいたら、試《ため》したくなるでしょ？　魔法を乱暴に使う俺たちならね」

その魔法使いが指を鳴らす。

刹那《せつな》、この場にいる魔法使い全員が攻撃《こうげき》魔法の魔《ま》方陣《ほうじん》を展開し始めやがった！

「やろうぜッ！　悪魔さんたち！　魔力と魔法の超《ちょう》決戦ってやつをよ！」

それが開始の合図となった！　怒濤《どとう》のごとく、炎《ほのお》、水、氷、雷《かみなり》、風、光、闇《やみ》、あらゆる属性の魔法が俺たちに向けて放たれる！　使役《しえき》している魔物の群れも突《つ》っ込んできた！

その無数とも思える激しい魔法の雨が降り注ごうとしているなか、会長が俺たちに向けて通信を通して告げてきた。

『──では、見せようではありませんか。若手悪魔の力を──。駒王学園の悪魔を敵に回したことを後悔《こうかい》させてあげましょう』

迫力《はくりょく》ある宣言を聞いて、ゼノヴィアが飛び出す！

エクス・デュランダルを大ぶりに振《ふ》るって、襲来《しゅうらい》してくる魔法の数々を聖なるオーラで叩《たた》き落としていった！

中衛のロスヴァイセさんもフルバーストを撃《う》ち放ち、ゼノヴィアの攻撃をサポートする！ 向かってきていた魔物の群れがロスヴァイセさんの魔法を受けて消滅《しょうめつ》していく！

ゼノヴィア、ロスヴァイセさんの連携《れんけい》攻撃によって、ほとんどの魔法と複数の魔物が打ち落とされたが、漏《も》れた魔法攻撃がこちらに届こうとしていた！

俺の前方に前衛『戦車《ルーク》』由良翼紗《つばさ》が立つ。手元に何かを出現させた──。

大きな盾《たて》だった！ 由良が叫《さけ》ぶ！

「広がれッ！ 我が盾──『精霊と栄光の盾《トゥインクル・イージス》』よッ！」

その瞬間《しゅんかん》、盾から輝《かがや》きが広がり──巨大《きょだい》な光の盾と化す！ この空間の半分を埋《う》め尽《つ》くしそうなほど大きな光の盾だっ！ ビームシールドみたいだなっ！

漏れた魔法の攻撃が、その光の盾に突き刺《さ》さっていくが──無傷！

けっこうな数が漏れてたけど、それをすべて受けてもなお盾が崩《くず》れないなんて！ すっ

げえ堅《かた》い盾だ！

ソーナ会長からの通信が入る。

『あれはアザゼル先生からいただいた人工神器《セイクリッド・ギア》です。精霊《せいれい》と契約《けいやく》し、それを盾に宿らせることによって、能力を変えることができるのです』

精霊と契約して、盾の能力を変えられる！　つーか、先生の人工神器《セイクリッド・ギア》か！　そういや、生徒会のメンバーは人工神器《セイクリッド・ギア》をもらうって言ってたな！

『戦車《ルーク》』の特性とあいまって、えらい防御力《ぼうぎょ》をたたき出しそうだ！

先発に放った無数の魔法攻撃と魔物の突貫《かんぷう》を完封されて、魔法使いたちの間に多少どよめきが生まれる。わずかな手で全部防がれるとは思っていなかったのだろう。

『──オフェンスに入ります』

会長の容赦《ようしゃ》のない指示に俺たちはついに進撃を開始する！

『イッセーくんは先ほど伝えた通り、常にそのスキーズブラズニルで戦場を動き回ってください』

俺は会長にそう指示を受ける。そう、ここに降りてくる前に伝えられたのはそのことだ。

禁手《バランス・ブレイカー》ができないなら、それ以外の方法で戦う！　俺ができるのは味方への譲渡《じょうと》！

『私が指示を出したら、そこに譲渡を流し込むようにしてくれると助かります』

「了解《りょうかい》です！」

俺は魔法の船――龍帝丸《りゅうていまる》を出現させて、それに摑《つか》まった。俺をぶら下げたまま、龍帝丸は宙に浮《う》かび続ける。おおっ、俺がつかんでいてもすごい馬力、力強さだ！　素《す》の状態ではいまだに悪魔の翼《つばさ》で飛べないのが情けないが……龍帝丸、俺のフォロー頼《たの》むぜ！

いつでも譲渡できるように力を倍増していくか！　ドライグ、早く目覚めてくれよ！

『Boost《ブースト》!!』

前衛のゼノヴィア、匙、『騎士《ナイト》』巡巴柄《ともえ》さんが突撃《とつげき》していく。ゼノヴィアは破壊《はかい》力のある一撃で襲《おそ》いくる魔法ごと魔法使いを粉砕《ふんさい》していく！　巡さんが持っているのは……日本刀タイプの人工神器《セイクリッド・ギア》か？　光と闇が混ざっているように思える！

『巴柄の人工神器《セイクリッド・ギア》は「閃光と暗黒の龍絶剣《ブレイザー・シャイニング・オア・ダークネス・ブレード》」の刀タイプです。正式名称《めいしょう》は「閃光と暗黒の龍絶刀《ブレイザー・シャイニング・オア・ダークネス・サムライソード》」だったでしょうか』

ぼそりと会長が伝えてきた！　マジか！　巡さんの神器《セイクリッド・ギア》、あの黒歴史ものなのかよ！　でもあれ、攻撃力が高く、実体のない霊体なども余裕《よゆう》で切り刻めるんだよね。

「もう！　会長、その名称を言わないでください！　でも、強いんですから！」

巡さんは光と闇が入り交じった刀剣《とうけん》で魔法使いを防御魔法越《ご》しにぶっ倒《たお》していく！

巡さん、なぜにそれを選びましたか⁉　機能重視？　ま、まあ、破壊力ばつぐんに斬撃《ざんげき》

の余波だけで床《ゆか》や壁《かべ》までえぐる攻撃を繰《く》り広げますけどね！　やっぱり強いわ、あの人工神器《セイクリッド・ギア》！

確か、人工神器《セイクリッド・ギア》の名称は全部先生が名付け親だったはず！　いくつになっても中二精神を忘れない前総督《そうとく》でございます！

「ゼノヴィアには負けないわ！」

純白の翼を広げて滑空《かっくう》しながら量産型の聖魔剣《せいまけん》を振るうのは同じく前衛のイリナだ。光力をまとわせた聖魔剣で魔法使いの相手をしていた。光力による光線も放っていた。

次に匙。敵に解呪《かいじゅ》が難しい黒い炎――邪龍の黒炎《ブレイズ・ブラック・フレア》を浴びせていき、

「まとめてそこにいろッ！」

複数の魔法使いを一挙に黒い炎の壁で覆《おお》っていく！　そう、黒い炎が四方から出現して、魔法使いを囲み壁のように立ちふさがるんだ。匙の射程範囲《はんい》に入ってしまうと発動条件は整い、相手の足下《あしもと》から炎の壁が出現する。

ヴリトラ系神器《セイクリッド・ギア》のひとつ、『龍の牢獄《シャドウ・プリズン》』――。

そのなかではヴリトラの呪《のろ》いの炎がうずまき、動きを封《ふう》じられしまう。炎の熱が徐々《じょじょ》に捕縛《ほばく》した者を苦しめていく――。さらにそこに『漆黒の領域《デリート・フィールド》』も付加されて、魔法力を削《けず》っていくんだ。

一度、あの牢獄に捕《と》らわれたら最後、力をすべて搾《しぼ》り取られるまで捕らわれ続ける——。

さらに匙はラインを幾重《いくえ》にも飛ばして、魔法使いと繋《つな》げた！

「おまえらの魔法力を魔力に変換《へんかん》させてもらうぜ！」

そう、もともとの匙の能力も大いに活躍していく。黒い龍脈《アブソーブション・ライン》で相手を繋ぎ、そこから力を吸い取っていった。または血液すらも吸い上げていく——。

そのラインの数はすでに十を軽く超えていた。ラインを通じて魔法力が匙のもとに伝わっていく！

「クソ！」

「こんなもの！」

魔法使いの連中は自身の魔法でラインを切ろうとするが、効果は一切《いっさい》なかった。あいつのラインはしぶといからな。そうそう簡単に切れやしないんだ！

追撃とばかりにラインを伝って黒い炎が魔法使いを襲っていく！

……匙に一度捕まったらほぼ詰《つ》みか。ラインと牢獄、あれらを抜《ぬ》け出すだけの実力がないと、完封されるわな。これに龍王《りゅうおう》化もあるんだからな……。

テクニックタイプとして、高まってんな、匙の野郎《やろう》！

『イッセーくん、聞こえますね？　サジのラインに譲渡をしてください！』

会長から指示、待ってました！

「了解！」

俺は龍帝丸につかまったまま、宙を飛び回り、匙のもとに降りたって、倍増したものをラインに譲渡する！

匙は自身に繋がっていたラインを放して、中衛のロスヴァイセさんに投げる！　ラインが魔法使いとロスヴァイセさんの間で繋がった！

『Transfer《トランスファー》!!』

譲渡した瞬間に複数のラインが大きく脈動して、魔法使いたちの魔法力がロスヴァイセさんに勢いよく流れていく！

魔法力を一気に吸い上げられた魔法使いたちは気を失い、その場にバタバタと倒れていった！　代わりにロスヴァイセさんの体から凄《すさ》まじいオーラが噴出《ふんしゅつ》していた。

魔法使いの魔法力を全部ロスヴァイセさんに流したんだ！

「す、すげぇっ！」

俺がラインと譲渡の使い方に驚《おどろ》くと、会長が言う。

『ラインによる魔法力吸い上げを強化させました。と、同時にそのラインをロスヴァイセさんに繋げる。吸い上げた魔法力を彼女の力にさせます。——こちらも魔法の使い手はい

るのですから、利用させてもらいましょう』

俺と匙、ロスヴァイセさんの特性をよく理解されていらっしゃる！

『本来ならば、ライン先はギャスパーくんでもよかったのです。相手に繋げたラインをギャスパーくんに繋げて、血を吸ってもらいます。ラインは血も吸い上げられますからね。相手は貧血になり、ギャスパーくんは血を吸ってパワーアップする。そういうやり方もありました。問題はギャスパーくんの肺活量ですが……今度聞いてみましょう』

会長！　どこまで戦い方を模索《もさく》してましたか⁉　うちの眷属《けんぞく》の使い方、うますぎじゃないですかね⁉

「仁村ぁっ！　俺のうしろ、頼むぞ！」

「任せてください！　元士郎先輩《げんしろうせんぱい》！」

匙にそう言われて、軽《かろ》やかなフットワークを使い、魔法使いを徒手空拳《としゅくうけん》で殴《なぐ》ったり、蹴《け》っていくのは中衛『兵士《ポーン》』仁村留流子《るるこ》さんだ。匙のサポートに入る。

仁村さんは両足にだけ鎧《よろい》をまとっていた。そこからオーラが噴出して、もの凄《すご》い速度と蹴りの威力《いりょく》を発生させているようだ。足にまとう人工神器《セイクリッド・ギア》か！

仁村さんは相手の懐《ふところ》に入り、流れるように見事な体捌《たいさば》きをしていく。舞《ま》うような攻撃《こうげき》スタイルだ！

「チィッ！　情報以上にやりづらい！」

魔法使いの奴《やつ》らも匙の攻撃の多様ぶりに舌を巻き、矛先《ほこさき》を変える。

豪快《ごうかい》な攻撃を放つゼノヴィアに魔法使いたちは手を向けた。

「キメラよッ！」

召喚魔法《しょうかんまほう》で、合成獣《ごうせいじゅう》の数々を呼び寄せて、ゼノヴィアに襲いかからせる！　宙を飛ぶ巨鳥型のキメラ、地を這《は》うように向かう蛇《へび》型のキメラ！　ゼノヴィアは聖剣をかまえ、聖なるオーラを高める。

——と、床を砕《くだ》いて三匹《びき》目のキメラが出現した！　甲羅《こうら》のある亀《かめ》のようなキメラ！

ゼノヴィアが破壊の一撃で亀型を屠《ほふ》る！

——が、甲羅が思った以上に堅く、キメラのため複雑な甲羅の形だったからか、剣が深く埋まってしまい、すぐには抜けそうになかった！

——剣を封じられた！

そこに宙を飛ぶ巨鳥型のキメラと蛇型のキメラが飛びかかってきた！

ゼノヴィアは、襲われる寸前にエクス・デュランダルの形をぐにゃりと変質させていく！　擬《ぎ》態《たい》の力だ！

鞭《むち》のようにしなる聖剣をゼノヴィアは振《ふ》り上げて、宙を飛ぶキメラを両断する！　イン

パクトの瞬間《しゅんかん》、破壊力が上乗せされたような振動《しんどう》が起こった！

しかし、まだ蛇型キメラは残っている！

ゼノヴィアは鞭から元の刀身に戻《もど》して、剣速を向上させる！ その高速の振り下ろしで、蛇のキメラを真っ二つにした！ 振り下ろし攻撃の際にも破壊力は上乗せされたようで、一撃の余波で床に大きなクレーターが生まれていた！

擬態、天閃《てんせん》、破壊のオンパレード。ゼノヴィアは聖剣の特性を三つ使ったんだ。

それを見て魔法使いたちは衝撃《しょうげき》を受ける！

『パワーバカじゃない⁉』

異口同音に叫《さけ》んでいた！ ゼノヴィアの奴、魔法使いの業界では、どんな評価されてたんだ⁉ いや、パワーバカでしたよ！ でも、あいつだって、成長してんだよ！

「くっ！ では、魔法だ！」

一人の魔法使いが炎《ほのお》の球体を魔法で作りだし、幾重にも放ってきた！ その炎の球体群は意思を持つかのように宙を自在に動き回っていた！

ゼノヴィアがそれらを聖剣で霧散《むさん》させようとするが、インパクトの瞬間に避《よ》けて、直撃ができないでいた。あー、あれはゼノヴィアが苦手なタイプの攻撃だ！

すると、会長の指示が飛ぶ。

『ゼノヴィアさん、支配の力を使いなさい』

「だが、会長。私は支配の能力をうまく発動できない。それに魔法使いを操《あやつ》ってどうするつもりだ？」

『いいえ、違《ちが》います。支配とは、何も生物を操ればいいというわけでもありません』

……どういうことだ？　俺にもわからん！

動き回る炎に襲いかかられそうなゼノヴィアに会長は言う！

『ゼノヴィアさん！　その放たれた火炎《かえん》の魔法に支配の能力を向けなさい！　強く念じるのです。炎の魔法を止めたい――と！　私の考えが当たっていれば、あなたの剣はもうひと段階、様相を変えます！』

「――ッ！」

ゼノヴィアはソーナ会長からの指示通り、顔を難しくして、何かに集中しているかのようだった！　すると、聖剣がそれに呼応するように光り輝《かがや》く！

次の瞬間には、ゼノヴィアに向かっていた炎が直撃を止めて、その場に留まりだした！

……聖剣《せいけん》の力で止めたのか？　魔法を支配して止めた！

その結果にゼノヴィアも驚いていた。

「……支配の力にこんな応用が……会長、どういうことだ？」

『やはり、そうでしたか。おそらく、その聖剣で支配できるものは何も生物だけではないようですよ。いまは魔法を少しだけ操りましたが、それだけではありません。やりようによっては、いかなる現象をも支配できるはずです。それが難しいというのなら、せめて敵の攻撃を操ろうと思いなさい。または味方の攻撃が外れたときにフォローするのもいいでしょう』

「……その力で敵の攻撃を乱し、仲間のオフェンスを支えればいいのか」

『そうです。能力を真《ま》っ直《す》ぐ見るのもいいでしょう。しかし、やりようによっては多様な使い方も出てきます。いまの支配の力もその一例です』

………。

俺はソーナ会長の命令に驚くばかりだった。

すげえや、会長。こっちの新たな手まで開発してくれるのか。……この戦場、いったい、あのヒトの頭のなかじゃ、どんな局面を描《えが》いているんだ？

「シトリーの頭《かしら》も狙《ねら》えっ！」

魔法使いが攻撃を会長にも定めた！　ブレインを仕留める気か！

しかし、会長の周囲――後衛の皆《みんな》を青色の力強い結界が覆《おお》う。――発生させていたのは『僧侶《ビショップ》』の花戒桃《もも》さんだった！

「会長や後衛陣《じん》をやらせないわ」

両腕《りょうで》に腕輪が出現していた。その腕輪がオーラを発している。

結界系の人工神器《セイクリッド・ギア》かっ！　後衛陣全員を覆うってことは範囲《はんい》が結構広そうだ！

後衛もただじゃやれないってね。ハハッ、これなら前衛は安心して攻撃できるな！

だが、結界が張られようともお構いなしに魔法使いどもは行動を開始する！　数人の魔法使いが瞬時に消えては現れ、また消えては現れるという簡易転移を空中で繰《く》り返す！

奴らは俺たちの陣形の隙《すき》をくぐり抜けて会長に詰め寄った！

「へっ！　ほーら、喰《く》らえぇぇっ！」

空中に魔方陣を逆さに展開させて、そこから巨大《きょだい》な岩を出現させてくる！　デカいっ！

あんなものを後衛に投げ込まれたら、さすがに花戒さんの結界でも保《も》たないだろう！

「あらあら、そうはさせませんわ」

不敵な笑いをしながら、そのヒトは落ちてくる巨岩に向けて魔力を撃《う》ち放つ――。

巨大な岩に東洋の龍《りゅう》の形をしたデカい雷光《らいこう》が突《つ》き刺《さ》さっていく！

激しい稲光《いなびかり》と炸裂《さくれつ》音が発生して、岩は難なく四散していった！　大きい岩の破片《はへん》が俺たちの頭上に降り注ごうとするが、雷光の龍は意思を持ったかのように宙を動き回り、破片すらもその身に飲み込んでいく！

指をバチバチ鳴らしながら微笑《ほほえ》みを浮《う》かべる朱乃さん！　背中に生やすのは六枚の堕天使《だてんし》の翼《つばさ》。魔術文字が刻まれた黄金の腕輪を両腕に装着していた。

「――雷光龍《らいこうりゅう》。イッセーくんの気をこの身で受け続けていたら、このような特殊《とくしゅ》な技《わざ》ができるようになりましたわ」

マジですか！　ドラゴンの気を吸い取っていたら、雷光が龍に変化したと⁉　しかも意思を持って動き回ってましたよね⁉

「あの『女王《クイーン》』は防御《ぼうぎょ》に隙がある！」

魔法使いが巨岩を崩《くず》されても動じずに次の一手を放った！

矢の形をした光を無数に撃ち放ってくる！　光は悪魔にとって猛毒《もうどく》だ！　かなり光の濃《のう》度《ど》も高そうだ！　直撃はまずい！

心配することもなく、朱乃さんは防御……魔法を展開して、相手の光の矢をすべて防いでしまう！　おおっ、魔力の魔方陣じゃなくて、魔法の紋様《もんよう》と文字が描かれた魔方陣だ！

朱乃さん、魔法を使ったぞ！

「うふふ、ロスヴァイセさん直伝の防御術式ですわ。『戦車《ルーク》』の特性はこれで強化します」

ロスヴァイセさんみたいに『戦車《ルーク》』の特性を防御魔法で補ったのか。通常、『戦車《ルーク》』の悪魔は普段《ふだん》から防御魔力、魔法で自身の特性を高めている。

小猫ちゃんも魔力で防御していたが、もともとそちら方面の習得が完全ではないため、思った以上に補うことはできていない。朱乃さんも同様で、攻撃魔力のほうに長《た》けていたため、強敵との戦いでは防御面で劣勢《れっせい》を強《し》いられていた。

朱乃さんは『女王《クイーン》』だ。『戦車《ルーク》』『騎士《ナイト》』『僧侶《ビショップ》』の駒《こま》能力を持っている。けれど、『女王《クイーン》』でも、三駒の特性を扱《あつか》う際、得手不得手、相性《あいしょう》もあるようで、ヒトによって得意な能力が違う。

たとえば俺がトリアイナを使うときに『戦車《ルーク》』が最も相性が良くて、『僧侶《ビショップ》』とは相性が悪い。だからただの砲撃《ほうげき》特化になった経緯《けいい》がある。これは真『女王《クイーン》』になっても同じだ。

俺と逆で朱乃さんは『戦車《ルーク》』の特性が苦手だった。そのため、防御面で不利なことが多かったんだ。むろん、一番特性を引き出しているのは『僧侶《ビショップ》』の面。

けれど、強敵との戦いが多いため、苦手な部分も克服《こくふく》しようと、朱乃さんは防御型魔法で強化を図ったようだ！　防御魔力のイメージ不足を魔法の術式で補った！

「では、おいたをした子に罰《ばつ》を与《あた》えないといけませんわね！」

朱乃さんはSの側面を出して、炎、氷の魔力も用いて、会長を襲《おそ》おうとした連中を一網打尽《いちもうだじん》にしていった！　炎も氷も龍の形をしていたよ！　龍の気って吸うとあんな影響《えいきょう》が出るのか！　それとも赤龍帝の気だからだろうか？

『いまの魔法《まほう》使いたちは陣形をかいくぐるほどの使い手でしたが……朱乃はレーティングゲームの敗北を糧《かて》にして強化したようですね』

会長がそう言う。うん、朱乃さん、めっちゃ練習してたもん！　レーティングゲーム雑誌の総評でも評価が悪くて、落ち込んでたし。リアスと共にあれやこれやって日々強化案を研究していたようだからね。

会長の指示が飛ぶ！

『──と、イッセーくん！　次の手です！　ロスヴァイセさんに譲渡《じょうと》を！』

「はい！」

俺はその間に会長の指示を受けては龍帝丸で戦場を飛び回って、味方に赤龍帝の力を譲渡していく！　ロスヴァイセさんが譲渡された瞬間、魔法のフルバーストをぶっ放す！　威力ではなく、魔法の手数を増やしてのフルバーストだった。

魔法使いの連中、戦線がだいぶ疲弊《ひへい》してきてる！　いけるぞ、これ！

「赤龍帝を狙えっ！」

などというふうに宙を飛ぶ俺に魔法が飛んでくることもあったが──。それをサポートするように、この空間に無数に放たれた仮面が盾《たて》になってくれた。様々な形状の仮面がたくさんこの空間に浮かんでいるんだ。

「見て、守る。これが私の神器《セイクリッド・ギア》です」

そう言うのは『僧侶《ビショップ》』の草下憐耶《れや》さんだ。

『憐耶の使うあの仮面は索敵《さくてき》と諜報《ちょうほう》、守備にも使える人工神器《セイクリッド・ギア》です』

会長はそう説明をくれた。おおっ、おかげで戦場を安全に飛べそうです！　つーか、シトリー眷属《けんぞく》は多様な能力者が多いな！

『イッセーくん、椿《つばき》姫に譲渡を！』

次の命令が来ましたよ！　俺は真羅先輩《せんぱい》のもとに飛んでいく！――と、敵側からフィールドの三分の一は埋《う》め尽《つ》くしそうな巨大な氷の塊《かたまり》がこちらに放たれた直後だった！

俺は真羅先輩が発生させている鏡を見て、次の一手が理解できた。

――カウンターだ！　真羅先輩の神器《セイクリッド・ギア》は受けた攻撃《こうげき》を相手へ倍にして返す！

『カウンターの強化です。赤龍帝の力が加算するなら、あの規模の魔法攻撃でも返すことができます！』

会長の言うように俺は真羅先輩に力を譲渡する！

神器《セイクリッド・ギア》の鏡が光り輝いて、巨大に変貌《へんぼう》していく！

『椿姫！　地下に影響を出さない程度の威力《いりょく》調整で返してあげなさい！』

「はい、会長！」

その巨大化した鏡にデカい氷の塊が衝突《しょうとつ》した！　強烈《きょうれつ》な破壊音がフィールドを支配するが、直後、氷の破壊力が魔法使いの集団に跳《は》ね返っていく！

砕《くだ》け散った氷の塊は、幾重《いくえ》もの大きなかけらとなって相手の陣形に降り注いでいった！

「クソ！　氷が！」

「ダメだ！　神　器《セイクリッド・ギア》の能力で力が増していて防御魔法を突き破る！」

魔法使いの叫《さけ》びがいくつも上がった。

あいつらに降りかかっている氷のかけらはすべて真羅先輩の神　器《セイクリッド・ギア》能力が付加されていて攻撃力が増している。

魔法使いの集団はいまのカウンターを受けて、半壊《はんかい》状態となっていた。どいつもこいつも吹《ふ》っ飛ばされて、壁《かべ》や床《ゆか》にたたきつけられて気を失っていく。

「会長、できあがりましたッ！」

匙が叫ぶ！　右腕《みぎうで》から発生していたのは、ひときわ太いラインだった。

『サジ、ご苦労さまです。それをイッセーくんに繋《つな》げて、バラしなさいっ！』

会長の命令通り、匙がその太いラインを俺に放《ほう》ってくる。籠手《こて》にピッタリくっついたけど、これをどれと繋げるんだ？　籠手にひっついたラインは、匙側が離《はな》された。

「バラけろッ！」

匙の命に応じるように、太いラインは枝分かれしていくっ！　十本以上に分かれたラインは意思を持ったようにうねうねとうごめき、接続先を求めて四方八方に飛んでいく！

太いラインが一本一本に分かれ、それぞれが向かった先は――この陣形の仲間全員だった！　一人一人に繋がり、俺の籠手と皆がラインによって接続される！

会長が言う。

『これで、イッセーくんの譲渡の力はラインで皆に伝達されます。イッセーくん、後衛に下がってください。あとのあなたの仕事は、倍加が完了《かんりょう》しだい譲渡をラインで各員に流すだけです』

ラインによる譲渡！　た、確かにこりゃ楽だっ！　繋がっている分、俺はもう動かなくていい！　倍加が済んだら、流せばいいだけ。もう、後衛にいても十分なんだ！

会長が続ける。

『本来なら、最初にこれができれば良かったのですが……進化する赤龍帝であるあなたの力がうまく伝達できるほどの強固なラインを作り出すのには実証と時間がかかったのです。半端《はんぱ》なラインを繋げて、譲渡中に力が暴発したら元も子もありません。ライン強度の実証はロスヴァイセさんと魔法使いに繋げたラインに譲渡したとき、立証されました。あとはパーティに行き渡《わた》るだけのラインを作り出すだけです』

──会長は俺の力の使いどころを把握《はあく》しきってるっ！

言葉もない俺に会長は明るい声で言う。

『イッセーくんとサジの能力は相性が良すぎるのです。戦術を組み立てるのがとてもおもしろかったわ』

ソーナ会長って、味方だと本当に心強すぎます！

『どうやら、初手は私たちの勝ちのようですね』

会長の言うように魔法使いたちは俺たちとのファーストコンタクトによって、全滅《ぜんめつ》寸前となっていた。


─○●○─


「これで大丈夫《だいじょうぶ》です！」

「ありがとうございます、アルジェント先輩」

仁村さんの回復を終えたアーシアが、次の相手を回復し始める！

戦闘《せんとう》はこっちの絶対優勢だった。すでにまともに立っている敵は数えるほどしか残っておらず、余裕《よゆう》も出てきたので、怪我《けが》をした者を回復するターンに入っていた。

俺もあのあと、後衛で待機した。安全に籠手の力を倍加させていき、ラインを通して譲

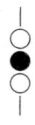

渡していた。

「いくぞ、イリナ！」

「うん！」

前衛のゼノヴィアとイリナは多少の怪我もものともせずにいまだ暴れ回っていた。魔法使いたちは聖剣《せいけん》の各特性を覚え始めたゼノヴィアの猛攻《もうこう》を止めることなどできずにいた。

イリナも聖魔剣《せいまけん》で優勢を作り出していた。あの聖魔剣は使い手しだいでは、木場《きば》のように属性を付与《ふよ》できるようになっているというんだ。

イリナも俺たちとの修行《しゅぎょう》で使いこなしつつあるのか、炎《ほのお》、氷、雷《かみなり》と多様な属性を聖魔剣に付与させて、魔法使いの魔法を相手に有利に戦っていた。

「あらあら、私もいろいろと特性を高めてきましたのに」

「まあ、この程度ならばまだまだ」

そこに朱乃さんの魔力攻撃とロスヴァイセさんの魔法が突《つ》き刺《さ》さる！　盛大《せいだい》な爆発《ばくはつ》と爆風を巻き起こして、魔法使いたちの防御魔方陣《ぼうぎょまほうじん》、防御用召喚《しょうかん》ゴーレムの群れをふっ飛ばしていく！

「防御は任せてくれ！」

生徒会の『戦車《ルーク》』由良もあの人工神器《セイクリッド・ギア》の盾を使って、相手の攻撃を防いで仲間を守っていた。あの盾、ヨーヨーみたいに回転させながら相手に放つこともできる。その際、盾から炎や電気が噴出《ふんしゅつ》して属性攻撃も可能だった。炎と電気をまとったヨーヨー！

この光景を見ていた会長がふと漏《も》らす。

『……なるほど、リアスの戦術が甘いと思うわけです。私たちが相手をしているのは、並以上の魔法使いの集団だというのに……』

会長は息を吐《は》く。

『グレモリー眷属は強すぎますね。私も指示していて、改めて思い知らされました。下手に指示するよりも、勢いのまま突き進ませても十二分なほどに強い。普段はここに禁手《バランス・ブレイカー》のイッセーくんと木場くんも参加するのですから、戦術がなくともいいとすら思えてしまいますね。リアス自身も突っ込ませたほうがいいと判断しても仕方のないことです』

すみません！　脳みそ筋肉チームで！　はい、いままでゴリ押しでやってきました！

技《わざ》を覚えて多少はマシになったかなって思えたけど、やっぱり、技を覚えたゴリ押しチームになってますね！

『イッセーくんは禁手《バランス・ブレイカー》ではなく、デュランダルの破壊《はかい》力ある波動もここでは使えず、

木場くんも出張しているなか、これほどまでに優勢に戦えるとは……。やはり、これからの悪魔に必要なのは眷属のトレーニングですね。うちも練習量を増やしましょう』

あ、会長ったら、メガネをキラリと光らせたぞ。こりゃ、シトリーも過酷《かこく》な修行が待っているに違《ちが》いない！

「私、二度とグレモリーと戦いたくありません」

「私もです。次やったら死にますよ、これ」

　花戒さんと草下さんがそんなことをつぶやいていた！　会長もそれを聞いて嘆息《たんそく》していた。……いや、俺としてはシトリーと戦いたくねぇよ。ソーナ会長の頭のなかが俺にとって未知の領域だとわかったんで。今回の戦いだってほぼ会長の指示通りだぞ……。異なる二つのチームを即興《そっきょう》で組み合わせて使いこなすって相当なもんだと思うんです！

――ッ！

突然《とつぜん》、魔法使いたちが降参とばかりに両手をあげた。

「……わかったわかった。俺たちの負けだよ。というよりも、リーダーが来いってさ」

奴《やつ》らの視線の先に光が走り、転移型の魔方陣が現れた。

「その先にあんたたちの後輩《こうはい》と、今回の襲撃《しゅうげき》のリーダーがいる。さっさと行けよ。ただし、赤龍帝、ヴリトラ、デュランダル使い、雷光《らいこう》の巫女《みこ》、癒《い》やしの聖女、ヴァルキリー、ミカ

エルのA《エース》だけは確実に来いってさ」

ふてくされたようにその魔法使いは言う。

……なんだよ、始める前は意気揚々《いきようよう》としていたのに、俺たちに負けたらその態度ってのは……。まあ、いいや。こいつらに文句言ったところで始まらないさ。

会長は通信アイテムを耳から外し、通信用の魔方陣を展開していた。

「上で待機している方々を呼んでここにいる魔法使いの一団を全員捕《と》らえます」

「ゲッ！　俺たちを捕《つか》まえるのかよ⁉　た、ただの冗談《じょうだん》じゃねぇか！　『禍の団《カオス・ブリゲード》』の術者だけでいいだろう！」

ふざけた調子を見せてくれる魔法使いたち。そんなことを言い放ったのは『はぐれ魔法使い』か？

……いやいや、こっちは被害《ひがい》が出てるんだ。冗談ですまされるかよっ！　ゲーム感覚で襲撃してきたってのか……っ！

匙が文句を言った魔法使いの男の襟首《えりくび》をつかむ。そいつの顔はよく覚えてる。学園で俺を襲《おそ》ってきた奴の一人だ。匙はそいつを激しくにらみつける。

「……ざけんなよっ！　うちの生徒がおまえらのせいで……」

途端《とたん》に匙は頭を振《ふ》り、男の襟首を解き放った。

「……これじゃ、兵藤に言ったのが格好付かなくなるな。でもな。でもよ……」

悔《くや》しそうに拳《こぶし》を震《ふる》わせる匙。

匙はここに来る前、俺に「学園のあり方をいま考えるよりも塔城さんのことを救うのに専念しろ」と平常に告げてきた。けど、匙も心中では怒り心頭《いかりしんとう》だったんだ。

そうだ、こいつはいつも学校を駆《か》け回って生徒のために尽力《じんりょく》している生徒会の一人なんだ——。誰《だれ》よりも学園を愛していて当然じゃないか。

俺は匙の肩《かた》に手を置き、笑顔《えがお》を見せたあとに、匙から解放された魔法使いの頬《ほお》をぶん殴《なぐ》った。

「狙《ねら》うなら……俺たちを狙ってこいよッッ！　一般《いっぱん》の生徒は関係ねぇじゃねぇかッ！」

殴られてきょとんしている魔法使いの男。

ああ、先生、やっぱり俺は仲間のことになると冷静じゃなくなるようです。……すみません。でも、今回は、今回だけは少しだけすっきりしました。

匙が苦笑《くしょう》する。

「……兵藤、おまえ、バカだな」

「お互《たが》いさまだよ、ダチ公」

本当、今度俺と木場とギャスパーとおまえで駒王学園男子悪魔の会合でも開こうぜ。

新たに出現した魔方陣を通るのは、俺たちグレモリー眷属《けんぞく》とイリナ、シトリー側からは会長と匙だけという形となった。奴らの要望通りだ。

残った生徒会メンバーは捕らえた魔法使いたちを、上で待機していた三大勢力のスタッフの方々と冥界《めいかい》に移送することになった。

上でもスタッフ陣と魔法使いの戦闘があったとのこと。なんでも魔女が外で転移魔方陣を使って石と土製のゴーレムと召喚した魔物を地下に転送していたそうです。魔女たちは俺の能力を避《さ》けて奴らをバックアップしていたんだね。その者たちも倒《たお》されて捕縛《ほばく》された。憂《うれ》いを断てた状態で俺たちは『リーダー』と呼ばれる者のもとに行く。

そして、俺たちが奴らの用意した魔方陣で、転移した先に広がっていたのは——。

……だだっ広い白い空間だった。

何もない、ただ白いだけの空間。下も上も左右も白い四角い場所だ。

……天井《てんじょう》はかなり高い。俺たちが修行で使うフィールドほどじゃないが、それでもそこそこ無茶ができそうなぐらいには広大だった。

「ここは次元の狭間《はざま》に作った『工場』なのですよ。悪魔がレーティングゲームに使うフィ

ールド技術の応用です」

――っ。

　突然の第三者の声。そちらに視線を送れば……。

　先ほど、空間を見渡《みわた》したときには見当たらなかった人影《ひとかげ》がそこにあった。

　俺たちと距離《きょり》を置いたところに装飾《そうしょく》の凝《こ》った銀色のローブに身を包む誰かがいた。声は若い男のものだった。

　背丈《せたけ》もあるほうだ。フードを深く被《かぶ》っていて顔まではわからない。

　……姿から察するに魔法使いか？　相手の出方を見ていると――。

「イッセーさま！」

　今度はレイヴェルの声!?　声の出所を探《さぐ》ると、俺たちから少し離《はな》れた位置の右方面にレイヴェル、小猫ちゃんが立っていた！……小猫ちゃんはギャスパーを背負っている！　ぐったりしていて、何かをされたのは明白だった。

　レイヴェルと小猫ちゃんに関しては特に拘束《こうそく》されているわけでもなく、連れ去られたときの駒王学園の制服という出で立《い》ちだ。……ひと目見た感じでは、ギャスパー以外これといって怪我らしきものは見当たらない。

「彼女たちを返しましょう」

ローブの男がそう言う。

奴の出方をうかがいつつも俺たちは小猫ちゃんとレイヴェルを手招きして、駆けてくるよう促《うなが》した。

三人が俺たちと合流する間もローブの男は何も手を出してこなかった。

「イッセーさま……」

瞳《ひとみ》を潤《うる》ませているレイヴェル。

「レイヴェル、何かされたか？　あいつら、フェニックスのことを探っていると聞いていたから……」

俺が問うとレイヴェルは無言に体を震わせていた。肉体的ではなく、精神的なダメージを与《あた》えられた様子を見せていた。

小猫ちゃんが背負っていたギャスパーを下ろし、アーシアに回復を任せる。

小猫ちゃんが悔しそうに唇《くちびる》を噛《か》んでいた。

「……私もレイヴェルもギャーくんも魔方陣で何かを調べられました。体には特に何もされていません。ただ、ギャーくんが……」

ギャスパーは――顔中腫《は》れ上がるほどに殴打《おうだ》されていた。青く腫らして、あのかわいい顔が見えなくなるほどに――。

「……ギャーくんは私たちを守ろうとして……」

小猫ちゃんが目元を潤ませていた。

ギャスパーの変わり果てた姿を見て俺は……。

ローブの男が言う。

「彼に関してはこちらの落ち度です。彼がそこの二人を守ろうと、立ち向かってきたため、配下の者がつい手を出してしまったようでして。それ以外は丁重に扱《あつか》いました」

……そうか、ギャスパーは小猫ちゃんとレイヴェルを助けようとしたんだな。

おまえは、本当に、どうしようもないぐらいに男を見せてくれるよ。

ギャスパーの姿に眷属全員、俺も含《ふく》めて体にまとわせるオーラの質を変えていた。

かわいい後輩をこんなにしてくれたんだ、ただで帰すわけにはいかないさ……っ！

怒りのオーラを発する俺をソーナ会長は冷静に手で制して、口を開く。

「あなたが今回の黒幕ですか？」

「ええ、そうです」

会長の問いに即答《そくとう》しやがった。やっぱり、こいつが魔法使いどもが言っていた「リーダー」とかいう奴か。

会長は再度問う。

「あなたは『禍の団《カオス・ブリゲード》』？　だとしたら、襲撃の理由はなんです？」

「ええ、いまは『禍の団《カオス・ブリゲード》』をさせてもらっています。今回我々が襲撃した目的は、何点か理由がありまして。魔法使いの彼らがあなた方を襲ったのは、彼らの好奇心《こうきしん》です。『禍《カオス・》の団《ブリゲード》』に元々所属していた者たち――」

　男の言葉に会長が続く。

「その者たちとはぐれ魔法使いの集団は手を組んでいた、でしょう？　先ほどの魔法使いたちは、協会を追放された魔法使いと、『禍の団《カオス・ブリゲード》』に入った魔法使いの混合チームです。彼らが使う術式は以前三大勢力の和平会談を邪魔《じゃま》してきた魔法使いが使ってきたという魔方陣の紋様《もんよう》にそっくりでしたからね」

「ええ、彼らは比較的頻繁《ひかくてきひんぱん》に交流をしていたようですから」

「今回の襲撃劇ももしかして、協会が出したという若手悪魔の評価に関連しますか？　兵藤一誠《いっせい》くんを襲った魔法使いがランクについて言及《げんきゅう》しながら、攻撃《こうげき》を加えてきたと言いますし、先ほどの集団戦でも私たちの力に関して大変な関心を抱《いだ》いていました」

「ふふふ、私が説明しなくてもいいぐらいですね。ええ、そうです。彼らは協会が出した若手悪魔の評価が気になったようでして、自分の魔法が通じるかどうか、試《ため》したくなったそうです」

メフィスト・フェレスさんが理事をする魔法使いの協会が出した俺たちの評価。それが気になって、襲ってきた——。今更《いまさら》だけど、身勝手すぎる！

男は続ける。

「若い魔法使いが多いため、自制が効きにくいところがあったのですよ」

会長が「ああ、なるほど」と相づちをうつ。

「『禍の団《カオス・ブリゲード》』で最大派閥《はばつ》を誇《ほこ》っていた旧魔王派、そのあとに台頭した英雄《えいゆう》派、この二大派閥が無くなり、組織の勢力図が乱れに乱れて、彼らの意見も通りやすくなったということですね？」

「ええ、そうです。もはや、組織内で権威《けんい》と猛威《もうい》を振るっていたシャルバ・ベルゼブブと曹操《そうそう》はいませんので。いまは私が一部指揮しているのですが……なかなか大変でして。今回の件は彼らのわがままを少々叶《かな》えた形でした。『とりあえず、好きにやらせてみろ』と上の意向も多分に含まれていますけれども」

……んな理由でかよっ！　魔法使いどもの吐《は》け口に俺たちをあてがったと？　冗談じゃねぇや！……てか、上？　そうか、こいつをも従わせている奴《やつ》がいるんだな。そいつが、先生が言っていた『禍の団《カオス・ブリゲード》』の残党をまとめあげている奴か？

男はさらに言葉を続けた。

「それが今回の理由の一点、二番目はこれです」

男が指を鳴らす。すると、右手側の壁《かべ》が作動して、下に沈《しず》んでいった。

壁の向こうが見えてくる。そこにあったのは――たくさんの培養《ばいよう》カプセルが並んだ、実験室みたいな光景だ。

機器に繋《つな》がれた数多くの培養カプセル。そのなかには――何かが入っている。

レイヴェルが眼《め》を逸《そ》らした。俺たちがカプセルの中身を確認《かくにん》すると――液体が満ちていて、そのなかに浮《う》かんでいたのはヒト……？

怪訝《けげん》に思う俺たち。男が言う。

「フェニックスの涙《なみだ》の製造方法、知っていますか？　純血のフェニックス家の者が、特殊《とくしゅ》な儀式《ぎしき》を済ませた魔方陣《まほうじん》のなかで、同じく特殊儀礼《ぎれい》済みの杯《さかずき》を用意して、その杯に満ちた水に向けて、自らの涙を落とすのです。涙の落ちた杯の水は『フェニックスの涙』に変化します。その際、心を無にして流す涙でなければ、『フェニックスの涙』にはならないとされています。感情のこもった涙は、『その者自身の涙だから』、だそうでして。自らのために流した涙と、他者のためを思って流した涙では、効果が生まれない」

男が培養カプセルに指をさす。

「ここが『工場』だと言ったのは、あれを魔法使いたちが量産しているからです。上級悪

魔フェニックスのクローンを大量に作り出し、カプセルのなかで『フェニックスの涙』を生み出させる――。ここの『工場』はすでに放棄《ほうき》する予定なので、あの者たちもう機能を停止させています」

あのカプセルにいるのは悪魔フェニックスのクローン!? おいおい、なんてもんを作り出してんだよ！　偽《にせ》の『涙』、このクローンたちを使って製造されていたのか！

レイヴェルはこれを見せつけられたのかよ！　だからあんなに辛《つら》そうにしているんだ！あの娘《こ》は生粋《きっすい》のフェニックス家の長女なんだぞ!?　しかも破棄《はき》って……っ！　こんなものを見せられたらキツいに決まってる……っ！

会長が目を細めながら嫌悪《けんお》の言葉を吐き出す。

「……ここで生み出したものを闇《やみ》のマーケットで流して莫大《ばくだい》な資金を集める。考えそのものがおぞましい限りです。あなた方がフェニックス家の者に手を出していたのは、あれを作り出す精度を上げるためですね？」

「ご理解が早くて助かります、シトリー家次期当主。どうやら、魔法使いたちの研究でもフェニックスの特性をコピーするのに限界があったようでして、最終手段としてフェニックスの関係者をさらって直接情報を引き出そうとしたそうです。結局、純血の者からでなければ、わからないことがあったようで、レイヴェル・フェニックスを連れ去ることにし

たようです。ああ、心配しないでください。レイヴェル・フェニックスたちの身体《からだ》には何もしていません。『涙』の精度を上げるために魔力などの詳細《しょうさい》データを取らせてもらっただけですから」

だが、こいつら、レイヴェルの心を傷つけやがった……っ！

「……酷《ひど》い……酷いよ……こんなのって……どうしてクローンなんて作ったの……」

カプセルを見るレイヴェルはただただ哀《かな》しそうに涙を流していた。……まったくだ、なんてことをしやがる……っ！　以前まで裏で『涙』を得ていた奴らは、流通を止められたことで、独自にこんな研究を始めやがったのか。

男は淡々《たんたん》と言う。

「ギャスパー・ヴラディの情報はこちらにとっても予想外の収穫《しゅうかく》でした」

さっきからこいつの言葉は淡々としすぎている。長い言葉を吐く割にまったく感情がこもってないんだ。まるで、他人事《ひとごと》のように話す。

男はローブを翻《ひるがえ》して、改まる。

「――さて、我々が欲《ほっ》する要求の最後です。あなたたちのような強者と戦いたいと願う者がいるので、お相手をしてもらえませんか？　実は私にとって今回の襲撃《しゅうげき》はそれが主目的でした。魔法使いたちの要望を叶えたのは、あくまで『ついで』でして」

そう言う男は俺たちとの間に巨大《きょだい》な陣形《じんけい》を作り出していく。光が床を走り、円を描《えが》いて、輝《かがや》きだした。

つーか、お相手？　誰《だれ》と戦わせるつもりだ？　しかもそっちのほうが主目的って……。

じゃあ、ここまで俺たちを転移させたのもそっちがメインってことかよ！

……てか、あの魔方陣、見たことあるぞ。そう、でっかい龍王《りゅうおう》、ミドガルズオルムの意識を招き寄せたときに使ったものにそっくりだ。

匙が漏《も》らす。

「――龍門《ドラゴン・ゲート》？」

そう、龍門《ドラゴン・ゲート》だっ！　力のあるドラゴンを招くってやつ！　俺も次元の狭間《はざま》に残ったとき、本来これで呼び出してもらう予定だったんだ！

龍門《ドラゴン・ゲート》の輝きは緑色を発していた。龍門《ドラゴン・ゲート》って、呼ぶ側のドラゴンのカラー、呼び寄せるドラゴンの色とかが出るんだっけ？

ドライグは赤、アルビオンは白、ヴリトラは黒、ファーブニルは金、玉龍《ウーロン》は緑、ミドガルズオルムは灰色、ティアマットは青、タンニーンのおっさんは紫《むらさき》と聞き知っている。

「……えーと、緑？　緑を司《つかさど》るドラゴンは確か五大龍王《ごだいりゅうおう》の一角、玉龍《ウーロン》！　どうして、玉龍《ウーロン》がここに!?」

京都のときに出会った軽いノリの龍王！　あいつがまとっていたオーラが緑だった！　ってことはここから出てくるのは玉龍《ウーロン》？　ど、どうして？

疑問に思う俺だが、会長が首を横に振《ふ》る。

「……いえ、あの色は緑ではありません……。さらに深い……緑色……」

確かに色が濃《こ》い。深緑だ。……玉龍《ウーロン》じゃない？

「深緑を司るドラゴンっていたっけ……？」

イリナがぼそりとそうつぶやいた。

「──いたのですよ。過去に深緑を司るドラゴンがね」

銀色のローブの男がそう言い放ち、龍門《ドラゴン・ゲート》の魔方陣が輝きをいっそう深くして、ついに弾《はじ》ける！

グオオオッッッッッッ!!

白い空間すべてを震《ふる》わせるほどの声量──鳴き声が、そのものの大きな口から発せられた。

俺たちの眼前に出現したのは、浅黒い鱗《うろこ》をした二本足で立つ巨大な怪物《かいぶつ》。太い手足、鋭《するど》い爪《つめ》と牙《きば》と角、スケールが違《ちが》いすぎる両翼《りょうよく》を広げ、長く大きい尾《お》をしている。

というよりもドラゴンの特徴《とくちょう》を持った巨人って言い方が正しいのか。人に近しいフォルムだ。けど、尾も羽もあるし、頭部は完全にドラゴンだ。

「――伝説のドラゴン、『大罪の暴龍《クライム・フォース・ドラゴン》』グレンデル」

ローブの男がそうつぶやき、巨大なドラゴンは牙の並ぶ口を開く。その銀色に輝く双眸《そうぼう》と眼光は鋭く、ギラギラと戦意と殺気に満ちていた。

『グハハハハ。久方ぶりに龍門《ドラゴン・ゲート》なんてものを潜《くぐ》ったぞ！　さーて、俺の相手はどいつだ？　いるんだろう？　俺好みのクソ強ぇ野郎《やろう》がよぉっ！』

謎《なぞ》のドラゴンの登場に、絶句する俺たち。タンニーンのおっさんに匹敵《ひってき》する巨大さを持ってやがる。

ただ、タンニーンのおっさんとは決定的な違いがある。姿形とかじゃない。

――身にまとうオーラの質があまりに禍々《まがまが》しい。

見ているだけで邪悪《じゃあく》さがうかがえるほどにドス黒いオーラをしていた。

匙の陰《かげ》から人間サイズの黒い蛇《へび》――ヴリトラが出現する。

ヴリトラは目の輝きを濁《にご》らせながら、驚《おどろ》きに包まれた声音《こわね》を漏らす。

『……ッ！　グレンデル……ッ!?』

そうだ、思いだした。

先生が先日、こいつの名前を出していたぞ。で、でも……すでに滅《ほろ》んだと聞いたんだが……っ！　どういうことだよ……？

ヴリトラが続ける。

『……あり得ぬ。奴は暴虐《ぼうぎゃく》の果てに初代英雄ベオウルフによって完膚《かんぷ》なきまでに滅ぼされたはずだ』

ヴリトラと俺に視線を配らせる巨大なドラゴン――グレンデル。

『――ッ！　こいつはまたおもしれぇ。天龍《てんりゅう》、赤いのか！　ヴリトラもいやがる！　なんだ、その格好は？』

興味深そうに銀の双眸を細めるドラゴン。

「二天龍《にてんりゅう》はすでに滅ぼされ、神器《セイクリッド・ギア》に封印《ふういん》されていますよ」

ローブの男の言葉を聞いて、ドラゴンは哄笑《こうしょう》をあげる。

『グハハハハハハッ！　んだよ、おめぇらもやられたのか！　ざまぁねぇな！　ざまぁねぇよ！　なーにが、天龍だ！　滅びやがってよっ！　まあだが、確かになぁ！　目覚めにはいい相手だッ！』

ドラゴンはひとしきり笑ったあとに両翼を大きく広げて、体勢を低くする！

く、くるのか……っ！　まずい！　このオーラの質は相当ヤバいレベルのドラゴンだ！

こっちは本調子じゃない上に、フルメンバーでもない！

ゼノヴィアとイリナが剣《けん》をかまえた。

「……やるしかないのか？」

「で、でも、私、伝説のドラゴンと戦うの初めてだよっ！」

「私だってそうだ。ロキ戦でミドガルズオルムもどきやフェンリルの子供たちとはやったが……こいつはどう見ても龍王クラスか、それ以上だ！」

ああ、ゼノヴィアの言う通りだ。このドラゴン、龍王クラスかそれ以上のオーラを体から放ってやがる。

緊迫《きんぱく》の場面でローブの男は言う。

「……赤龍帝、鎧《よろい》はまとわないのですか？」

「悪いね。調子が悪いからさ」

「……これは困りました。本題のひとつが、あなたとグレンデルの戦いでしたから」

そ、そう言われてもな……。

俺だって、使えれば使いたい！　いや、再度ドライグを呼んでみるか。

「……ドライグ。聞こえてるか、ドライグ？　ちょっと、ヤバそうなんで起きてくれ。グレンデルとかいうドラゴンが相手なんだってよ。おい、ドライグ！」

俺が宝玉に叫《さけ》ぶ。
……反応はない。まだ寝《ね》てる？
と思っていたら――。
『…………』
おおっ、なんだか、反応があるっぽい？
「ドライグ？　おい、どうした？」
俺が再度尋《たず》ねる。すると――。
『……お兄ちゃんは誰？』
…………。ん？　いま、ドライグの声で変な台詞《せりふ》が出てきたような……。
「……ド、ドライグさん……？」
もう一度聞く。そうしたら、こう答えやがった。
『うん、僕はドライグ。ドラゴンの子供なの』
…………。
え。
「えええええええええええええええええええええええええええええっ⁉」
俺は目玉が飛び出して、叫ぶしか無かった！

なんだ、「僕はドライグ、ドラゴンの子供なの」って⁉　何があった⁉　何が起きた⁉

混乱する俺に会長が言う。あ、いまのドライグの音声は皆《みんな》にも聞こえていたのね。

「……もしかすると」

「ソーナ会長、何かわかりますの？」

朱乃さんの問いにソーナ会長が言う。

「……これは仮定ですが、もともとイッセーくんによる『おっぱいドラゴン』関連の影響《えいきょう》で赤龍帝ドライグは精神的にまいっていました。それにプラスして先日の魔獣《まじゅう》事件で、ドライグはイッセーくんの蘇生《そせい》に力を使い、眠《ねむ》る時間が多くなってしまった。力を使いすぎた結果、いまだ完全に復活できず、軽い幼児退行になったのかもしれません」

よ、幼児退行……っ⁉　それって、漫画《まんが》やテレビでもたまにやってる、あれですか⁉

小猫ちゃんが言う。

「……単にイッセー先輩《せんぱい》のおっぱい関連で疲《つか》れ切って幼児退行したような……」

マジですか⁉　俺のおっぱいドラゴンで、疲れ切っていたドライグの……精神年齢《ねんれい》が幼児に戻《もど》っちゃった？

途端《とたん》にドライグは震《ふる》えた声音《こわね》になる。

『……おっぱい……おっぱい、こわいよ……』

――おっぱいってキーワードにおびえてる！

なんてこったよ！　そんなにか！　そんなに『おっぱい』が嫌《いや》か!?

おっぱいが嫌すぎて、現実逃避《とうひ》しすぎちゃったんか!?

俺はなだめるように言う。

「ドライグ！　いや、ドライグくん！　おっぱいは怖《こわ》くない！　おっぱいはとてもやわらかくて、いいものなんだ！」

そう、おっぱいは奇跡《きせき》なんだ！　ほら、それで俺たち何度も助かってきたじゃん！

『……ずむずむいやーんって、心の奥にまでずーっと残ってるの……』

酷《ひど》い！　トラウマが酷い！　えらいことになってる！

「天龍が幼児退行!?　なんだ、それは!?　どうすれば伝説のドラゴンをそこまで追い詰《つ》めることができるんだ!?」

匙が驚いている様子だった。

いや、俺が聞きたい！　何これ！　俺はどうすればいいの!?

「ヴリトラ、なんとかできないか？」

匙が訊《き》く。黒い龍王はこう答えた。

『もう一体、龍王がいればドライグの意識を引っ張ってこられるやもしれぬ』

もう一体の龍王？　眼前にそれクラスはいますけど、手伝ってくれそうな気配はない。

『おい、俺はまだ戦えないのか？　というよりもドライグのクソ野郎はどうなってやがる？』

ローブの男に訊くグレンデル。

「天龍もたまには生きるのが辛《つら》くなるのでしょう。いまは様子を見ましょうか」

天龍も生きるのが辛いって！　そんなふうに捉《とら》えないで！　俺が全部悪いんだ！

「私に任せてください！」

当惑《とうわく》する俺たちだったが、思いもよらない者が一歩前に出た。――アーシアだった。

意を決した様子のアーシアを見て会長が言う。

「どうやら、アーシアさんの準備が整ったようですね。では、アーシアさんに任せましょうか」

……どういうことだ？　アーシア、何か覚えたのか？

怪訝《けげん》に思う俺をよそに、アーシアは力強い呪文《じゅもん》を唱え始める！　アーシアの前方に金色の魔方陣が出現した！

「――我が呼び声に応《こた》えたまえ、黄金の王よ。地を這《は》い、我が褒美《ほうび》を受けよ」

その呪文を受けて、いっそう金色の魔《ま》方陣《ほうじん》が光を高めた！

龍門《ドラゴン・ゲート》が再び展開する。あの金色の輝《かがや》きを目にしたことあるぞ！

「お出《い》でください！　黄金龍君《ギガンティス・ドラゴン》！　ファーブニルさんっ！」

アーシアが呪文を唱え終わった瞬間《しゅんかん》、呼び声に応じたものが姿を現す！

黄金の魔方陣より出現したのは——金色の鱗《うろこ》を持つ、巨大《きょだい》な四肢動物のドラゴンだった。

雄大《ゆうだい》なオーラを全身から放っていた。こちらもグレンデル同様全長十数メートルほどはあるな。翼《つばさ》はないドラゴンだ。

……頭部に生える角に布らしきものがくるまっているけど……。何かのまじないか？

……ていうか、ファーブニル!?　ファーブニルって、五大龍王で、先生と契約《けいやく》して黄金の鎧と化していたあの龍王ですか!?　あの金色の輝きに覚えがあって当然だ！

驚く俺に会長が説明をくれた。

「アザゼル先生は前線を引かれましたからね。龍王との契約を解除したそうです。ただ、そのまま返すのもなんだからとアーシアさんとの契約を促《うなが》したそうです」

……先生が前線を引くってのは聞いてたよ。しかし、まさかファーブニルをアーシアに預けるなんて思わなかった！

そっか、先生はアーシアの魔物使いとしての才能を見ていた。伝説の魔物と契約してみろってアドバイスしてたもんな。回復しているときに敵に狙《ねら》われてもいいように壁《かべ》役を用

意しろと。それで龍王ですか⁉

会長は続ける。

「リアスから聞いていた通り、契約を結べたようですね。龍神《りゅうじん》オーフィスの加護を得られたのも納得《なっとく》できます」

「……オーフィスの加護？　ああ！　先生が別れ際《ぎわ》に言ってた！」

そういや、転移前に先生がそんなことをアーシアとオーフィスに言ってたわ！　てか、ここ最近アーシアがオーフィスと密に話し合っていたのはこれのためか！

会長が首を縦に振《ふ》る。

「アーシアさんのオーラにオーフィスの神通力らしきものが付与《ふよ》され始めたようです。調べてみたところ、直接の能力向上はないものの、御利益《ごりやく》によって運勢やドラゴンとの相《あい》性《しょう》が底上げされていたそうです。オーフィス自身も加護を与《あた》えている自覚はなかったようですから、きっと無自覚のうちにアーシアさんに感謝の念を送ったのでしょう。同様に紫藤イリナさんも加護を受けてます」

「運勢がバッチリ上がったわ！　この間もショッピングセンターのくじ引きで二等当てたの！」

イリナが親指を立ててグーしていた！　二等ってのもまた微妙《びみょう》な！

「会長、お、俺にはオーフィスの加護は無いんですかね……？　いっつもうしろに付いて回るくせに俺にはくれないのかな」

「……イッセーくんの場合は加護というよりも憑《つ》かれていると言ったほうが適切でしょう。おそらく、どの神々がお祓《はら》いしても祓いきれない業を背負い込みましたね」

懐《なつ》かれているを通り越《こ》して、憑かれてしまいましたか！　神様でもお祓いが無理！

「オーフィスの仲介《ちゅうかい》もあり、ファーブニルはアーシアさんと契約を結びました。世界中の秘宝を集めてコレクションしていた伝説のドラゴンです。アーシアさんは契約を完了《かんりょう》させるために彼を満足させるだけの宝を用意しなければならなかった。……代償《だいしょう》は大きかったようです」

「いったい何を代価に支払《しはら》うことで契約が完了したんですか？」

「……そ、その……私の口からは……」

俺の問いに会長は口ごもる。な、なぜ？　言えないことがあるのか？

「いえ、気になるんです！　俺の大事な家族がいったい何を犠牲《ぎせい》にして龍王との契約を得たのか！　俺は聞かないといけないんです！」

大事なアーシアだぞ？　アーシアは自分が強くなるため、何を差し出したのか！　家族である以上、俺は聞かないといけないんだ！

会長は頬《ほお》を赤く染めながら恥《は》ずかしそうな小さな声でつぶやく。
「……ッです……」
聞き取れない！　俺は聞き直す。
「え？　聞こえません！　ハッキリとお願いします！」
すると、アーシアが恥ずかしさ満点で叫んだ！
「パンツです！」
…………。
……はぁっ⁉
唐突《とうとつ》に角の先端《せんたん》にくるまっていた布の正体にも気づいた！
──あれ、パンツだ！　女物のパンツだよ！
ファーブニルが重い口を開いた。
『──お宝、おパンティー、いただきました。俺様、おパンティー、うれしい』
──おパンティー。
……ああ、なんてこった。
こいつは変態だ……っ！
パンツを代価に契約に応じる龍王だと⁉　待て待て！　じゃあ、先生はどういう契約で

このおパンティードラゴンと契約したんだ!?　パンツか!?　先生もどこかからおパンティーを調達していた?

「先生はきちんとした宝物を与えていたと思いますよ」

俺の心中の疑問に答えるように会長はそう言ってくれた。

な、なるほど〜っ!　パンツに思考がいっていた俺がバカだったんですね!

ファーブニルの印象が最悪すぎる!　あんなに先生の格好いい鎧《よろい》と化していたのに、正体がこんなのとは……っ!

恥ずかしさに耐《た》えながら、アーシアはパンツ龍王に訊く。

「ファーブニルさん!　ドライグさんの精神が弱まっているんです!　同じ伝説のドラゴンとして、ドライグさんを助けてあげることはできないんですか!?」

『──できるよ』

おおっ、マジか。アーシアが請《こ》う。

「──っ!　本当ですか!?　お願いします!　ドライグさんを元に戻してください!」

『お宝、ちょーだい』

──っ!　おねだり入りました!

「……わ、わかりました。契約の対価ですね……」

アーシアは恥辱《ちじょく》に耐えながら、ポシェットから——水色のかわいらしいパンツを取り出した。

それを見てゼノヴィアとイリナが叫《さけ》ぶ！

「あ、あれはアーシアのお気に入りの水色のパンツだ！」

「アーシアさん、それをあげちゃうの⁉」

どうやら、お気に入りのようだ！

「やめろ、アーシア！　アーシアがそこまでする必要なんてない！　おい！　龍王！　なんでおパンティーがほしいんだよ⁉」

俺が問う！　野郎《やろう》は顔色ひとつ変えずに言い放つ。

『おパンティー、お宝』

——それはわかる！　確かにお宝だ！　お宝すぎる！

「おい、ヴリトラ！　同じ龍王だろ！　なんとかしろよ！　こいつを説得してくれ！」

ヴリトラさん！　なんとかしてくださいよ、このパンツ野郎を！

『知らん』

即《そく》スルーですか⁉　ゼノヴィアが叫んだ。

「待て！　アーシアが差し出すことはない！　私のをやろう！」

イリナがゼノヴィアを制止しようとする。

「何を言っているの、ゼノヴィア！　その戦闘服《せんとう》って下にパンツ穿《は》いてないいじゃないの！」

「くっ……！　ファーブニル！　私の戦闘服じゃ不服か!?」

戦闘服を脱《ぬ》ごうとしているゼノヴィア！　ゼノヴィアのアーシアへの友情は凄《すさ》まじい！

アーシアのパンツをこのドラゴンにやるぐらいならってことなんだろう。

『俺様、金髪《きんぱつ》美少女のおパンティーがいい。パンツシスターのお宝欲《ほ》しい』

「うちのアーシアちゃんはパンツシスターじゃありません！」

俺は詰《つ》め寄ってついファーブニルの頭を叩《たた》いてしまった！　まったく動じてないけど！

許せないよ、この龍王《りゅうおう》！　うちのアーシアちゃんをパンツシスターって！

クソ！　リアスがスイッチ姫《ひめ》で、アーシアがパンツシスターってなんじゃそりゃ！

巨大なドラゴンがローブの男に訊《たず》ねる。

『おい、どうなってる？　ファーブニルが俺の相手なのか？　このまま攻撃《こうげき》を始めていいのかよ？』

「いえ、少し待っていてください。二天龍とその仲間は女性の乳房《ちぶさ》とお尻《しり》で異例の進化を遂《と》げます。──準備段階に入ったのです。これからが本番ですよ」

真面目《まじめ》に答えるなよ！　なんだ、その期待に満ちたセリフは!?　つーか、ヴァーリチー

ムも俺たちと同様だと思われてる！　アルビオンまでいじめないで！

「あげます！」

アーシアは顔を赤く染め上げて、ドラゴンの鼻角に水色のパンツを引っかける。

それを見て親友のゼノヴィアとイリナが号泣《ごうきゅう》した。

「うぅ、アーシア！　なんてすごい覚悟《かくご》なんだ……ッ！」

「ああ、主よ！　この自己犠牲の塊《かたまり》たるアーシアさんに祝福を！」

親友が見守るなか、ドラゴンへの捧《ささ》げ物を差し出す儀式《ぎしき》は完了を遂げる。

その瞬間《しゅんかん》だった――。

黄金のドラゴンは鼻の穴を思いっきり広げて、一気に酸素を吸い込みやがったんだ！

息を整えて、ドラゴンの力を解放するのか……っ⁉

期待する俺の前で黄金の龍王は――。

『アーシアたんのおパンティー、くんかくんか』

パンツのニオイを思いっきり嗅《か》ぎ始めやがった――。

「くんかくんかすんなぁぁぁぁっ！」

つい突《つ》っ込んでしまう俺！　龍王に二度も突っ込んじまったよ！

おまえが『アーシアたん』とか呼ぶなぁぁぁっ！

こいつ、思いっきり鼻角に引っかけたアーシアのおパンティーを堪能《たんのう》してる！　すごく香《かお》りを楽しんでやがるよ！　なんてドラゴン！　なんつー、変態野郎だっ！

「もう、お嫁《よめ》にいけません！」

恥ずかしさに耐えられなくなったアーシアは顔を両手で覆《おお》い、叫ぶしかなかったようだ。

『おパンティー、いただきました。ドライグ、治れっ！』

ファーブニルが黄金のオーラを俺の籠手《こて》に向かって放った。

『くっ！　なんてザマだ！』

ファーブニルのオーラに反応して、ヴリトラも文句をつきながら黒いオーラを俺の籠手に放つ。

一拍《いっぱく》あけて、籠手の宝玉がいつもの赤い輝《かがや》きを放ち始めた。

『――っ。……はっ！　お、俺はいったい何をしていたんだ!?　あ、相棒じゃないか！』

ああああああ、ドライグだ！　いつものドライグが戻《もど》ってきた！

「うぅ、ようやく戻ってきたんだね、ドライグ……。おまえを復活させるための犠牲はあまりに大きかったんだぞ……っ！」

アーシアは……パンツと何か大切なものを失ったんだ……っ！　おまえはパンツで意識を戻したんだよっ！　繊細《せんさい》なドライグに言えやしない！　言えやしないよ、こんなこと！

俺はアーシアに向けて叫ぶ！

「アーシアァァァァッ！　嫁にいけないことなんてないぞ！　俺がきちんと責任持つから、安心しろッッ！」

口元に手をやり、嗚咽《おえつ》を漏《も》らすアーシア。

「うぅ、イッセーさん！　ふつつか者ですが、よろしくお願いしますっ！」

「ああ、任せろ！　こんちくしょうめっ！　なんて酷《ひど》い運命なんだッ！」

『くんかくんか』

パンツ龍王め、まだ香りを楽しんでやがるぅっ！

「だから、くんかくんかすんなよ、変態龍王ォォォォッッ！」

――と、調子を戻したところでいきましょうか。

「アーシアの思いを無駄《むだ》にはしないッ！　禁手化《バランス・ブレイク》っ！」

『Welsh《ウエルシユ》 Dragon《ドラゴン》 Balance《バランス》 Breaker《ブレイカー》!!!!!!!!』

俺の全身を覆う赤いオーラが鎧を形成していく！

――っ！　禁手化《バランス・ブレイク》してから、気づいた。カウントなしで禁手化《バランス・ブレイク》できてる！

……グレートレッドとオーフィスの影響《えいきょう》か？　まあ、いい。こりゃいいや。タイムロスなしで戦える！

俺は鎧をまとって、巨大《きょだい》なドラゴン――グレンデルの前に立つ。

『――ッ！　グレンデルだと……？　どうなっている？　こいつは俺よりもだいぶ前に滅《ほろ》ぼされたはずだ』

ドライグが驚《おどろ》きの声音《こわね》を出していた。

『グハハハッ、なんだか、ひでえ有様だったな。ま、いいさ。おうっ！　来いよ、ドライグ。久しぶりに殺し合いしようぜ？』

不敵に大きな口《くち》の端《はし》をつり上げるドラゴン。ドライグが訊《き》く。

『俺のように神器《セイクリッド・ギア》に魂《たましい》を封《ふう》じられていたようでもなさそうだ。……いったいどうやって現世に蘇《よみがえ》った？』

『細けぇことはいいじゃねぇか。ようはよ、強ぇ俺がいて、強ぇおまえがいる。じゃあ、ぶっ殺しあい開始じゃねぇかッッ！』

再び体勢を低くして、グレンデルはこちらに飛びかかる姿勢を整えた。

『相棒、奴《やつ》はただ暴れることしか頭にない異常なドラゴンだ。……やるなら、徹底的《てっていてき》に倒《たお》せ。微塵《みじん》も情けをかけるな』

ドライグがこんなことを言うなんてな。それだけ頭のおかしいドラゴンってことなのか。

ドライグの言葉を聞いて、グレンデルはうれしそうに言い放つ。

『言うじゃねぇか、言うじゃねぇかよッ！　天龍なんて呼ばれやがってッ！　ドラゴンに天も神も真《まこと》もねぇんだよッ！』

おおっ、怖《こわ》い。すっげえ迫力《はくりょく》とプレッシャーだ。タンニーンのおっさんの雄大《ゆうだい》なオーラとは別物だな。

『そうだったな。相棒は伝説級のドラゴンとこうして本格的に相対するのは初めてだったな』

ああ、タンニーンのおっさんと山でサバイバルしたけど、生死を賭《か》けた本当のバトルはしてないよ。修行《しゅぎょう》だけの関係だった。

グレンデルが言う。

『おい、おまえら、気が変わったぜ。ドライグと一対一でやらせろ』

……そう来たか。だが、それは好都合だ。

俺もさ……たまりにたまったものがあるからよ……っ！　ようやっとこの鎧《よろい》を着られたってこともあって、噴出《ふんしゅつ》しそうだわ。

レイヴェルたちのこと、駒王学園襲撃《しゅうげき》のこと、とにかくいっぱいだ！

「俺はいいぜ。皆《みんな》は俺に任せてくれるか？」

俺が皆に訊く。

会長が微笑《ほほえ》む。

「あなたが私たちにとっての最大戦力です。リアスの代わりに言ってもいいでしょうか？　──おやりなさい、イッセーくん！」──

最高の送り出しですよ、ソーナ会長！

あなたは今回、リアスの代わりに俺たちを導いてくれた！　最後の最後までそこで見ていてくださいっ！　締《し》めは俺が決めます！

俺はドラゴンの両翼《りょうよく》を広げて、前方に飛び出していくっ！

『JET《ジェット》!!』

高速で真っ正面から飛び込んでいく。それを見てグレンデルは愉快《ゆかい》そうに笑んだ。

『おほっ！　いいじゃねぇかよぉぉぉっ！　真っ正面からかっ！　そうそう、そういうのでいいんだ！』

グレンデルの巨大な拳《こぶし》が俺に飛んでくる！　まともに受けたら、粉砕《ふんさい》されるほどのオーラの波動を感じる！　受けないさ！

俺は空中で軌道《きどう》を変えて、鋭《するど》いパンチをかいくぐる！　あんなにデカいパンチなのに、速かったっ！　龍王クラスは伊達《だて》じゃないかっ！

俺は懐《ふところ》に飛び込んで、内の駒《こま》を変える！

『BoostBoostBoostBoostBoostBoostBoostBoostBoostBoostBoostBoost《ブーストブーストブーストブーストブーストブーストブーストブーストブーストブーストブーストブースト》!!』

『龍剛の戦車《ウエルシュ・ドラゴニック・ルーク》ウウッツ！』

『Change Solid Impact《チェンジ　ソリッド　インパクト》!!!!』

鎧の形態が太く、厚くなり、両腕《りょううで》の様相も攻撃と防御《ぼうぎょ》特化に変貌《へんぼう》する。

俺は飛び込み様、奴の顔面に巨大化した拳を打ち込んだ！　肘《ひじ》のインパクトが起こり、攻撃力を底上げさせて、相手を吹《ふ》き飛ばす勢いで打つっ！

グレンデルは大きくのけぞり、後方に倒れそうになるが、すんでで持ちこたえやがった！

俺は着地と同時にトリアイナの『戦車《ルーク》』を解いて、通常の鎧に戻り、後方に下がった。

正面から顔面に拳を受けたグレンデルは、自身のほおをさする。

『…………っ。なんだこりゃ？　おいおいおい』

「――ッ!?」

俺は……酷く驚いていた。攻撃特化のトリアイナ『戦車《ルーク》』だぞ？

まともに浴びせたはずなのに、奴はけろっとしていた。口から少しばかり青い血を垂らすだけだ。それだけのダメージしか与《あた》えられなかったのか？

グレンデルが鼻息を荒《あら》くして愚痴《ぐち》を吐《は》き捨《す》てる。

『こんなもんかよ？　宿主がクソ弱いんじゃねぇのか？　前のおまえはもっとイカレたほ

どに強かったじゃねぇか、ドライグゥ。本当、ざまぁねぇなっ！』

……まいったね、どうも。トリアイナがダメなのかよ。

『相棒、真「女王《クィーン》」になろうか。俺もいまの奴の台詞《せりふ》は聞き捨てならんからな』

ああ、ドライグ。そうだな。俺はまだ、ギャスパーやレイヴェル、小猫ちゃんの分まで殴《なぐ》り倒してないんだからよッッ！

俺は力のある呪文《じゅもん》を口にしていく――。

「――我、目覚めるは王の真理を天に掲《かか》げし、赤龍帝なり！　無限の希望と不滅《ふめつ》の夢を抱《いだ》いて、王道を往《い》く！　我、紅《あか》き龍《りゅう》の帝王《ていおう》と成りて――」

ここで負けたら、俺のために消えていった先輩《せんぱい》たちに申し訳なくてさ！

やられっぱなしじゃいられねぇんだよッッ！

「「「「汝《なんじ》を真紅《しんく》に光り輝く天道へ導こう――ッ！」」」」

『Cardinal《カーディナル》 Crimson《クリムゾン》 Full《フル》 Drive《ドライブ》!!!!』

俺の体を紅くまばゆいオーラが包み込んで、鎧を紅く紅く染めていった！

俺の鎧の変化を見て、グレンデルが再び哄笑《こうしょう》をあげた。

『紅？　なんだ、そりゃ？　おもしれぇっ！　おもしろすぎんぞ、ドライグゥゥゥッ！

明らかにさっきよりも強くなったじゃねぇかっ！』

グレンデルが――飛び出す！　速いッ！　巨体《きょたい》と思えないほどだ！

間合いを瞬時《しゅんじ》に詰《つ》め、振《ふ》り下ろし気味に鋭い爪《つめ》を放ってきた。俺はそれを高速で飛び退《の》いて避《よ》けて、カウンター気味に右の拳を顔面にぶち込んだ！

……クソ！　さっきも感じたことだが……。インパクト、タイミング、共に最高の一撃だ。けど、重いっ！　厚い！　堅《かた》いっ！　なんだ、こいつの防御力は……っ！

パンチを当ててもふっ飛ぶ感触《かんしょく》を得ないんだ！　とにかく、厚くて重い！　鱗《うろこ》と皮膚《ひふ》じたいが鋼鉄でもあるかのように思えてしまう！

『グレンデルは滅んだドラゴンのなかでも最硬《さいこう》クラスの鱗を誇《ほこ》っていた。生半可な攻撃力《こうげき》では突破《とっぱ》できないぞ、相棒』

「かといって、ここじゃ、ドラゴンブラスターもクリムゾンブラスターも撃《う》てないしな」

あれらは攻撃力が高いが、周囲の風景まで一気に吹き飛ばしてしまう規模の砲撃《ほうげき》だ。どの程度の強度で作られたかわからないここでは安易に撃てない。下手に撃てばこのフィールドが消滅《しょうめつ》するだろうな。

『すまないが、どちらにしてもあれはいま撃てない。俺が調子を戻したばかりの状態では、

暴発しかねないからな』

ただでさえ、真『女王《クイーン》』は不安定だもんな。けど、大きな一撃は欲《ほ》しいところだ。

『相棒、おまえの左の籠手《こて》には何が収まっている？』

ドライグにそう言われ、俺は思いだす。……そうだ。こいつがあったな。俺には過ぎたものだったが、いまなら使って損なしだろう！

『いくぜぇぇぇっ！　ドライグちゃんよぉぉぉっ！』

グレンデルがそう叫《さけ》ぶなり、腹部を大きく肥大させる！　何かを吐き出すつもりだっ！

グレンデルが口から吐き出したのは――巨大な火炎《かえん》球っ！　ドラゴンの十八番《おはこ》だもんな、炎《ほのお》ってさっ！

俺はそれを避けるため、翼《つばさ》を広げて横に飛び退くが――そこにはいつの間にか、距離《きょり》を詰めていたグレンデルの姿がっ！　動きまで速すぎんだろ、このドラゴンッ！

……炎はブラフかっ！

奴は拳を俺に突《つ》きだしてくる！　それを回避《かいひ》する暇《ひま》はなかった！

ゴズッ！

でかい拳の一撃が俺の全身を襲《おそ》うっ！　衝撃《しょうげき》が体中を走り抜《ぬ》けていく……っ！　クソっ

……なんて攻撃力だ……っ！　ただのパンチなのに、獅子《しし》の衣をまとったサイラオーグさ

ん以上のパワーを持ってやがる……っ！

空中で体勢を崩《くず》した俺にグレンデルは叩《たた》き落とす要領で手を振り下ろす！

背中にまともに喰《く》らってしまい、俺は床《ゆか》に勢いよくたたきつけられてしまった！

……がは……っ！

たたきつけられた勢いと衝撃でマスクから血反吐《ちへど》が吐き出される！　全身に激痛が走り抜けていく！

……やっぱり、パワーがバカげてやがる！　こ、こいつ、龍王《りゅうおう》クラスなんてもんじゃないぞ……っ！

『グハハハハハッ！　ぺしゃんこになっちまえよォッ！』

俺の視界に巨大《きょだい》な足が振り下ろされる場面が映り込む！　踏《ふ》まれる！　そんなわけにはいかない！

俺は相手の踏んづけから体を横に転がして避けて、素早《すばや》く体勢を立て直す。空振《からぶ》りとなった巨体による踏みつけが床を大きく砕《くだ》き、フィールドを振動《しんどう》させた！

俺はすぐさま上空に飛び出す！　上に飛んだ勢いで俺も蹴《け》りを相手のあごに食らわせてやる！

『BoostBoostBoostBoostBoostBoostBoostBoostBoostBoost《ブーストブーストブーストブーストブーストブーストブーストブーストブーストブースト》!!』

俺はグレンデルのあごを思いっきり蹴り上げた！

まともに入ったし、手応《てごた》えもあった。……なのに、やはり感触は硬《かた》く、厚い！

重すぎて蹴り飛ばすなんて無理だった！　これはあいつが単にデカいからじゃない！

本当に防御力が高いんだ！　なのに動きが俊敏《しゅんびん》って……っ！

『ドラゴンは最強の生物だ。そのなかで龍王、またはそれを超《こ》えるクラスは凶悪《きょうあく》なほどの難敵だ。それだけは忘れるな。……特に「邪龍《じゃりゅう》」とそれに近しいドラゴンは凶暴な上にしぶといぞ！』

ああ、まったくその通りに思えるよ、ドライグ！

あごに一発受けてもなおグレンデルは平気に巨大な拳を打ち込んでくる！

両腕を太く厚い『龍剛の戦車《ウエルシュ・ドラゴニック・ルーク》』状態にして真っ正面からそれを受けるが……パンチの勢いは凄《すさ》まじく、俺は遥《はる》か後方の壁《かべ》に打ち付けられたっ！

……背中からのダメージっ！　激突《げきとつ》の痛みで、息が……詰まるっ！　つーか、さっきから鎧越《よろいご》しでもすげえ衝撃ばかりだっ！

『あいつの攻撃力と防御力は桁違《けたちが》いに高い！』

その通りだな、ドライグ……。

俺とグレンデルはそこから打撃戦にもつれこんだ！　巨体とは思えないしなやかな動き

で拳と蹴りを放ってくるドラゴン！　隙《すき》を突くように尻尾《しっぽ》を死角からも打ち込んでくるため、気は一切《いっさい》抜けなかった！

……巨人型のドラゴンってだけでここまで動きが多彩《たさい》になるのかよっ！　体格差は歴然！　こっちは一発でも受けるだけで重い攻撃のせいか、蚊《か》とんぼのようにたたき落とされる！……そのたびに全身に鈍痛《どんつう》が蓄積《ちくせき》されていった。

『楽しいなぁッ！　ちっこいくせに俺と打ち合えるなんてよォッ！　たまんねぇぇぇぇぇよぉぉぉぉぉっ！』

でかい面《つら》を狂喜《きょうき》に満ちたものにして、奴《やつ》は愉快そうに攻撃を繰《く》り出していた！

……こっちのパンチもキックもドラゴンショットも最高のもので打ち込んでいるのに、ダメージをものともせずに向かってきやがる！

『ダメージは確実に通っているぞ、相棒！　だがな、あいつは……頭のネジがもともとハマってすらいない壊《こわ》れたドラゴンだ。ダメージを受けることすら楽しんでいる！』

……薄《うす》ら寒いものを感じてならないよ、ドライグ……っ！

この鎧と互角《ごかく》だったのは、サイラオーグさん。超えていたのは曹操。

このグレンデルは……どの程度だろうか。互角よりも上か。曹操よりもある意味で厄介《やっかい》だ。攻撃が当たれば終わりの曹操より、当たってもまるで終わりが見えないこいつのほう

がやっていてまいっちまうよ……。

だが、最大に高めたキツい一発は必ず返すぜ。このままやられっぱなしじゃなっ！

俺は息を整えたのちに、再び突進していく！　フェイントを入れ、空中で軌道を無数に変えながら、グレンデルと距離を詰めるっ！

同時に左籠手に収納されていたアスカロンにドラゴンのオーラを蓄積させていく！

龍殺《ドラゴン・スレイヤー》し――。

どんなドラゴンでもこれには耐《た》えられない！　当たれば――俺の勝ちだっ！

グレンデルがまた炎の球を――連続で放ってきた！　三発かっ！

俺は一発目を空中で回避して、二発目は、床すれすれを滑空《かっくう》してやり過ごす！　三発目は――。

『グハハハハッ！　いくぜ、ドライグゥゥッ！』

三発目よりも先に奴は現れて、俺の上空を飛んでいた。上からも火炎を吐きやがった！

上から広範囲《こうはんい》の火炎！　真っ正面からさっき吐き出された三発目が襲いかかろうとしている！

俺は右腕《みぎうで》に力を込《こ》めて、大きな魔力《まりょく》の弾《たま》を撃ち出した！　ドラゴンショット！

上からの火炎は……飛びこむしかねぇっ！

火炎のなかを突き進んで……野郎《やろう》をぶっ潰《つぶ》すっ！

ドラゴンショットで真っ正面からの火炎球を相殺《そうさい》した俺はそのまま、上空に突っ込んでいった！　上から襲いくる火炎のなかに飛び込む俺！……膨大《ぼうだい》な熱が俺の全身を容赦《ようしゃ》なく蒸し上げていく！　あっちぃぃぃぃいっ！　鎧がなかったら即塵《そくちり》になっていたな！

『明らかに過去のグレンデルが吐《は》いていたものよりも強力だっ！』

だがな、ドライグっ！　これを越《こ》えればっ！

火炎のなかを突き進んでくる俺を見てグレンデルは心底、喜びやがった！

『マジかよっ！　おまえっ、マジで最高じゃねぇかぁぁぁっ！　こんなバカが俺は好きなんだよぉぉぉぉおっ！』

炎を抜けた――っ！

「後輩《こうはい》たちの分、おまえらに返すぜぇぇぇぇぇっ！」

『BoostBoostBoostBoostBoostBoostBoostBoostBoostBoostBoost!!!《ブーストブーストブーストブーストブーストブーストブーストブーストブーストブーストブースト》』

狂喜の表情を浮《う》かべるグレンデルの腹部に俺はアスカロンの龍殺《ドラゴン・スレイヤー》しの力を乗せた左拳《こぶし》を打ち込んでいくっ！　拳はソリッド・インパクト仕様に肥大させる！

『Solid Impact Booster!!!!《ソリッド インパクト ブースター》』

ドゴンッ！

低く鈍《にぶ》く、重い一撃！　その一発はこのフィールド中に響《ひび》くほどの衝突音《しょうとつ》を生み出していた。

一撃をまともに受けたグレンデルは青い血反吐を盛大《せいだい》に吐き出しながら、床に落下していく。巨体が落下した衝撃で、フィールド全体が震《ふる》えた。

……手応えはあった。龍殺《ドラゴン・スレイヤー》しの力も乗せた。これなら――。

……しかし、俺の眼前に信じられない光景が生じる。

――グレンデルが立ち上がっていく。

奴は息を整えたあと、もう一度血反吐を床に吐きつけて、首をこきこき鳴らしていた。龍殺《ドラゴン・スレイヤー》しのアスカロンの力を上乗せした『龍剛の戦車《ウエルシュ・ドラゴニック・ルーク》』の一撃が……ほとんど効いてない⁉

驚愕《きょうがく》する俺にグレンデルは醜悪《しゅうあく》に笑《え》む。

『痛ぇな！　最高に痛ぇぇぇよっ！　でも、いいパンチじゃねぇかッ！　グハハハハッ！　おもしれぇおもしれぇッ！　この痛みってのが生きてる実感を与《あた》えてくれるんだよなぁっ！　こっから、始まりだなっ！　いいぜぇ！　殺し合いだ、殺し合いぃっ！　おまえと俺！　どっちの体が木《こ》っ端微塵《ぱみじん》に吹《ふ》き飛んでおっ死ぬか、勝負といこうじゃねぇか！ドライグゥゥゥゥウウウウウッツ！』

……ここまで頑丈《がんじょう》なのか、こいつは……っ！　さすがに俺も嫌《いや》な汗《あせ》をかき始めていた。しぶといを超えてやがんぞ……っ！　どこまでやりゃ倒《たお》せるんだ⁉

『いまのダメージを嬉々《きき》として受けて立ち上がるのか⁉　イカレたドラゴンめ……ッ！』

ドライグも吐き捨てるように奴を嫌悪《けんお》していた。

奴は腹部を三度膨《ふく》らませる！　また火炎かっ！　警戒《けいかい》する俺だが、巨龍は体の向きを変えて――、

『でもよ、その前に予定変更《へんこう》だっ！　てめぇら、全員ぶっ殺し決定だぜぇぇっ！』

俺の仲間たちに特大の火炎球を複数吐き出した！

野郎ッ！　一対一じゃなかったのかよ⁉

「くっ！」

「やらせませんわっ！」

ロスヴァイセさんが前に立ち防御《ぼうぎょ》魔法の魔《ま》方陣《ほうじん》を強固に幾重《いくえ》にも張り巡《めぐ》らせたっ！

朱乃さんも堕天《だてん》使の羽を出して、雷光《らいこう》の龍を形作る！

「――水よ」

静かで力強い青色のオーラを身にまとわせるソーナ会長。その周囲に水が発生し、集まっていく！　ソーナ会長の魔力で操《あやつ》られた大量の水が壁となって仲間たちを覆《おお》った。

グレンデルの火炎はロスヴァイセさんが張った防御魔法の魔方陣に阻《はば》まれ、あるいは雷光龍《こうりゅう》に相殺されて消し飛んだっ！　爆発《ばくはつ》と熱の余波がフィールドを包み込むが、ソーナ会長の作り出した水の壁がそれらを防いでくれていた！

――っ！　まだ火炎球はふたつも残ってる！　巨大な炎の塊《かたまり》が再び皆《みんな》を襲う！

「――んじゃ、やりましょうかね！　ファーブニルも動けよな！」

匙が前方に黒炎の魔方陣を発生させ、そのなかにグレンデルの火炎球が入り込むなり、捕《と》らえてしまい、

「霧散《むさん》しろっ！」

ヴリトラの特性で相手の炎《ほのお》の威力《いりょく》を削《けず》りだしていく。黒い炎がグレンデルの炎を侵食《しんしょく》していって、勢いを消し去ろうとしていた。

『アーシアたん、守る』

ファーブニルが口から金色に輝《かがや》くオーラの塊を吐き出して、匙が止めていたグレンデルの火炎《かえん》球を完全に消し飛ばしてしまった！　おおっ、龍王同士のコンビネーション！

仕事分の働きをするファーブニルに、ちょっとだけアーシアを任せてもいいって思えてしまったのが悔《くや》しいところだ！

そして、最後の火炎球はゼノヴィアとイリナのコンビが――、

「デュランダルで切り刻むっ！」

天閃《てんせん》と破壊《はかい》の組み合わせで、剣速《けんそく》と威力を高めて暴龍の炎を一刀両断！　そのまま高速の斬撃《ざんげき》で火炎球を切って切って切って細切れにしていく。細切れになってもなおグレンデルの火炎は勢いを無くさなかった！

「最後は私ね！」

最後の仕上げとばかりにイリナは氷の仕様にしたであろう量産の聖魔剣《せいまけん》で細切れにされた火炎球をすべて氷漬《こおりづ》けにしてしまった。

仲間を襲《おそ》ったグレンデルの火炎球は全部消滅《しょうめつ》！　ふいをつかれた格好だったが、俺の仲間なめんな！

でも、あまりにいまの行為《こうい》は卑怯《ひきょう》だっ！

「てめえっ！　一対一だって、言ってただろうがっ！　なんで俺の仲間に攻撃《こうげき》しやがったっ⁉」

俺がそう怒鳴《どな》りつけながら顔面を殴《なぐ》り飛ばすが、奴は鼻血を手でぬぐいながら大きな口元を嫌味《いやみ》につり上げる。

『わりぃわりぃ、ぶっ殺すのが好きだからよ。ああやって適度に殺しを入れていかないとテンションが維持《いじ》できねぇのよ。でも、失敗しちまった。強ぇじゃねぇか、おまえの仲間

はよぉ。――全員ぶっ殺すッ！　殴ってッ！　なぶってッ！　踏《ふ》んでッ！　噛《か》み砕《くだ》いてッ！　最後は消し炭にしてやんよぉぉぉぉおッ！』

……最高にキレてやがるぜっ！　奴の銀の瞳《ひとみ》は殺意と殺気で凶暴なぐらい光ってる！

グレンデルの敵意が俺と――仲間たち全員に向けられた！

「兵藤くん！　もう一対一に付き合うことはありません！　全員でかかりましょう！」

会長の言う通りだ。あっちがタイマンしないなら、話は別だからな。全員でぶっ倒す！

「了解《りょうかい》です！」

……そうは応じるものの、紅の鎧がそろそろ限界だ。ただでさえ、力が安定しにくい形態だ。ドライグが復活したばかりってのもあって、長く保《も》ちそうにない……っ！

『んじゃ、二戦目といこうか、赤い――いや、紅《あか》い龍帝《りゅうてい》ちゃんよぉぉぉぉおっ！』

グレンデルが翼《つばさ》を広げて、飛び出してこようとしたときだった――。

奴の体が止まる。理由はすぐに知れた。

――グレンデルの足を黒い影《かげ》のようなものが包み込みだしたからだ。

怪訝《けげん》に思い、俺は影――いや、闇《やみ》の発生源に目を向ける。

……不気味な闇を周囲に生じさせているギャスパーがそこにいた。

赤い双眸《そうぼう》を妖《あや》しく輝かせて、全身をだらりとしている。

闇がうごめき、グレンデルに向かおうとしていた。……あれが、ギャスパーの隠《かく》された力か……。とんでもなく怖々《こわごわ》としたオーラを放ってやがる。闇はさらに広がりを見せて、この空間を飲み込もうとすらしようとしていた。

『……なんだ、ありゃ。まあいい。あれもやっていいってことか？　いいんだよな⁉　強ぇクソガキがいっぱいじゃねぇかッ！　いい時代だッ！　破壊しがいがあるよなァッ！』

グレンデルはこの状況《じようきよう》を嬉々として受け入れようとしていた！　クソ！　バトルマニアがっ！　俺の後輩まで手を出させてたまるかよっ！

グレンデルの目標を俺に戻《もど》そうと、注意を向けさせようとしたときだった。

「――いえ、グレンデル。そこまでにしてください。実験は成功していたようです。本来ならば、木場祐斗《ゆうと》もここにいればよりよい調査ができたのですが、十分でしょう」

ローブの男がグレンデルに制止の言葉を投げる。

グレンデルは途端《とたん》に不満な叫《さけ》びを発した。

『止めんなよ止めんなよッ！　こっからだ、こっから！　ぶっ殺しってやつぁよッ！　まずはお互《たが》い最高にハイになるのをぶっ放してからが本番よッ！　つぶし合いをやらせてくれよッ！　せっかく、あのときの無念を晴らせるんだッ！　今度こそ思う存分、思うがままにいろんなもんを喰《く》らって、喰らわれて、壊《こわ》して、壊されて、ぶっ殺すんだよッ！』

……本当に凶暴《きょうぼう》すぎる。こんなドラゴンがいたのかよ。

これほど、戦意にまみれたドラゴンを見たのは初めてだった。ヴァーリがかわいくみえるよ！　俺だけじゃなく、敵味方全員に敵意と殺意をむき出しにしていた。

そのグレンデルにローブの男は冷たく言う。

「──また、骸《むくろ》と化したいのですか？　あなたはまだ調整段階なのです。これ以上無理をすれば……」

それを聞いた途端にグレンデルは舌打ちして、振《ふ》り上げていた拳を下ろす。

『…………チッ、ったく、敵《かな》わねぇな。それを盾《たて》にされたらよ。止《や》めるしかあんめぇよ』

……拳を納めた。……『骸』？　どういうことだ？　調整段階？　わけのわからないことだらけだ……。

ローブの男の耳元に通信用の魔方陣が唐突《とうとつ》に出現する。男はその魔方陣に耳を傾《かたむ》け、一度うなずいた。

「……よい報告です、グレンデル。白いほうで大分苦戦しているとのことです。今度はそちらに行きましょう」

『おほっ！　今度はアルビオンかよッ！　たまらねぇなッ！』

ローブの男の言葉を聞き、グレンデルはまた口元をつり上げていた。

アルビオン？　白い？　ヴァーリかっ！　まさか、黒歌たちが俺ん家《ち》にいなかった理由は——。

グレンデルが俺に指を突《つ》きつける。

『クソのドライグ、根暗のヴリトラ、それにパンツ野郎《やろう》、おまえらとの遊びはお開きだ。次だ、次。次はあれだ。殺すよ。三匹《びき》まとめて殺すからな？　グハハハッ！』

龍門《ドラゴン・ゲート》が開き、陣《じん》が深緑色の発光を出しながら、グレンデルを包み込んでいく。

光が止むと——そこに巨大《きょだい》なドラゴンの姿はなかった。

それを確認《かくにん》して、ローブの男はフードを取り払《はら》った。

そこにあったのは銀髪《ぎんぱつ》の青年——。だが、その青年の顔にはどことなく覚えがあった。

……どこかで会ったような……。俺の脳裏《のうり》にいつもお世話になっている最強の『女王《クイーン》』の顔が思い返された。

銀髪の男は言う。

「私はルキフグス。ユーグリット・ルキフグスです」

——っ！

ル、ル、ルキフグス……!?　なんだよ、それ!?　いや、そうだ！　面影《おもかげ》があって当然なんだ！　グレイフィアさんに似てるっ！

「あんたが、ボスってわけじゃないんだろう？　じゃあ、いったい誰《だれ》が『禍の団《カオス・ブリゲード》』の残党をまとめあげたっていうんだ⁉」

匙が訊《き》く。男は目元を細めるだけだった。

『禍の団《カオス・ブリゲード》』現トップの正体はいずれわかりますよ」

男——ユーグリットの言葉を聞いて会長は何かを得心した。

「……なるほど、この町に侵入《しんにゅう》し、魔法使いを招き入れたのはあなたですね？　グレイフィアさまと同質のオーラを有する者であれば、結界を通過できてもおかしくはないのかもしれません」

それを聞いてユーグリットは冷淡《れいたん》な声音《こわね》になる。

「姉に、グレモリーの従僕《じゅうぼく》に成り下がったグレイフィア・ルキフグスに伝えておいてください。——あなたがルキフグスの役目を放棄《ほうき》して自由に生きるのであれば、私にもその権利はある、と」

……姉、だと……？　じゃ、じゃあ、こいつは——。

ユーグリット・ルキフグスと名乗った男は転移の魔方陣に消えていった——。

——と、同時にこのフィールドの端々《はしばし》が役目を終えたように崩《くず》れだしていく。

ピースが欠けていくように空間が崩壊《ほうかい》をはじめ、次元の狭間《はざま》特有の万華鏡《まんげきょう》の中身みたい

な景色が見えだしていた。もう、ここは保たない。

謎《なぞ》の力を放っていたギャスパーも再び倒《たお》れてしまった。

「この領域は崩壊するようです！　早く、転移魔方陣《まほうじん》で脱出《だつしゅつ》しましょう！」

ソーナ会長の指示のもと、朱乃さんがあの地下空間に帰還《きかん》するための魔方陣をすぐに展開する。ギャスパーを回収して、皆魔方陣の中央に集まった。

すると、レイヴェルが手元に小型魔方陣を発生させて培養《ばいよう》カプセルのほうに放っていく。カプセルのひとつに放った魔方陣が当たり、一度輝いたあとに消えていった。

「……せめて、これぐらいはさせてもらいますわ」

彼女はそう意味深につぶやいていた。

「なるほど。そういうことですか」

会長もそれを見て何かに気づいたようだった。同様に小型魔方陣をカプセルのほうに投げていった。

二人の行動を訝《いぶか》しげに感じながらも、俺は転移の光に包まれていくなかでローブの男の正体に動揺《どうよう》を隠しきれないでいた。

……グレイフィアさんの弟と、滅《ほろ》んだはずのドラゴン。……どうなってんだよ。

何が起ころうとしているんですか、グレイフィアさん……サーゼクスさま……。

New Life.

朝日が昇《のぼ》ろうとしていた。

戦いを終え、レイヴェルたちを奪還《だっかん》できた俺たちはあのフィールドから帰還。

上に戻り、駅内でぐったりしていた。

俺は譲渡の連続使用、真『女王《クィーン》』などの昇格《しょうかく》やグレンデルとの戦いで疲弊《ひへい》しきっており、
アーシアの治療《ちりょう》を受けたのちに一人駅内休憩所の椅子《いす》に座っていた。

会長たちは事後報告のため、駅を出て、スタッフのヒトたちと話し合っている。ギャスパーは救護班に運ばれていった。アーシアたちもそれに付き添《そ》っている。

ギャスパーは命に別状はないそうだが……初めて目にしたあいつの秘められた力は不気味だった。いったい、ギャー助の体に何が起こっているんだ?

……しかし、あのグレンデルの防御《ぼうぎょ》力。龍殺《ドラゴン・スレイヤー》しを決めたはずなのに。

会長は言っていた。

「……彼らの実験とやらの真意は測りかねますが、あのグレンデルは……龍殺《ドラゴン・スレイヤー》しに耐《た》え

た。防御力が桁違《けたちが》いだったのは間違いありません。――しかし、何かを付与《ふよ》されているのも間違いないと思います。さすがに紅《くれない》の鎧《よろい》をまとったイッセーくんの龍殺《ドラゴン・スレイヤー》しをまともに受けてあのダメージは不可解です」

龍殺《ドラゴン・スレイヤー》し耐性《たいせい》でも付与したのか？　そんなことが可能なのか？

ドライグも復活したし、リアスと木場《きば》に提案されていたアスカロンから龍殺《ドラゴン・スレイヤー》しを付与するドラゴンブラスター、またはクリムゾンブラスターを本格的に開発して損はないな……。あの凶暴ドラゴンをダウンさせるだけの技《わざ》が必要だ――。

けど、奴《やつ》らの「実験」か。フェニックスのことは、ついでで、本当の目的はグレンデルを俺たちにぶつけること。

そして、奴を引っ張ってきたのが――ルキフグス。グレイフィアさんの弟だと名乗りやがった。……確かに顔に面影《おもかげ》があったよ。フードを払ったあとに発したオーラも同質のものだった。あのオーラなら、ここに侵入して、魔法使いを招き入れるぐらいのことはやれるのだろう。

結局、あのフィールドにあった「偽《にせ》フェニックスの涙《なみだ》」製造の中身も回収することは叶《かな》わなかった。捕らえた魔法使いたちから情報を引き出すしかない。

……リアスの留守にとんでもないことになっちまったな。これから、吸血鬼《きゅうけつき》のことも、

魔法使いとの契約《けいやく》も待っているってのに……。

また『禍の団《カオス・ブリゲード》』は俺たちの前に立つのか──。

俺は天井《てんじょう》を仰《あお》ぐ。

シャルバ、曹操《そうそう》……今度はルキフグスと滅んだはずの伝説のドラゴン、か。

「イッセーさま……お茶を買ってきましたわ」

レイヴェルが自販機《じはんき》で買ってきたであろう、缶《かん》のお茶を手渡《てわた》してくれる。小猫《こねこ》ちゃんも隣《となり》にいた。

俺はそれを受け取った。レイヴェルと小猫ちゃんが俺の隣に座る。

少しの静寂《せいじゃく》。そののち、レイヴェルは言った。

「……私、許せません」

はっきりとした口調だった。先ほどまではぐれ魔法使いたちが作った『工場』の有様を見て泣いていたレイヴェルとは思えないほど、瞳《ひとみ》は強く輝《かがや》いていた。

「あんなこと、絶対に許せない」

小猫ちゃんがレイヴェルの手を取る。

「……私もだよ。だから、レイヴェル、がんばって」

小猫ちゃんは笑《え》みを浮《う》かべ、それだけ言い残しここをあとにする。

途端《とたん》にレイヴェルは顔を赤らめた。

「……イッセーさま、少しだけむかし話をしてもいいですか？」

そして、意を決したように言った。

「私は幼い頃《ころ》、執事《しつじ》が読んでくれた様々な英雄譚《えいゆうたん》に心を躍《おど》らせておりました。こんな英雄を支える女性になりたいと幼心に夢を膨《ふく》らませていたのです。けれど、大きくなるにつれて、いつの間にか、それを忘れ去っていて……」

レイヴェルは真《ま》っ直《す》ぐに俺を見る。

「ですが、ふと蘇《よみがえ》ったんです。主《あるじ》を──好きな女性のためにライザーお兄さまと戦ったイッセーさまの姿を見て、幼い頃に抱《いだ》いていた夢が徐々《じょじょ》に蘇って……気づいたら、イッセーさまのことをつぶさなまでに調べていました。直情的で、性的で、欲望《よくぼう》に忠実だけど、熱くて、誰よりも仲間想《おも》いで、夢にひたすら向かって突き進む。その姿は、私の周囲──上流階級には無い輝きで満ちていました」

俺が……輝いていた？　レイヴェルは続ける。

「──イッセーさまの夢をそばで見ていたい。本当にふとした切っ掛《か》けで抱いてしまった夢です。私の勝手な幻想《げんそう》……。ここに来たのも私の身勝手な思い上がり……。でも、イッセーさまのマネージャーに任命されたのが、本当にうれしくて……。叶うことならこれか

らもおそばでお仕事がしたいって……」

でも、俺はこの子を駒王学園《くおうがくえん》で助けることができなかったんだぞ……？

「……俺はキミを駒王学園で救えなかった」

悔《くや》しくて拳《こぶし》を震《ふる》わせる俺。レイヴェルは首を横に振《ふ》った。

「助けに来てくれましたわ。イッセーさまは、あの大きなドラゴンと戦ってまで、私たちを助けに来てくれましたわ。私は無事です。生きてます。——信じてました」

レイヴェルが俺の手を取り、輝くような笑顔を見せてくれた。

「——私のヒーローが必ず助けに来てくれるって信じてました。とてもうれしかったんです。それだけはお伝えしたくて……」

……レイヴェル。そこまで俺のことを……。

うれしかった。本当に。ずっと、この子が付いてきてくれるならどんなにいいかって。マネージャーでいてくれたら、俺はどんなに助かるか。

俺は改めて言った。

「——レイヴェル、俺、もっと強くなるよ。……また目標が多くなるな。——良かったら、今後もずっとずっとマネージャーをしてくれないか？」

「共に盛り上げていきたいという野望も抱いてますわ！」

言ってくれるよ、本当に。だから、心強いんだ、この小柄《こがら》なお嬢《じょう》さまは。

「ああ、わかったよ。俺の足りない頭の補佐《ほさ》をしてくれると助かるよ。でも、いまはまず、フェニックスをないがしろにした奴らをぶっ飛ばす！　あんな『工場』なんてあっちゃいけないんだっ！」

「はい！　私もただでは起き上がりません！」

レイヴェルが懐《ふところ》から一枚のメモ用紙を取り出した。そこには魔方陣と魔術文字が複数描《えが》かれていた。

「これはあのフィールドにあったカプセルやあそこにあった機器に記されていた魔術文字と、彼らが私を調べたときに展開した魔方陣の形式と紋様《もんよう》ですわ。小猫さんとも確認《かくにん》しあいましたから、間違いありません」

……事細か、術式の魔術文字まで詳細《しょうさい》に描かれている。レイヴェルはたった一度見ただけでここまで記憶《きおく》したのか。

レイヴェルは強気な笑みを見せて述べる。

「この魔術文字と魔方陣はすでにここに常駐《じょうちゅう》されている冥界《めいかい》、天界スタッフの方々にもお伝えしましたわ。フェニックス家にも転送する予定です。これらの情報だけでもかなりのことがわかりますわ。彼らが偽の『涙』で何をするのか、私たちフェニックス家は徹底的《てっていてき》

に追及《ついきゅう》します！　それに、もしかしたらフィールド崩壊《ほうかい》後、あそこにあったカプセルなどが次元の狭間《はざま》に漂《ただよ》っているかもしれません。最後に私とソーナさまの魔力でマーキングしましたので、もし存在しているのなら、私とシトリーの魔力を頼《たよ》りに次元の狭間を探索《たんさく》すれば痕跡《こんせき》が見つかると思いますわ。これに関しても冥界の調査班にお伝えします。時間が多少かかろうとも彼らの情報は出来うる限り回収します。――私を捕《と》らえたのが運の尽《つ》きだと思い知らせてあげますわ！」

あのフィールドから転送する寸前に放ったレイヴェルと会長の小型魔方陣はマーキングの役目があったのか。あんな状況《じょうきょう》だったのにギリギリまで抜《ぬ》け目がないよ、この娘《こ》とソーナ会長！

『禍の団《カオス・ブリゲード》』と『はぐれ』の魔法使いたちはまだ知らないんだ。

この娘は不死身のフェニックス――。

その精神まで不死のごとく、強くなろうとしていることを――。

レイヴェルを捕《つか》まえたことが逆に高くつきそうだ。

しばらくして、ライザーが駆《か》けつけたりした。

「レイヴェル！　無事か!?　こちらに来るのにだいぶ手間取ったが、眷属《けんぞく》を率いて加勢に来たぞ……って、何!?　も、もう終わっただと!?」

報告を受けてレイヴェルが心配だったそうで。
ったく、いい兄ちゃん持ったよ、レイヴェルは！

Romania.

吸血鬼の領域。そこに俺――アザゼルは入国していた。

ルーマニアに入った俺たちは車を借りて、山の道なき道を進んでいた。舗装《ほそう》されていない道はでこぼこで車体が何度も跳《は》ねる。

霧《きり》が濃《こ》くて仕方ない。いちおう、こちらに入ったときに接触《せっしょく》してきたカーミラの吸血鬼から地図はもらったんだけどな。

同乗しているリアスたちとは途中《とちゅう》で別れる予定だ。俺はカーミラのところへ。リアスと木場《きば》はヴラディ家へ。そこまでは共に移動し、俺もカーミラとの話し合いがついたら、合流する。イッセーたちをこちらに呼ぶようなこじれた事態にならなきゃいいが……。

さて、預けたファーブニルを今頃《いまごろ》アーシアはどうしているかね。オーフィスの仲介《ちゅうかい》があったとはいえ、まさか龍王《りゅうおう》クラスと一発で契約できるなんざ、あいつの魔物《まもの》――いや、ドラゴンを使役《しえき》させる才覚は末恐《すえおそ》ろしいぞ。

……ラッセー、オーフィス、ファーブニル。生まれつきドラゴンをつかむ何かがあると

しか思えない。日本に来てすぐにイッセーと出会ったのも必然だったのかもな。

——と、ルームミラーを覗《のぞ》くと考え事をしている様子のリアスが映り込んでいた。

俺は後部座席に座るリアスに話しかける。

「やっぱり、日本に残してきた彼氏が気になるか？」

「……気にならないといえば嘘《うそ》になるわ。彼……いえ、彼を愛する子たちは私以上に大胆《だいたん》なアプローチをするものね」

「おまえの旦那《だんな》はこれからも波乱を呼び込みそうだな」

「覚悟《かくご》しているわよ。でも、あのヒトを愛すると決めた以上、すべて受け入れるわ」

俺がからかってやったのだが、リアスは平然と答えるだけだった。おほっ、正妻の貫禄《かんろく》出てるねぇ。旦那って言っても動揺《どうよう》すらしねぇか。ま、周知の通りお似合いの夫婦《ふうふ》に違《ちが》いはないが。

「……あと十五分ほどで吸血鬼側の現地スタッフと落ち合う場所に出そうですね」

助手席に座る木場は地図を広げて、悪魔専用の方位磁石と睨《にら》めっこ中だ。

ふいにリアスが訊《き》いてくる。

「曹操《そうそう》はどうなったの？　昨日、何か連絡《れんらく》があったのでしょう？」

あー、その話か。帝釈天《たいしゃくてん》の野郎《やろう》から昨夜事後報告が届いたんだよな。

「英雄派《えいゆう》の曹操、ゲオルク、レオナルド、神滅具《ロンギヌス》所有者は全員インドラが処罰したそうだが、インドラ曰《いわ》く、槍《やり》だけ没収《ぼっしゅう》して、ハーデスのところに送ったってよ」

聖槍《せいそう》のほうはこちらに渡《わた》してくれなかったけどな。絶霧《ディメンション・ロスト》と魔獣創造《アナイアレイション・メーカー》も帝釈天の野郎が所持してんだろう。

体裁《ていさい》的には英雄派にとどめをさしたのは奴《やつ》ってことになる。自分でさんざん手を貸しておいて、最後まで利用したあげく、神滅具《ロンギヌス》を所持する理由も得やがった。

『英雄派を処罰《しょばつ》した帝釈天なら、一時的に神滅具《ロンギヌス》を持っていても仕方ないのか』って、絶妙《ぜつみょう》な言い訳を手に入れたのさ。こちらも文句を言いづらい雰囲気《ふんいき》だ。いちおう、捕らえたヘラクレスとジャンヌから帝釈天とのつながりを吐《は》いてもらっているが……どこまであのあざとい天帝《てんてい》に通じるやら。

……クソ、奴らをやったのは若手悪魔どもだぞ？

最後の最後でおいしいところをかっさらいやがってよ！

「……異形の毒を目指した彼が冥府《めいふ》行きとは」

木場はそう漏《も》らしていた。

俺の脳裏《のうり》にインドラの声が蘇《よみがえ》る。曹操のことを語っていたな。

『ＨＡＨＡＨＡ、あの坊主《ぼうず》は何になりたいか、それをはっきりと決めずに動きまくったか

ら、いけねェのさ。人間のまま強者を極《きわ》めてェんなら、メデューサの眼《め》なんかに頼らなければ良かったンだ。中途半端《ちゅうとはんぱ》に英雄を騙《かた》ろうとしたから、裏目に出た。結果、あの眼が命取りになっちまった。笑えるだろう？　笑っとけ。あいつは最後で道化になった』

そうだな、人間を貫《つらぬ》き通せば、聖槍も奴の意思に答えて力を貸しただろうよ。

槍に宿る『聖書の神の遺志』に『宿主の野望を叶えるぐらいなら、悪魔でドラゴンな赤《せき》龍帝《りゅうてい》の夢のほうがマシ』と判断された時点で終わり、か。

『――怪物《かいぶつ》退治すンのは、人間の英雄だ。人間を逸《いっ》して俗物《ぞくぶつ》に転じたクソガキくんじゃ、どうしようもねェよ』

それに関してはその通りだがな。インドラに言われちゃ、おしまいだな。

だが、イッセー同様曹操には若さがあった。何者かになりたいなんて思うのも若さゆえだろう。天帝さまよ、その若者に英雄願望を焚《た》きつけたのはおまえなんじゃないのか？

天帝は続けざまに通信で俺にこう言いやがった。

『ま、俺にしてみれば、悪魔なのにヒーロー騙ってる「おっぱいドラゴン」も相当な道化だと思うけどよ？　悪魔が英雄やってどうするよ。悪魔は人間騙《だま》くらかして裏で支配すンのが本懐《ほんかい》だろう？　どんなキレイごと並べて生きてたってよ、アザ坊《ぼう》ンところの若手悪魔軍団も人間利用して生きる邪悪《じゃあく》で陰湿《いんしつ》な「悪魔」なンだぜ？　どこまでいったたって、ヒー

ローなんてもんにはほど遠い。――ただのごっこだ』

……全部は否定しないさ。

けどよ、悪魔だって――冥界《めいかい》だって、変わろうとしている。いつまでも旧体制の悪魔世界のままじゃ、崩壊しかねなかったじゃねぇか。

……いや、英雄願望を焚きつける、か。俺も同じことをしているのか……。

リアスが訊いてくる。

「帝釈天は何がしたいの？　曹操を泳がせ、ハーデスを間接的にあおり、各勢力に混乱をもたらした戦《いくさ》の神。アザゼルは真意を訊いたの？」

「ああ、奴は破壊《はかい》の神シヴァの野郎に対抗《たいこう》できる人材が欲《ほ》しいんだとさ。戦乱がよりよい強者を作り出すと信じこんでやがる」

……実際、それがどこまで本当かはわからないが……。シヴァに勝つためなら、あのインドラはなんでもしそうだよ。

――と、俺のもとに通信用魔方陣《まほうじん》が届く。耳元で自動で展開した。そこから、一方的に連絡が入る。これは定期的なものだ。あとで本格的に相互連絡《そうごれんらく》のやり取りをする。

――ッ！……俺は入ってくる情報に耳を疑った。

「……グレンデル……ルキフグスだと……？」

……何だ、何が起こってやがる……？　日本でまたわけのわからねぇことが起きたってのかよ！

グレンデル⁉　奴はすでに滅《ほろ》んだぞ⁉　それに『禍の団《カオス・ブリゲード》』だと？

頭のなかでぐるぐると事柄《ことがら》が浮《う》かんでいく。

聖杯《せいはい》を得た吸血鬼《きゅうけつき》、はぐれ魔法使い、再編中の『禍の団《カオス・ブリゲード》』、ヴァーリの調査先に現れるその『禍の団《カオス・ブリゲード》』の構成員、ルキフグスの生き残り、滅んだはずの伝説のドラゴンが現世に現れた。

……これらは全部繋《つな》がっているんじゃないか？　あまりにタイミングがよすぎるだろう。必然として起こったとしか思えない状況《じょうきょう》だった。

すべてが一本に繋がるとすると……これほど、厄介《やっかい》極まりないものはない……ッ！

そして、ユーグリット・ルキフグス――。

以前、少しだけデータを閲覧《えつらん》したことがあった。

過去に起きた悪魔の内乱――旧政府とサーゼクスをエースとした反政府側の内部抗争《こうそう》。その際に生死不明になったはずであるグレイフィアの実弟。それがユーグリット・ルキフグスだ。公式では死んだことになっていて、グレイフィア自身も弟は生きていないだろうと語っていたと耳にしたことがある。

そいつが生存していて、組織をまとめあげた……？

いや、それだけの能力があったとしてもならず者たちを仕切るには――イカレた連中どもの頭《かしら》を張るには足りないものがある。

カリスマ性――。

オーフィスほど高名でなくとも、それにふさわしいボスの風格は必要だろう。

生まれてからトップに立つ者の傍《かたわ》らで仕えるルキフグスだ。ユーグリットが新しい首領とは思えない。

……黒幕は誰《だれ》だ？

この短期間に『禍の団《カオス・ブリゲード》』をまとめやがった中心人物はどいつだ……？

奪《うば》ったオーフィスの力から、新しいオーフィスを作った？　それもあり得るが、そうだとしてもそいつを操《あやつ》るだけの強固な存在が必要になる。強固な存在、それがいまの黒幕。

ハーデス、帝釈天……それはあり得ないだろう。前者は表立てば今度こそ主神ゼウスに追放されかねない。後者は……インドラの目的はあくまで将来のシヴァ戦だ。

両者は陰《かげ》で暗躍《あんやく》していたとしてもテロリストの頭になるだけのメリットは感じないだろう。

各陣営《じんえい》からの忌《い》み者が集まり、各勢力から憎悪《ぞうお》を抱《いだ》かれる『禍の団《カオス・ブリゲード》』――。

だろう。

そのトップを張るのは、傀儡《かいらい》と化す純粋《じゅんすい》な強者か、ぶっちぎりにイカレたクソ野郎だけ
俺はわだかまった思いをぶつけるように自身のひざを叩《たた》いた。

『禍の団《カオス・ブリゲード》』——。

各勢力の現体制に不満を持つ輩《やから》が集まって生まれたテロリストの組織。

実質的に動かしていた頭は何度も替《か》わっている。

旧魔王派のシャルバ・ベルゼブブ、英雄派の曹操——。

オーフィスを失ったいまでも、まだ走り続ける——。

中身が幾度《いくど》変わろうとも『禍の団《カオス・ブリゲード》』という存在そのものが、俺たちの前に立ちふさがっていく。何度叩いても組織自体は動き続ける——。

……まずは今後のことを考えましょうかね。

「リアス、木場、厄介なことになりそうだ」

俺は先の見えない濃霧《のうむ》の中を車を進ませながら、二人に日本で起きたこと、そして、これからの対応を話し始めたのだった——。

あとがき

お久しぶりです。これを書いている頃《ころ》、風邪《かぜ》をこじらせてのどが炎症を起こして苦しむ↓電車のドアに肩《かた》を強打して鎖骨《さこつ》にヒビが入る↓帯状疱疹《ほうしん》になってドクターストップがかかった、というのを連続して体験しました。……いやー、大変でした。

第四章が本格始動となりました！　新展開なので、14巻をスタート巻として書かせていただきました。相変わらずエロあり燃えありの少年漫画《まんが》テイストであります。

12巻が怒濤《どとう》の展開だったので、今巻の前半は日常を描《えが》きながら設定、世界観の掘《ほ》り下げ、後半にいつも通りのバトル展開とさせてもらいました。

魔法使《まほうつか》いと吸血鬼《きゅうけつき》について、語り出された第四章。魔法使いも吸血鬼もいままであまり触《ふ》れてこなかったので、ここで改めて説明させていただいたしだいです。

しかし、最後の最後で思いがけぬ襲撃《しゅうげき》を受けたイッセーたち。今回の敵対勢力はまた厄《やっ》介《かい》そうです。統率者《とうそつしゃ》を何度も失い、末端《まったん》の制御《せいぎょ》ができずに暴走した状態からスタートした

『禍の団《カオス・ブリゲード》』。新たな統率者は……今後登場致《いた》します。

グレモリー眷属《けんぞく》の女性陣《じん》とシトリー眷属が活躍《かつやく》したお話でございました。前巻で活躍できなかったオカルト研究部の活躍もそうなのですが、シトリーと組ませてチームを構成させたかったので今回このような形でやらせてもらいました。たまにはソーナを『王《キング》』で使ってみたかったのです。

修行《しゆぎよう》中のリアスと小猫《こねこ》の活躍は次回以降ということで。今巻で必殺技《わざ》を研究していたので、それを近々見せていけたらと思います。

この四章では、これまであまり語られなかったゼノヴィア、イリナ、レイヴェル、ロスヴァイセのヒロインたちを取り上げていきたいと思っております。まずはレイヴェルでした。なんだか、将来の誓《ちか》いを立てたかのような終わり方でしたが、イッセーとレイヴェルはお互《たが》いに良いパートナーになるでしょう。しかし、強い娘ですね、レイヴェルは。

さて、このあと、ゼノヴィアたちにもメイン回を設けてあげるつもりですが、まずは次のギャスパー回かなと。木場《きば》にも3巻にメイン回があって、ギャー助だけ無いのは不憫《ふびん》すぎますので、この機会に彼の話をさせていただきます。

その他のことについて。

・シトリー眷属に新たに追加された『戦車《ルーク》』と『騎士《ナイト》』！　二人ともシトリー同様基本サブキャラなのですが、どうぞ愛《め》でてあげてください。これから生徒会と共に度々《たびたび》顔を出すでしょう。『戦車《ルーク》』の彼ですが、名前からしてわかる人には正体がわかってしまうかも。

・シトリーサイドにロリっ娘《こ》『死神《グリムリッパー》』ベンニーア登場！　某《ぼう》ガン○ムW《ウイング》の魔法使《ワーロック》いのせいか、私のなかで何かが起こりました。

・劇中で名称が出ていなかったシトリー眷属の人工神器《セイクリッド・ギア》をここでご紹介《しょうかい》。『僧侶《ビショップ》』花戒《はなかい》さんの結界系神器《セイクリッド・ギア》『刹那の絶園《アブローズ・ウオール》』は瞬時《しゅんじ》に障壁《しょうへき》結界が発動できます。同じく『僧侶《ビショップ》』草下《くさか》さんの諜報《ちょうほう》、索敵《さくてき》系神器《セイクリッド・ギア》『怪人達の仮面舞踏会《スカウティング・ペルソナ》』、『兵士《ポーン》』仁村《にむら》さんのは近接戦闘《せんとう》向けの装着系神器《セイクリッド・ギア》『玉兎と嫦娥《プロセラルム・ファントム》』となっております。これらは人工神器《セイクリッド・ギア》なので、命名はアザゼル先生です。

・終盤《しゅうばん》、匙《さじ》のラインがイッセーと戦闘メンバー全員の間で繋《つな》がりましたが、「戦闘中皆《みんな》が動き回るとラインがこんがらがってしまうのではないか？」とお思いでしょうが、こういう場合ライン同士は触れあっても干渉《かんしょう》しません。という言い訳を考えました。

・おパンティードラゴンことファーブニルが登場！　いままで無言でアザゼルに付き添《そ》っていた龍王《りゅうおう》がアーシアと契約《けいやく》して改めて登場となりました。アニメで先生が鎧《よろい》を着込んだ

ら、「あ、パンツアーマーだ！」って突《つ》っ込んでくださると幸いです。

・次にオーフィス。兵藤《ひょうどう》家のマスコットなのでよくクローゼットに隠《かく》れてます。

・劇中で元龍王タンニーンがメフィスト・フェレスの『女王《クイーン》』と判明しましたが、メフィストは駒《こま》価値や悪魔の駒《イーヴィル・ピース》自体に興味が薄《うす》いため、フィーリングで駒を与えています。偉大《いだい》な『龍王』をあえて『女王《クイーン》』にするっていう彼なりのお茶目だと思います。

・邪龍《じゃりゅう》関連とか設定が後付け臭《くさ》い！　と、読んでいて皆さまもお思いでしょうが、実のところ使う予定は無いだろうなと思っていた裏の裏設定を表に出して改めました。だって、ここまで続くと思わなかったので……。しかし、ご安心を。たとえシヴァ編が無理だったとしても四章は四章でちゃんと締《し》めます。四章のラストはもう決まってます。シヴァ編がやれたとしたら、それはエキストラステージだと思ってください。結局、皆《みな》さまからのご支持しだいではございますが……変わらず邁進《まいしん》していきます。

・毎度、あとがきにこのような駄文《だぶん》を書いてますが、楽しんでもらえているでしょうか？

ここで謝辞を。

みやま零《ゼロ》さま、担当Hさま、いつもお世話になっております！

なんと！　アニメの第二期が決定致しました！　一期が原作ファン、新規ファンにとて

も好評でして、このたび決定致しました。ついにゼノヴィアやギャー助も出てきますよ！

スタッフの皆さまも一期とまったく同じですので、ご安心ください。僭越《せんえつ》ながら私も一期同様二期でも会議などに参加させていただいております。おかげで仕事が大変！　でも、一人でも多くのファンの方に楽しんでもらえるよう気張っていきます！

それと、漫画版のほうで一足早くゼノヴィアたちが登場となると思います。そちらも応《おう》援《えん》のほどよろしくお願い致します。


次回、ギャスパー編！　と、いきたいところだったのですが、15巻ではいままで劇中で語られなかったお話を少しばかり取り扱《あつか》うことになりました。担当編集さんと打ち合わせをしていて、「いい機会だから、ここで触れておいたほうがいいかな」という流れになりまして。というか、タイミング的にそこしか入る余地がないでしょうから。

15巻にはアニメ14話が入ったＢＤ付き限定版も用意されております。アニメ14話の原案も13話同様、私がさせていただきました。

そのようなわけで、本編の第四章とアニメ第二期にご期待ください！

感想・ファンレターの宛先

〒一〇二―八一四四
富士見書房　ファンタジア文庫編集部　気付
石踏一榮（様）
みやま零（様）

富士見ファンタジア文庫

ハイスクールD×D 14

進路指導のウィザード

平成25年1月25日　初版発行

著者──石踏一榮《いしぶみいちえい》

発行者──山下直久

発行所──富士見書房

〒102-8144

東京都千代田区富士見1-12-14

http://www.fujimishobo.co.jp

電話　営業　03(3238)8702

編集　03(3238)8585

印刷所──暁印刷

製本所──BBC

※定価はカバーに表示してあります。

落丁・乱丁本は、送料小社負担にて、お取り替えいたします。角川グループ読者係までご連絡ください。(古書店で購入したものについては、お取り替えできません)

電話 049-259-1100 (9:00〜17:00／土日、祝日、年末年始を除く)

〒354-0041 埼玉県入間郡三芳町藤久保550-1

2013 Fujimishobo, Printed in Japan

ISBN978-4-8291-3845-8 C0193

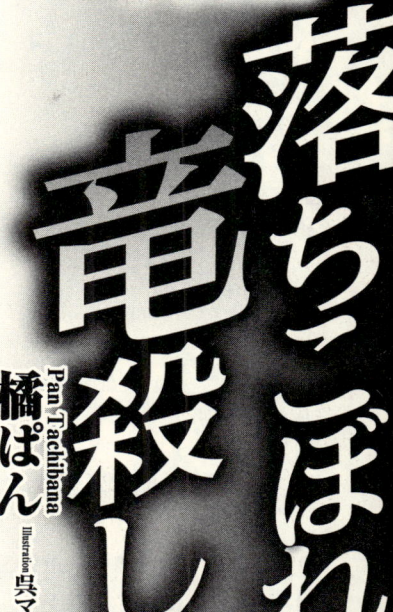

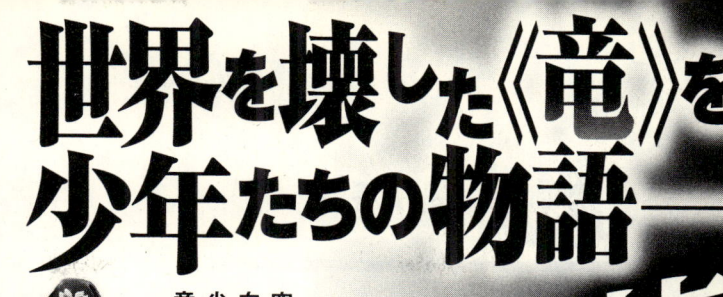

これは、
倒す
既刊1巻
ファンタジア文庫

Aランク 最強異能
雷轟魅神 RAIGO MIKAN
第23回ファンタジア大賞
大賞+読者賞
W受賞作
ライジン×ライジン
RISING×RYDEEN
著:初美陽一 イラスト:パルプピロシ
ファンタジア文庫

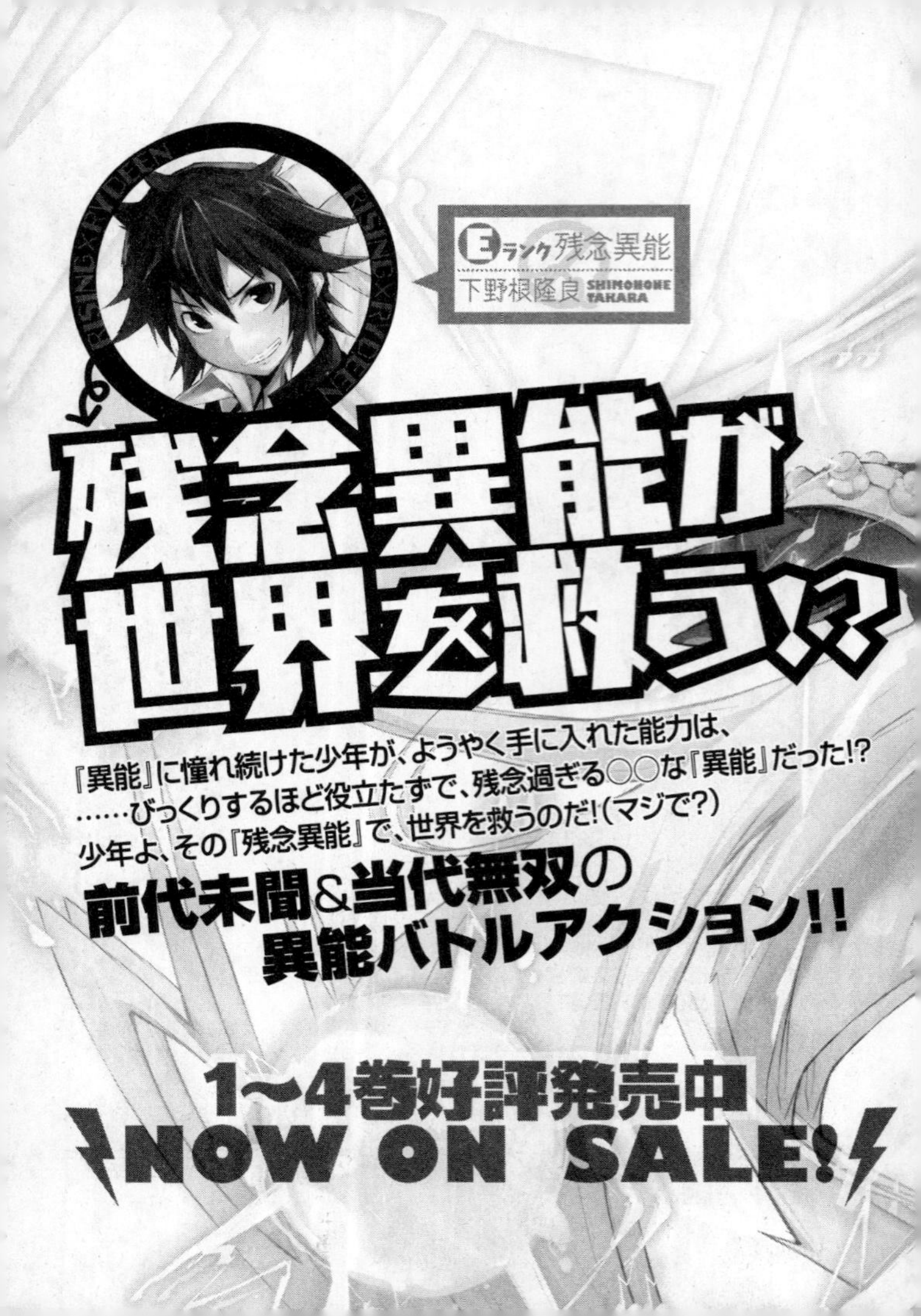
RISING×RYDEEN
Eランク残念異能
下野根隆良 SHIMONOHONE TAKARA
残念異能が世界を救う!?
『異能』に憧れ続けた少年が、ようやく手に入れた能力は、
……びっくりするほど役立たずで、残念過ぎる○○な『異能』だった!?
少年よ、その『残念異能』で、世界を救うのだ!(マジで?)
前代未聞&当代無双の
異能バトルアクション!!
1～4巻好評発売中
NOW ON SALE!

戦いの中に救いを求める壊れた少年は、
記憶をなくした迷子の少女と出会い――
世界を、自分を再生する。
未曾有の大災害によって一度、崩壊した世界。大陸は海に沈み、人類は潜水都市で暮らし、残留体という謎の敵の脅威にさらされながらも生き延びていた。過去の事件によって、普通の高校生として当たり前の日常を過ごすことを拒絶する少年、風峰橙矢。想像を現実のものとする奇跡の力――思考昇華を振るい、残留体との戦いに救いを見いだそうとする壊れた少年。「あたしを拾ってくれてありがとう」 そして記憶喪失の無垢な少女。二人の出会いが、世界を再生させる! 第24回ファンタジア大賞<大賞>&<読者賞>受賞作。
MERMAID
イムシクト

①巻好評発売中！
第24回
ファンタジア
大賞
大賞&読者賞受賞作
著：武葉コウ　イラスト：ntny
Paradigm shift of the regeneration
再生のパラダ

第26回 冬期・夏期
ファンタジア大賞
原稿募集中!
[redacted]
大賞
準大賞 100万円
各期
30万円
金賞 20万円
銀賞 10万円
読者賞
締め切り
冬期 2013年2月末日
夏期 2013年8月末日
最終選考委員
葵せきな(生徒会の一存)
あざの耕平(東京レイヴンズ)
雨木シュウスケ(鋼殻のレギオス)
ファンタジア文庫編集長
★大賞&準大賞は大賞決定戦で決定
ビリビリ来るの、送りなさい!
第23回大賞&読者賞
「ライジン×ライジン」
初美陽一
&
パルプピロシ
投稿も、速報もココから!
ファンタジア大賞WEBサイト
http://www.fantasiataisho.com/
楽々オンライン投稿で「ライジン×ライジン」に続け! 一次通過作品には評価表をバックします!!
★ラノベ文芸賞も独立募集開始!
※紙での受け付けは終了しました